KB060150

신의 시간

Time of god

3

웅의 노래

박제현 장편소설

도서출판 청어

신의 시간

3. 웅의 노래

박제현 장편소설

발 행 처 · 도서출판 청어
발 행 인 · 이영철
영　　업 · 이동호
기　　획 · 남기환
편　　집 · 방세화
디 자 인 · 이수빈 | 김영은
제작이사 · 공병한
인　　쇄 · 두리터

등　　록 · 1999년 5월 3일
(제321-3210000251001999000063호)

1판 1쇄 발행 · 2022년 11월 20일

주　　소 · 서울특별시 서초구 남부순환로 364길 8-15 동일빌딩 2층
대표전화 · 02-586-0477
팩시밀리 · 0303-0942-0478

홈페이지 · www.chungeobook.com
E-mail · ppi20@hanmail.net
I S B N · 979-11-6855-077-3(04810)
979-11-6855-074-2(세트)

신의 시간

Time of God

3

웅의 노래

박제현 장편소설

작가의 말

동트기 전, 해운대 미포에서 송정까지 걷는다. 청사포 포구가 보일쯤 하늘과 바다가 맞닿은 곳에서 핏빛 산통이 일고 있다. 지난 밤새 어둠 속에서 사랑을 나누던 하늘과 바다가 붉은 아해를 낳는다. …섈녘, 덩달아 섬도 하나 낳았다. 수평선 위로 검은 섬이 보인다.

대마도다.

상상은 거기서 시작되었다.

대마도 너머에는 일본이 있을 것이다. 대마도는 일본 땅이 아닐 수도 있었다. 그 남쪽 오키나와의 류큐왕국은 일본에 합병당했고, 북쪽의 쿠릴 일본 영토는 러시아에 빼앗겼다.

어느 것 하나 영원한 건 없다.

2028년이 되면 세상은 그대로일 수도 있고, 뒤집힐 수도 있다. 상상해보자. 상상하는 자에게는 2028년에 무슨 일이 일어날 것이고, 그렇지 않은 자에게는 아무 일도 일어나지 않을 것이다.

'신의 시간'을 쓰면서 나는 '거시적 관찰자 시점'으로 세상을 보고 싶었다. 미시적 행복만 좇다 보면 거시적 불행이 다가오는 것을 보지 못하기도 한다. '신의 시간'은 곧 다가올 우리의 이야기다.

지난 몇 년 동안 인간의 시간과 신의 시간을 넘나드는 여행을 했다. 이제 여행을 마무리하고 그 상상의 기록을 세 권의 책으로 남긴다.

파도 소리 그윽한 해운대 바닷가 서재에서

박제현

차례

1

오키노토리시마 위의 광대

도쿄 수상관저에 긴급 기자회견이 예고됐다. 기자들은 웅성거렸다. 삼삼오오 모여 발표내용을 유추했다. 동중국해 사태 속인지라 회견장 분위기는 무거웠다. 대한 선전포고나 미야기 내각 사퇴 또는 총리 사임 등을 조심스레 예측했다.

나아토 관방장관이 회견장에 나타났다. 긴장한 표정이 역력했다. 미야기 총리가 나타날 것으로 예상했던 기자들이 술렁였다. 나아토는 정중히 인사를 했다. 원고를 훑어보는 이마에 주름이 잔뜩 잡혔다. 기자들과 찡그린 채 눈을 맞추다가 이내 표정이 굳어졌다.

“먼저 비통한 소식을 전합니다. 지난 22일 새벽 0시 38분 일본은 미상의 적으로부터 폭격당했습니다.”

눈결 회견장은 짧은 탄식과 함께 침묵이 흘렀다.

“공격받은 곳은 도쿄도 오가사와라촌 소속 오키노토리

시마[1]입니다."

기자들이 하나둘 웅성거리기 시작했다. 충격적인 일이었다. 일본이 공격을 받았다는 것은 전혀 예상할 수 없었던 일이었다. 전쟁이 발발한 것인가? 미상의 적이라면…. 짧은 시간 팩트 설명에 앞서 몹쓸 상상이 난무했다.

나아토 관방의 발표에 회견장은 혼란에 휩싸였다. 태평양전쟁 이후 83년 만에 일본이 폭격당했다는 것을 나아토가 확인해 주는 순간이었다.

정체 미상 잠수함에서 발사된 저속 잠항 어뢰와 함대지 미사일이 태평양의 외로운 암초 오키노토리시마를 폭격했다. 동중국해와 진먼다오에 관심이 쏠린 틈을 타서 누군가가 의도적으로 오키노토리시마를 공격한 것이다.

폭격으로 물 위로 1.5m 돌출되었던 암초 오키노토리시마는 해수면 아래로 사라졌다.

공격 잠수함은 재빠르게 모습을 감췄다. 필리핀과 타이완 사이의 바시 해협과 루손 해협 사이를 잠항하다가 필리핀 바스코 섬 인근에서 사라진 것으로 확인된다. 속도로 볼 때 저 소음 핵잠수함이거나 대형 디젤 잠수함으로 추정되었다. 괌 미 해군기지에서 음파를 잡아내며 추적을 계

1) 오키노토리시마: 일본이 최남단의 섬이라고 주장하는 작은 암초. 일본 행정구역상 도쿄도 오가사와라촌 소속. 도쿄에서 약 1740㎞ 떨어짐. 위치: 동경 136° 05′ 북위 20° 25′, 면적: 9.44㎡, 높이: 1.5m의 암초. 섬으로 인정되면 EEZ(배타적경제수역)는 43만 ㎢ 크기로 대한민국 총 EEZ와 맞먹음.

속했지만, 잠수함은 음파 감지 불가 지역으로 들어가 버렸다. 괌 기지에서는 용의 선상에 중국, 러시아, 한국을 올렸다.

일본 언론은 오키노토리시마 기사를 쏟아냈다. 오키노토리시마가 사라짐으로 인한 반사이익이 큰 곳이 어딘지를 분석했다. 러시아는 오키노토리시마와 직접 관계는 없어 보였다. 가장 큰 영향은 중국이었다. 중국은 제2도련선[2] 구축과 태평양 진출에 도움이 될 것이다. 하지만, 반사이익과 비교하면 무모해 보였다. 그럼 우연한 실수였을까? 한국도 한새군도 방어가 급한 상황에서 굳이 오키노토리시마를 공격할 이유는 없었다.

그런데도 일본 미야기 내각은 한국과 중국을 지목했다. CIRO는 오래전부터 한국과 중국이 오키노토리시마를 노린다는 것을 알고 있었다. 양국은 영유권 문제 해법 카드로 오키노토리시마를 염두에 두고 있었다는 것이다. 분석된 첩보로도 한국은 독도 등 국토 분쟁이 심화할 경우를 대비해 비장의 카드로 쓸 생각을 하고 있었다. 중국도 언젠가 댜오위다오(센카쿠열도) 등의 분쟁 카드로 오키노토리시마를 생각하고 있었다. SLBM 한 방이면 바닷속으로 수몰

---

2) 제2도련선: 중국군 해상 방어선. 중국해군의 작전 반경을 뜻한다. 중국 근해인 제1도련선은 1980년대 설정한 것으로, '오키나와-타이완-필리핀-보르네오'를 연결하며, 제2도련선은 '오가사와라-괌-사이판-파푸아뉴기니'로 연결되는 방어망이다.

시키기에 어렵지 않은 목표물이었기 때문이었다.

오키노토리시마 폭격으로 일본은 충격에 휩싸였다.

통합막료장 등 군사 최고위직의 인터뷰도 활발해졌다.

"해상막료장께서는 누구의 소행으로 생각하십니까?"

언론의 질문에 후지마 나루토 해상막료장은 적을 특정하지 못한 채 두루뭉술하게 대답했다.

"오키노토리시마와 이해관계가 있는 나라일 것으로 봅니다."

"그렇다면 중국이나 한국이라는 뜻이군요?"

막료장은 말을 아꼈다.

"아직 아무것도 밝혀진 것은 없습니다. 다만, 정황으로 보면 가능성이 크다고 봅니다."

"그렇다면 공격 피해는 어느 정도입니까?"

"그것은 제가 말씀드리는 것이 적절치 않다고 생각합니다."

"미국 관련성도 흘러나오던데, 근거가 있는 얘기입니까?"

"미상의 잠수함 음문(스크루 소리)을 두고 그런 말이 나온 게 아닌가 합니다. 잠수함 추적에 실패했다는 것도 그렇기도 하고요. 하지만 아직 확인된 것은 없습니다."

인터뷰를 지켜보고 있던 미야기는 생각에 잠겼다. 미국을 끌어들이는 것이 유리할지 아니면 한국을 지목해서 다케시마(독도)와 니시지마(한새군도)를 놓고 싸우는 것이 나을지를 고민했다. 생각을 몇 번이고 곱씹었다. 미국을 끌어들이는 것은 부담이 컸다. 상대적으로 한국은 선정성과 흥행성을 모두 가지고 있었다. 한국을 지목한다면, 언론이 일본 국민의 분개심을 자극해줄 것이다. 국민의 여론이 끓어 올라주면 다양한 카드를 사용할 수 있다. 반한 감정이 들끓게 되면 총리의 진퇴 여론은 당분간 수면 아래로 사라질 것이다.

미야기 총리는 손바닥과 손등을 번갈아 봤다. 여반장이다. 세상일이 손바닥 뒤집히듯 간단하게 뒤집혔다. 이 손에 어떤 카드를 쥘 것인가?

*

일본 교토부 마이즈루에서 해상자위대 제3호위대군 전력이 움직였다. 목적지는 다케시마였다.

한국 강원도 동해시에서는 해군 제1함대가 독도를 향했다. 울릉공항에서는 전투기들이 출격 태세를 갖추고 대기 중이었다. 일본 제3호위대군의 헬기항공모함을 견제하고 자위대로부터 지원받는 전투기를 방어하기 위해서였다.

제3호위대군이 독도 50㎞까지 접근하자 일본 니시무라 방위대신이 긴급 인터뷰를 자청했다.

"방위대신 니시무라 사카모토입니다. 우리 일본은 이번에 일어난 오키노토리시마 폭격의 배후로 한국해군을 지목

합니다. 그 근거로 자료를 보여드리겠습니다. 이것은 음문 즉 스크루에서 나는 음향입니다. 한국군의 잠수함과 음문이 일치합니다. 두 번째는 한국은 니시지마를 불법 점거하고 있습니다. 일본의 집중력을 흐트러뜨리기 위해 오키노토리시마를 전격적으로 폭격한 것으로 판단됩니다… 한국 정부에 경고합니다. 오키노토리시마 훼손과 니시지마 불법 점거 책임을 묻겠습니다. 2028년 6월 25일 0시까지 오키노토리시마 폭격 사죄와 함께 니시지마에서 철군하길 바랍니다. 이를 이행치 않으면 일본에 대한 선전포고한 것으로 간주하여 다케시마는 물론 니시지마를 점령하겠습니다."

한국은 즉각 반박 성명을 발표했다.

신두석 국방부장관은 일본의 터무니 없는 주장에 동의할 수 없음을 분명히 했다. 오키노토리시마를 공격할 만큼 한국이 무리할 이유가 없다. 일본의 주장은 한새군도를 노리기 위한 기만술에 불과하다. 한국군은 일본의 억지 주장을 도발로 간주한다. 일본의 도발에 응징할 것이며, 회복 불가능한 치명상을 입힐 것이다.

오키노토리시마 폭격 사건으로 한일간의 분위기는 극렬해졌다. 일본은 제3호위대군 전력을 총동원했다. 이에 맞선 한국해군 제1함대는 비장의 아스널함 신기전Ⅰ함을 출항시켰다. 신기전Ⅰ함 출항은 독도에 접근한 제3호위대군을 넘어 본토를 직접 타격하겠다는 뜻이다.

일본은 즉각 불쾌함을 드러냈다. 국지전으로 가지 않고 전면전을 염두에 둔다는 것은 감당하기 어려운 일이었다. 대국민 설득도 설득이지만 대관절 신기전 I 함에서 쏜 미사일이 한 발이라도 본토에 떨어지면 응전하지 않을 수 없기 때문이었다.

미야기는 의외로 판이 커지고 있다고 생각했다.

*

펠튼 대통령은 미야기 총리의 행동에 불쾌한 감정을 드러냈다.

"미야기 총리는 아무도 모를 거로 생각하는 것 같군."

알폰소 국무장관도 갸웃거렸다.

"그러게 말입니다."

골칫거리 Q가 사라졌고, 한새군도는 교전할 겨를도 없이 한국이 장악했다. 중국도 타이완 점령을 의도했지만 주춤거리며 발목이 잡혔다. 차분하게 정리되어 가던 동북아시아였다.

올림픽 전 난제가 정리되려는 순간, 난데없이 미야기가 동북아시아에 다시 불을 지핀 것이다. 오키노토리시마가 일본 국민에게 분노의 방아쇠 역할을 했다. 미야기는 여론을 업고 독도와 한새군도를 압박하기 시작했다. 일본이 한새군도를 포기하지 않으면 전쟁의 불씨는 여전히 남아 있다. 중국도 일본과 내밀한 관계로 보이지만, 중국은 타이완이 더 큰 문제였다. 일본과 중국은 미 제7함대를 놓고 서로에게 유리하게 국면을 만들려고 밀고 당겼다. 이제 올림픽은 얼추 한 달 남았다. 동북아가 흔들린다면 올림픽은 다시 위기에 빠지게 될 것이다. 그것은 대선에서 펠튼의 패배를 예약한 것이나 다름없다. 일본과 중국 중 한 나라만이라도 잡아 두어야 한다. 상대적으로 중국보다 일본을 잡아 두는 것이 손쉬운 선택이다. 일본의 발목을 잡으면 중국이 독자행동을 하지 못할 것이다.

"일본부터 안정화 작업에 들어가야 할 것 같소."

펠튼이 알폰소 국무장관에게 말했다.

"저도 생각이 같습니다."

알폰소도 판이 커지고 있는 것에 부담을 느꼈다. 자칫 전선이 확대될 수도 있었다.

"그렇소. 일단 독도 대치 건부터 정리합시다."

펠튼은 주일미군사령부에 지침을 내렸다. 이어서 알폰소 국무장관에게 일본에 보낼 특사를 의논했다. 알폰소는 은밀한 일 처리를 위해 셀레나 국가정보장이 좋을 것 같다고 했다.

"일본이 독도를 공격하겠다고 끝까지 버티면 대안이 있어야 하지 않겠습니까?"

알폰소 국무장관은 일본에 대해 확신을 하지 못했다.

"미야기 총리는 보기보다는 순발력이 좋아요."

펠튼은 미야기를 설득하는 것은 그리 어렵지 않다고 생각했다. 논리적인 설득에 앞서 미야기가 미국의 뜻을 알아차릴 것으로 생각했다. 내민 카드를 미야기가 받을 수밖에 없다고 생각한 것이다.

"문제는 한새군도의 크루즈 선이오. 우리 미국 국적 승객도 꽤 있는 거로 알고 있소. 자칫 안전에 문제가 생기지나 않을지 걱정이오."

"그나마 다행스러운 것은 한국이 신속하게 장악을 해버려서 일본과 중국은 공격 명분을 찾지 못하고 있는 것 같습니다."

"글쎄요, 그것이 다행인지 불행인지는 아직 판단하기 섣부르지요."

펠튼은 미야기에게 전화를 했다.

펠튼은 특사를 보내기로 했으니 그동안 어떠한 군사행동도 하지 말라고 부탁했다. 미야기의 물음에도 끝내 정확한 내용은 말하지 않았다. 미야기의 촉으로는 무언가 예상치 못한 방향으로 일이 전개되고 있다고 느꼈다. 특사를 보내기 전에 아무런 정보를 주지 않았다. 전쟁 행위를 중단하라는 경고성 부탁이 고작이었다. 특사는 셀레나가 오기로 했다. 정보 수장이 온다는 것은 은밀한 거래일 가능성이 크다. 미야기는 펠튼의 명령조의 태도에 기분 상했다는 듯 투덜댔다. 그러면서도 니시무라 방위대신에 명령을 내렸다.

"명령이 있을 때까지 먼저 교전하지는 마시오!"

*

"우리가 돼지냐! 이런 걸 먹으라고!"

저녁 식사 자리였다. 드림호 레스토랑을 찾은 반삭 머리 중국인 남자 승객이 식사 접시를 휙 던지며 소리쳤다. 남자가 던진 접시는 프리스비(원반형 완구)처럼 날아 서빙을 하던 인도계 여승무원의 광대를 맞췄다.

"악!"

힘없이 픽 쓰러진 여승무원 얼굴에 피가 솟구쳤다. 순간 주변의 사람들이 급하게 얼굴에 냅킨과 식탁보로 지혈했다.

여승무원은 긴급히 드림호 의료실로 옮겨졌다. 여승무원은 지혈에 이어 벌어진 피부를 한겹 한겹 차례대로 꿰맸다. 담당 의사는 간단한 시력 테스트를 한 뒤 안정을 취하도록 했다.

해경은 중국인 남자를 치안본부로 데려가려고 했으나, 막무가내로 버텼다. 급기야 주변이 중국인들이 남자 옆으로 모이면서 세력을 형성하기 시작했다. 중국인 승객과 해경과의 기 싸움 양상이 벌어졌다. 김 본부장은 사태가 더 커질 것을 대비해 초기 진압을 명령했다. 처음부터 중국 승객들의 기를 살려주면 치안이 급속히 불안해질 우려에서

이었다. 다행히 중국 승객들은 해경의 단호함에 잠시 주춤했다. 해경은 주춤거리는 틈을 노려 전격적으로 중국인을 체포했다.

해경은 중국인 승객의 신원을 확인했다. 그리고 한국법에 따라 미란다원칙을 공지하고 상해죄로 입건했다. 법령에 따라 한국 법정에서 판결을 받아야 하지만, 본인이 의도한 것이 아니어서 과실 치상에 해당하는 범죄다. 문제는 자신의 행동에 대한 반성이 없었다. 피해자에 대한 사과와 적절한 보상이 이뤄지면 쌍방 합의로 해결할 수도 있었지만, 중국인은 범법 사실을 인정하지도 보상에 응하지도 않았다.

"본부장님, 어떻게 처리할까요?"

"가능하면 충돌이 발생하지 않도록 해야 하네, 자칫 국제적인 문제가 될 수도 있으니까."

"중국 대표와 접촉해보는 건 어떻겠습니까?"

"자치권을 주자는 의미인가?"

"그렇게 되면 국제적인 갈등은 없지 않겠습니까?"

"그건 그렇지만, 그걸 계기로 자칫 중국인들끼리 세력화할 수도 있지. 집단행동은 막아야 해. 그건 고민해보지."

파라다이스드림호 안에서 한국 해경의 치안 담당에 중국인 승객들이 반발이 커지기 시작했다. 한국 해경은 긴급하게 안내문을 만들어 한새군도는 한국령이고 범죄에 대해서 한국 형법으로 처벌받게 된다는 사실을 주지시켰다.

*

엔리케 선장의 권총이 사라진 것은 새벽 시간이었다. 누군가 선장실에 침입하여 잠자고 있던 선장을 결박하고 권총을 강탈해서 사라졌다. 베레타 권총 1정과 탄환 15발이 든 탄창 하나가 누군가의 손에 들어간 것이다. '드디어 우려했던 일이 시작된 건가?' 김 본부장은 권총 강탈은 의도된 범죄라 판단했다. 그러지 않고서는 무기를 강탈할 이유가 없지 않은가. 김 본부장은 해경에 실탄 지급과 함께 단독행동을 하지 말고 항상 2인 이상으로 활동할 것을 지시했다. 동시에 UDT와 707특임대 대테러 유경험자 출신 경찰특공대 지원을 긴급 요청하였다.

"본부장님, 이걸 보시겠습니까? 이게 유일한 화면일 것 같습니다."

"나머진 모두 카메라를 가려놨다는 거지? 배 안을 잘 아는 놈인 것 같군. 아니면 그놈과 내통하는 놈이든가."

선장실 인근 CCTV를 확인하던 분석관이 순식간에 화면을 지나가는 얼굴을 잡아냈다. 02시 33분이다. 빠르게 움직인 탓으로 화면에 흐릿하게 잡혔다. 윤곽만 확인 가능할 수준이다. 팀장은 승무원과 승객들의 사진과 대조 작업을 지시했다.

"본부장님, 알아낸 것이 있습니까?"

엔리케 선장이 불편한 몸을 이끌고 나타났다.

"선장님, 몸은 좀 어떠십니까?"

"몸은 많이 회복되었습니다."

"범인은 현재 대조 앱으로 확인하고 있으니 곧 알 수도 있을 겁니다. 그런데 좀 이상한 건 선장님을 결박한 밧줄의 매듭입니다. 일반적으로 보기 쉽지 않은 매듭인데 사건을 풀 실마리가 될 수도 있겠지요."

"사건이 일어날 때 특이한 점은 없었습니까? 말을 했다든지, 특이한 행동이 있었다든지 하는 것 말입니다."

"말은 영어를 썼는데 발음은 일본인에 가까웠다는 생각이 들었습니다."

"당분간 권총을 회수할 때까지 이동식 금속탐지기를 설치할 겁니다. 지나가면 걸리게끔 하는 것이지요. 위치는 CCTV 촬영 가능 구역으로 하고…."

김 본부장이 권총 회수 계획을 설명하는 동안 용의자 확인이 끝났다.

"본부장님. 용의자를 특정했습니다."

권총 분실 시점 대에 선장실 주변 CCTV에 포착돼 인물을 특정한 자료가 나왔다. 총 3명으로 특정했다. 남자 둘에 여자 하나. 용의자는 일본 남성 35세 타쿠야, 중국 남성 43세 류쉐이컹, 중국 여성 26세 장쉬메이로 확인되었다. 해경은 우선 그들 호실을 확인하고 독실 사용자인지 2인 사용자인지를 확인했다. 타쿠야는 여성 1명과 방을 쓰고 있다. 류쉐이컹도 마찬가지로 38세 여성과 함께 묵고 있다. 마지막 장쉬메이는 혼자 방을 쓰고 있는 것으로 파악됐다. 김 본부장은 수사팀장에게 3명의 행동을 관찰하도록 지시했다. 그리고 선장에게 허락을 얻어 객실 청소에 위장 요원을 투입하기로 했다.

"본부장님 방송을 통해 권총 분실 사실을 방송하는 건 어떻겠습니까?"

선장이 본부로 들어오며 방송제의를 했다. 본부장은 잠깐 고심했다.

"선장님, 그건 조금 지켜봅시다. 안 그래도 승객들이 조금씩 동요하는 분위기가 감지되고 있습니다. 방송은 자칫 불안감에 휩싸이게 만들어 혼란을 일으킬 수도 있습니다."

김 본부장은 일본이나 중국 승객 중에 한 사람이 탈취범인 것으로 판단했다. 그렇다면 정황으로 볼 때 일반인일 가능성은 없다. 조폭일 가능성도 있으나, 그것도 현실적이지는 않았다. 그렇다면 그 국가의 첩보 요원일 가능성이 크다. 다만 그들이 총기를 사용하려고 훔친 것은 맞지만, 용도가 다를 것으로 판단된다. 총을 쏘기 위해서 탈취한 것이라기보다는 총기를 누군가가 탈취했다는 소문을 내어 승객과 승무원들의 머리에 공포심을 쏘려는 것이다. 한 발 한발의 총알보다, 수천 명의 머릿속에 공포라는 총알 한 방씩을 박아 넣는 것이 효과적이기 때문이었다. 그것은 거의 확신으로 굳어졌다. 실제 누군가가 총을 발사한다면 잡히는 것은 시간문제일 수도 있다. 탈출할 수 없는 크루즈 안에서 수천의 사람과 감시기기의 눈을 피해 숨는 것도 한계가 있기 때문이다.

권총은 용의자들의 어느 방에서는 발견되지 않았다.

"수사팀장! 탈취범 조사도 검거도 은밀하게 진행해야 하네. 소문나지 않도록 입단속도 시키고, 그리고 특공 요원 지원병력이 언제 도착하는지 알아보고 말이야…."

김 본부장은 생각이 많아졌다. 가능성을 찾아 이리저리 생각해 봤지만 뚜렷한 증거를 찾기에는 시간이 걸렸다.

"뭐가 집히시는 게 있으십니까? 제가 알면 안 되는 일이라도?"

"아냐. 자네는 알고 있어야 할 것 같아. 아무래도 어떤 방법을 쓴 건지는 알 수 없지만, 권총 탈취범이 일본이나 중국의 정보조직으로부터 지령을 받는 블랙 요원이 아닌가 싶네. 특정한 인물들 인적사항을 국정원에 넘겨서 조회를 신청하지."

*

박한은 아침 일찍 집무실에 걸린 달력을 쳐다봤다. 6월 23일 오늘이 윤오월이 시작되는 날이다. 윤오월은 공교롭게도 LA 올림픽이 시작되는 7월 21일까지였다. 한국에서의 윤달은 '없는 달'이라는 뜻을 지지고 있다. 존재하지만 존재하지 않는 것으로 여겨왔던 시간이다. 박한이 어릴 때 할머니는 장난삼아 이렇게 말했다. '한아 너는 윤 오월 생이라서 생일을 4년에 한 번 밖에 못 얻어먹어 어떡하냐?' 라고 놀렸던 기억이 떠오른 것이다. 어머니가 양력으로 꼬박꼬박 챙겨줘서 생일을 놓친 적은 없었다. 윤달은 해와 달이 바뀐다는 뜻도 지니고 있다. 해는 달이 되고, 달은 곧 해가 된다. 욱일승천기를 앞세우고 아시아를 짓밟았던 일본은 욱일이 될지 달의 몰락이 될지는 지켜볼 일이다. 지도에 그려진 일본열도는 윤달을 시작하는 초승달 모양을 닮았다. 박한은 윤달이 가기 전에 한새군도 건을 마무리하고 싶었다.

일본이 주춤했다. 일본이 어쩐 일인지 독도 주변에 해상자위대 전단을 배치해 놓고는 군사행동을 멈추었다. 무슨 일이 있는 것은 분명했다. 오키노토리시마를 한국이 공격했다고 막무가내로 밀어붙이던 기세는 누그러졌다. 힘을 모으기 위해 휴식을 취하는 것일까? 일본이 독도를 협상 카드 지렛대로 삼아 한새군도의 분할을 요구할 것이라 예상했지만, 이마저도 기척이 없었다. 오키노토리시마를 폭격한 것이 한국이 아니라는 확신을 한 것일까? 그렇다면 중국이 폭격했을까?

현세현 국정원장은 박한에게 셀레나 정보장이 움직이는 것 같다는 첩보를 보고했다.

"동북아시아로 움직이는 건가요?"

일본과 중국에서는 감지된 것은 없었다. 셀레나가 움직인다는 것은 뭔가 은밀한 작업이 이루어진다는 뜻이다. 타이완일 수도 있다.

"어디로 움직일 것 같습니까?"

현세현은 일본과 중국, 타이완을 짚었다. 올림픽과 대선을 위해서는 동북아시아가 조용해야 했다. 그런데 한국에는 방문할 계획이 없다. 그 이유에 대해 박한도 궁금했다. 한국을 제외하고 일을 도모할 상황은 아니지 않은가?

셀레나가 일본을 방문했다. 셀레나가 방문한 지 하루 만에 독도를 날려버릴 태세였던 일본 제3호위대군은 마이즈루로 돌아갔다.

한국은 갑작스런 회군에 대해 궁금했다. 밀약 내용은 밝혀지지 않았다. 셀레나가 들고 온 것이 선물인지 경고인지도 불확실했다.

미야기는 들끓었던 반한 감정을 부추기기는커녕 자제시키는 분위기였다. 셀레나의 역할이 무엇이었길래 갑작스럽게 태도를 바꾼 것인지는 여전히 의문이었다.

셀레나는 비밀리에 중국으로 건너간 것으로 확인되었다. 중국에서도 변화가 보이기 시작했다. 중국 국가안전부장 차이충을 비롯한 정보기관과 인민해방군 정보부대에 인사 회오리가 몰아쳤다.

현세현은 셀레나가 위력적인 카드를 쥐고 왔다고 결론 내렸다. 어떤 카드길래 해상자위대가 독도에서 물러나고,

중국의 정보기관의 대대적인 인사가 진행되었을까?

"대통령님! 펠튼 대통령과 통화를 해보시는 것이 어떻겠습니까?"

박한도 단순한 일은 아닌 것은 분명했다. 정황상 선물이라기보다는 경고로 보였다. 경고라면 어떤 경고를 보냈다는 것인가? 일본과 중국이 한꺼번에 반응할 만한 경고는 무엇일까? 관련 정보를 조각조각 모으기 시작했다.

*

하루 전, 셀레나가 가지고 온 펠튼의 친서를 펼친 미야기는 털썩 자리에 주저앉았다. 미국 정보력에 대한 두려움과 함께 리신 주석에 대한 배신감이 밀려왔다. 미야기는 뒤늦게 후회했다. 진실은 드러나게 마련인 것인가? 세상에는 비밀은 없었다.

일주일 전인 6월 16일이었다.

미야기가 관저에서 경악했다. 절망과 분노가 뒤섞인 감정을 터뜨렸다.

"오키! 오키나와가 왜?"

미야기는 얼굴을 감싸 쥐었다.

"오키나와가 아니고, 오키노토리시마입니다."

타구치가 오키노도리시마라고 했다. 미야기는 그나마

오키나와가 아니라는 것에 마음을 가라앉혔다. 목소리는 여전히 날카로웠다.

"그래서 어떻게 되었다는 거요!"

"타이완 지진 때 오키노토리시마 인근에도 지진이 있었습니다. 규모는 크지는 않았는데 지진 충격 여파로 보이는 침하가 일어나다 결국 암초가 수몰되었습니다."

오키노토리시마는 오키나와와 괌 중간에 있는 1.5m짜리 암초였다. 섬이라고 인정을 받게 된다면 얼추 이라크 국토 면적과 맞먹는 배타적경제수역을 확보하게 되는 작지만 엄청난 돌덩어리였다. 일본은 이 작은 암초 보호를 위해 콘크리트 구조물로 보호막을 만들고 순시 활동을 해왔다. 그 오키노토리시마가 일주일 전 지진으로 수몰되어 버린 것이다.

"이 사실은 누가 알고 있소?"

타구치는 타국에서는 전혀 모르는 것이라고 답했다. 해역 접근을 막으면 알 수 없는 상황이었다. 암초를 밀봉하듯 두텁게 둘러싼 구조물이 비스듬히 주저앉았지만, 인공위성으로는 확인 불가능했다. 일본은 급한 대로 콘크리트 구조물을 대형 방수포로 뒤집어씌웠다.

"타구치 실장, 오키노토리시마 수몰은 비밀로 하시오. 그리고 방법을 찾아보시오."

"생각을 해봤습니다만…."

타구치는 머뭇거렸다.

"그냥 말해보게."

미야기는 타구치가 미적거리자 다그쳤다.

"제 생각에는 수장된 오키노토리시마를 살리는 방법은 이것뿐입니다."

미야기는 솔깃했다.

타구치의 해법을 듣고 있는 얼굴에 음충한 미소가 번지기 시작했다. 어차피 여럿에게 알려서 좋을 게 없다는 판단이었다.

"제3호위대군을 준비시켜야겠군."

미야기는 도쿠시마 통합막료장과 후지마 해상자위대 막료장을 불렀다. 그랬던 미야기의 연극은 며칠이 지나기도 전에 들켜버렸다. 펠튼은 상황을 알고 있었다. 어떻게 미국이 알고 있었는지 이해할 수 없지만, 미국은 정확하게 꿰고 있었다. 미야기는 무안했다. 급하게 제3호위대군을 철수시켰지만, 한국에는 별다른 변명하기가 어려웠다. 무언의 회군으로 체면을 구긴 미야기는 나아토 관방장관을 통해 동북아시아 평화와 미국 올림픽을 지지하는 뜻에서 더 이상의 긴장을 자제한다는 성명을 발표했다.

*

6월 18일, 미국 백악관.

셀레나가 백악관에서 지난 16일 있었던 알래스카 가코

나의 HAARP 해킹 후속 보고를 했다.

펠튼은 셀레나를 다그쳤다.

"해킹은 누구 소행인지 밝혀졌소?"

"아직입니다. 다만 중국으로 보입니다. 흔적이 중국 해커와 유사점이 있습니다."

"북한과 한국의 해킹 가능성도 있지 않소?"

"지금으로서는 중국으로 보는 것이 타당합니다."

셀레나는 해킹의 배후로 중국 해커부대를 꼽았다.

"해킹 사실은 비밀이어야 하오. 그 전에 배후를 알아내도록 하시오."

펠튼도 중국을 의심했다. 미국의 보안 시설에 침투할만한 자원을 가진 곳은 중국일 가능성이 가장 컸다. 중국이 미국 알래스카 가코나의 HAARP에 관심을 가졌었다. 기상조작과 인공지진에 관심을 가지면서 수차례 해킹을 시도한 전력이 있었다. 그러나 보안 업그레이드로 핵심 자료와 운영 시스템까지는 뚫지 못했다. 그랬던 난공불락 시스템이 지난 16일 13분간 뚫렸다. 그날 타이완 동쪽에 규모 6.2, 오키노토리시마 6.7 지진이 일어났다. 그 여파인지 다음날 난카이 6.8, 류큐 9.5, 동중국해 9.7 규모의 대지진이 연이어 일어났다. 필리핀판이 움직인 것이다.

"중국 움직임은 어떻소?"

"반응이 없습니다."

펠튼은 중국이 표정 관리하고 있다고 생각했다.

"만약 중국이 해킹했다손 치더라도 해킹했다고 스스로 밝힐 리는 없을 테고."

"성공했지만 실패한 해킹이라는 것이 아이러니합니다."

"타이완을 치려다, 도미노처럼 지진이 일어났고, 급기야 동중국해에 섬을 만들어 한국에 바쳤다는 것이군."

셀레나는 배후가 중국이라면 앞으로 있을 대응이 걱정스러웠다.

"문제는 중국이 우리의 기상조작과 인공지진 실체를 확인했다는 겁니다."

"중국이 미국을 넘어서기 위해서 기상 무기를 개발하고 있질 않소. 걱정이군."

*

"이게 어떻게 된 거요?"

리신 주석이 차이충 국가안전부장을 나무랐다. 첩보에 의문을 품었다. 동중국해를 한국에 뺏겼고, 오키노토리시마 폭격 의심에 타이완 점령 계획도 지지부진했다. 애초 칭다오를 떠난 핵잠수함이 잠행하다 일본 함정을 격침시킴으로 한일간의 전쟁을 일으키려 했었다. 한국이 일본을 공격한 것으로 만들 생각이었다. 그 틈을 타서 리신은 전격적으로 타이완을 접수하려 했었다. 그런데 난데없이 누군가에 의해 오키노토리시마가 폭격당하면서 일이 꼬였다.

리신은 타이완 문제 해결을 질타했다. 타이완 점령을 대비해 선제적으로 HAARP를 해킹한 것을 보고 받지 못했다.

차이충은 HAARP 작동 해킹을 보고할 것인지를 고민했다. 해킹은 국가안전부와 군부 산하 61398부대의 협공으로 이루어졌다. 해킹은 HAARP 설계도를 빼기 위한 것이었다. 해커가 방어망을 뚫다 뜻하지 않게 침투 불가능하다는 작동시스템에 연결되었다. 순간 당황했다. 상상하지 못한 결과를 만들어 내자 차이충의 위험한 상상력이 발휘되었다. 치기가 시작된 것이다. 직접 작동을 시켜 보면 어떨까? 인공지진을 일으킨다는 미국의 미확인 능력을 확인해 볼 필요가 있었다. 기회는 지금 뿐이었다.

해커는 두 곳의 좌표를 찍었다. 북위 23.92, 동경 122.21과 북위 20.25, 136.05에 작동 명령을 내렸다.

타이완 화롄시 동쪽 해상과 오키노토리시마에서 지진이 발생했다. 명령 키를 친지 3분과 7분 후였다.

"하나를 잃고, 다른 하나를 얻은 셈이군."

차이충은 미국의 인공지진 존재를 확인했지만, 동중국해를 빼앗길 위기에 놓였다. 타이완 지진과 오키노토리시마 지진이 나비효과를 일으킨 것인지 우연의 일치인지 이어서 류큐 대지진과 동중국해 대지진이 일어났다. 차이충은 보고를 망설였다. 누군가는 책임져야 할 일이었다. 차이충은 침묵을 선택했다.

미국의 인공지진 기술은 확인되었다. 미국과 중국은 서

로 해킹을 숨겼다. 미국은 인공지진 기술을 가졌다고 긍정도 부정도 하지 않았다. 자칫 대량살상무기를 가졌다는 비난을 받고 싶지 않았기 때문이었다. 해킹으로 미국의 인공지진 능력을 알아낸 차이충도 미국이 그런 기술을 가지고 있다고 말할 수 없긴 마찬가지다.

해커의 손장난과 상상력은 동북아 지도를 바꾸는 결과를 가져왔다.

그리고 며칠 지난 22일 일본의 오키노토리시마가 미상의 잠수함으로부터 폭격당했다. 미국은 미상의 잠수함이 중국도 한국도 아니라는 걸 알고 있었다. 펠튼은 미상의 잠수함 정체는 미야기가 알고 있다고 결론 지었다. 펠튼은 미야기의 쇼타임을 침묵하고 지켜봤다.

미야기는 일본의 폭격 사실을 알리면서 여론몰이를 시작했다. 그리고는 독도로 해상자위대를 파견했다.

펠튼은 더는 지켜볼 수 없다고 판단했다. 자칫 중국이 타이완을 점령하는 일에 일본이 멍석을 깔아줄 수 있기 때문이었다. 미야기 총리의 체면을 생각해서 한국에는 비밀로 하고, 셀레나를 비밀특사로 일본과 중국에 파견한 것이다.

*

미야기 총리의 침묵이 깊어졌다. 본의 아니게 칩거에 들어갔다. 동지에서 적이 되어버린 중국과의 관계를 어떻게 정리할지 생각에 잠겼다. 오키노토리시마는 손녀 스미레의 바둑 꿈처럼 이상하게 꼬였다. 오키노토리시마를 앗아간 것은 한국이 아닌 중국이었다. 펠튼도 알고 중국도 알고 있는 내용을 미야기만 모르는 척 바보짓을 했다. 펠튼에겐 부끄러웠고, 중국은 괘씸했다. 한국엔 차마 입을 열지 못했다. 펠튼과 리신이 오키노토리시마에 대해 입을 열면 미야기는 정치를 떠나야 한다. 비난의 무게에 깔려 질식사할지도 모른다. 어쩌다 일이 이렇게 꼬였을까?

"그냥 보고만 있으실 겁니까?"

나아토 관방장관이 찾아왔다. 나아토 관방은 차기 총리를 노리고 있지만, 지금은 아니라고 판단했다. 미야기가 장렬하게 총알받이를 해주고 떠나길 바라고 있었다. 중국과의 합동작전도 오키노토리시마 때문에 실기했고, 회담은 지지부진했다. 한때 아시아 최강을 자랑하던 해상자위대는 JDZ를 지키지도, 한국해군을 제대로 제압하지도 못하고 있다. 이미 한국은 한국령이라고 선포해놓고 동중국해를 장악하고 있는데도 미야기는 잠잠했다.

"이제 나도 떠날 때가 된 것 같소."

미야기 총리는 조용히 화를 내는 중이었다. 지지율 급락도 급락이지만 무기력해진 자신에게 화가 났다. 이미 한국은 발 빠르게 한새군도에 외신기자 취재를 허용했다. 한국은 한국령이라는 걸 고착화하고 일본과 중국의 공격 가능성을 철저하게 차단하려는 전략을 세운 것이다.

“총리님, 수렁에서 빠져나오셔야지요.”

냉철하게 대비해야 한다. 그것이 일본의 전통이자 강점이었다. 관방은 누구누구의 책임을 논할 때가 아니라고 했다. 책임은 모든 사태가 종결되었을 때 잘잘못을 다투어도 늦지 않는다. 여전히 일본은 강하고, 능력이 있다. 나아토 관방장관의 충언에 미야기는 마음을 추슬렀다.

미야기는 파라다이스드림호 처리에 생각을 집중했다.

“이 경우 도대체 누구에게 유리한 게요? 나는 해석하기가 쉽지 않아요.”

일본 내각은 파라다이스드림호가 한새군도 내에 고립된 것이 사태 해결에 유리한 것인지 불리한 것인지를 다시 논의하기 시작한다.

내각에서도 의견이 분분했다. 긍정론자는 파라다이스드림호가 일본 선적이라는 것을 이용하여 한새군도 탈환의 지렛대로 이용해야 한다고 주장했다. 그래서 최대한 고립 시간을 끌어 기회를 엿보는 것이 중요하다고 판단한다. 시간을 벌어야 비밀작전을 통해 한새군도를 장악할 수 있다는 것이다. 그래야 협상을 하더라도 실익 가능성이 있지만 이대로는 방법이 없다는 것이다.

그런가 하면 부정론자들은 파라다이스드림호가 고립되면 결국 일본 승객이 인질이 될 가능성이 크다는 것이다. 물론 최대한 빨리 정상 운항이 되도록 노력해야겠지만, 드림호가 탈출하기 전까지는 사실상 한국의 인질로 보아야 한다. 때문에, 크루즈 운항 재개가 어렵다면 이른 시일 안에 일본 국민 철수 선을 보내 본국으로 돌아오게 만드는 것이 필요하다는 것이다.

미야기 총리는 타구치 정보관을 따로 불렀다. 타구치는 자책하며 반성했다. 미야기를 코너로 몬 것은 타구치였다. 애초 타구치의 제안은 신선했었다. 오키노토리시마가 자연 침강한 것이라면 암초로서 권원이 사라지지만, 폭격당한 것이라면 이야기가 달라진다. 그래서 미야기의 자작극을 제안한 것이었다. 하지만 그것 또한, 정보 최고 책임자로서 책임져야 할 일임에는 분명했다. 국제적인 망신을 당했다. 그것이 단지 미국과 중국뿐이라 할지라도 미야기의 위기를 불러왔다. 한차례 신랄하게 꾸중한 터라 미야기는 차분하게 입을 열었다.

"VIP는 어떻게 되었소?"

슈코가 타고 있는 파라다이스드림호는 치안이 위태롭게 유지되고 있었다. 미야기로서는 치안 유지가 고맙기도 하고, 그렇지 않기도 했다.

2

마리의 사랑

한국 승객들은 크루즈에서 하선하느냐를 놓고 논의를 벌였다. 한국 차재영 승객대표가 회의를 주관했다. 한국 승객대표 회의는 파라다이스드림호 아레나 대극장에서 열렸다.

"여러분, 저는 한국 여행객의 안위를 위해 대표를 맡은 차재영입니다. 오늘 회의는 앞으로 우리가 어떻게 행동해야 할지를 묻고, 불편사항이 있으면 여러분을 대신해 문제해결을 도와주기 위해서입니다. 먼저 저와 함께 활동할 여성대표를 소개하겠습니다."

차재영 대표는 대표단 소개에 이어 회의를 진행한다.

"먼저 현황 보고를 하겠습니다. 상황설명은 정순애 여성대표께서 수고해주시겠습니다."

여성을 대표하는 정순애 대표는 현황 설명을 시작했다.

"파라다이스드림호는 현재 동중국해 해상 한새군도에 있고 조타 장비 고장과 주변 암초로 항해를 중단한 상태입니다. 항해가 중단된 것은 6월 17일 새벽부터고 아직 수리는 계속되고 있는 것으로 알고 있습니다. 그리고 이미 잘 아시겠지만, 이곳 한새군도는 한국군이 신속하게 접수했고, 한국 정부에서 한국령으로 공표했습니다."

한새군도의 영토 편입은 한국 승객으로서는 자축할 일이었다. 반면에 신변이 위험해질 수도 있었다. 자칫 일본과 중국 승객과 척이 져서 공공의 적으로 변모될 수도 있었다. 정순애 대표는 한국 승객 치안대책 마련과 함께 여성 승객의 안전을 걱정했다. 치안 문제가 대두되자 승객들은 크루즈 여행을 계속해야 할지를 고민했다. 파라다이스드림호 운항은 불확실했다. 여행을 중지하고 귀국할 것인지 계속 여행을 할 것인지도 결정해야 했다.

설명이 끝나자 승객의 불만이 나오기 시작했다.

"그런데 말입니다. 선사는 이를 천재지변으로 보고 위약 배상은 없다고 주장하고 있습니다."

"무슨 말 같지 않은 소립니까!"

승객들은 여행사의 천재지변은 말이 안 된다는 주장에 동의했다. 조타기기 고장으로 표류한 것이 근본 원인인데 그 모든 것은 해저지형이 바뀐 것으로 천재지변 처리하는 것은 어불성설이라는 것이다. 일부는 여행 보상을 받고 하선하겠다고 하고, 일부는 계속 여행을 계속하겠다는 의견으로 갈렸다. 일단 하선 희망자와 계속 여행 희망자의 명단을 받기로 했다.

“제가 듣기로는 한새군도에 한국, 일본, 중국의 해군이 대거 집결하여 대치하고 있다던데 아시는 바가 있으십니까?”

승객 중에 50대로 보이는 남성이 질문을 던지자 차재영 대표가 대답했다.

“저도 자세한 상황은 알지는 못합니다만, 한새군도가 원래 동중국해의 망망대해였는데 갑자기 섬이 생기면서 한국이 점령한 상태기 때문에 당연히 일본과 중국해군도 집결하지 않았겠습니까?”

“제가 단순 대치 수준이 아니라 전쟁 가능성도 있다는 말이 있어서 묻는 겁니다.”

승객은 꽤나 심각한 표정이었다.

“그건 제가 알아보도록 하겠습니다.”

20대 젊은 여성이 불쾌한 어투로 질문했다.

“오늘 낮에 중국 승객이 많은 곳으로 지나가다 성희롱을 당했는데 이럴 땐 어떻게 해야 합니까?”

정순애 여성대표는 중국과 일본은 한국과 달리 성인지 감수성이 낮은 것이 문제 될 수 있다고 걱정했다. 그들은 어지간한 것은 성범죄로 보지 않는다. 부당하더라도 개인이 조심하는 것이 우선이다. 문화 차이로 사소한 간섭이 자칫 국가 간의 갈등을 유발할 수 있기 때문이다. 치안을 맡은 해경에게도 부담을 줄여줘야 했다.

*

크루즈 선사 사장단이 한새군도 12해리 밖에서 대기했다. 한국 경비정이 사장단을 마중했다.

“오시느라 수고 많으셨습니다. 저는 대한민국 제주해양경찰청 박해철 경정입니다. 죄송합니다만 약식 입국 절차로 신원 확인을 좀 하겠습니다. 마이넘버 카드를 보여주시겠습니까? 운전면허증도 가능합니다.”

박해철 경정은 아라시 쿠마모토 사장을 비롯해 탑승자 모두를 신원 확인했다.

“실례했습니다. 저희 배에 오르시지요.”

“고맙습니다.”

박 경정은 밝게 웃으며 사장단을 안내 한다. 하지만 이미 관심은 부사장에게 있었다. 세 사람 중 가장 어색한 움직임을 보였기 때문이었다. 파라다이스드림호까지 오는 동안 불안해 보이는 그를 넌지시 주시했다.

6월의 이글거리는 바다 위에 신기루처럼 파라다이스드림호가 보이기 시작했다. 사장의 마음이 착잡한 모양이다. 바람에 몇 가닥 남지 않은 머리칼이 흩어졌지만, 눈을 떼지 못하고 파라다이스드림호 만 바라봤다. 하필 그 시간에 이곳에 암초가 솟았을까? 만감이 교차했다.

“죄송합니다만 소지품 검사를 해야 합니다. 협조 부탁드립니다.”

해경은 드림호에 도착하자 금속탐지기로 몸을 수색한다. 사장은 휴대폰과 지갑 이외에 특별한 것이 없었다. 다음은 부사장이다. 부사장은 두툼한 뭉치를 꺼내 놓았다.

“이게 뭡니까?”

“달러입니다. 돈이지요.”

부사장은 달러 뭉치를 선장에게 전달한다고 했다. 비상시에 쓰는 운용자금이라고 했다. 박 경정은 카드나 다른 결제를 사용하지 않고 현금을 쓰는 것에 의아해했지만 문제 삼지는 않았다. 관례 적으로 기항지에 기항할 때 접안 순서가 늦어지면 급행료를 쓰기도 했다. 급행료는 승객 편의를 위한 것이기는 하지만, 지금은 운항 자체가 어려운 상태여서 이해되지는 않았다.

“엔리케 선장님! 잘 챙기셔야겠습니다.”

“물론입니다.”

마지막 설비 기술자의 가방을 열었다. 기술자의 가방답게 수리에 필요한 기기들이 복잡하게 들어있다. 해경은 하나하나 차례차례 물건을 확인해 본다.

“특별한 물건은 없으시겠지요?”

“특별한 거라면 뭘?”

“외부와 소통할 수 있는 통신 관련 장비라든지 그런 것 있지 않겠습니까?”

“그런 건 없습니다.”

“혹시 수리 중에 전문가 의견을 물어보기 위해서라도 통신장비가 필요하진 않으신가요?"

"피, 필요하긴 합니다만…."

"꼭 필요하면 저희 위성 전화를 빌려 드리겠습니다. 필요하면 말씀하세요. 그리고 수속을 모두 마치려면 15분쯤 걸리니까 잠시 쉬세요."

박 경정은 통제실로 돌아와 CCTV를 돌렸다. 조금 전 소지품 검사 때 세 사람의 모습을 보기 위해서였다. 지켜보던 박 경정 얼굴에 미소가 번졌다. 박 경정은 부사장이 일본 CIRO 요원을 접촉하리라 추측했다. 동작에서 정보원의 냄새가 났기 때문이었다. 박 경정은 부사장의 동선을 전담할 요원을 준비시켰다. 승무원 중 CIRO 블랙요원이 있을 가능성이 크고 그와 접촉할 가능성이 있었기 때문이었다. 달러 사용처를 물었을 때 순간적으로 사장이 입술이 미묘하게 떨리는 걸 잡아낸 것이다.

엔리케 선장은 죄인처럼 사장 앞에 서 있다. 사장은 무언가 말하고 싶어 입이 달싹거리지만 말하지 않았다. 선장은 지금까지 경과를 설명했다.

"원인은 찾았소?"

"보고한 대로 조타 문제가 있는데 워낙 연결 구간이 길어서 아직 모두 확인하진 못했습니다."

"오다케 부장! 원인이 확인된다고 가정했을 때 직접 수리가 가능한 거요?"

오다케는 확신하지 못했다.

시간이 지나면서 승객들은 점점 지쳐갔다. 배가 암초에 갇힌 지도 일주일이 지나가고 있었다.

"아라시 사장님, 선사 계획은 어떻습니까?"

김정훈 본부장은 아라시 사장에게 향후 계획을 물었다.

"크루즈 조타를 수리한다 해도 이 상태로는 흘수가 확보되지 않아 탈출은 어려울 것 같습니다."

"그렇다면 승객과 승무원을 계속 배에 남겨 둘 수는 없지 않습니까?"

"지금 식료품 재고도 많지 않고, 연료도 곧 바닥을 드러낼 겁니다. 대체할 크루즈 선이 동원되면 필수 요원만 남겨 두고 하선 시킬 계획입니다."

쓰나미 여파로 대체 크루즈선 또한 타격을 입어 수리 중이었다. 당장 동원할 수 없는 형편이다. 당장은 대체 선 보다는 드림호를 움직여봐야 할 상황이었다.

"승객을 모두 하선시키고 무게를 줄이면 탈출할 수 있습니까?"

"그건 확신할 수는 없습니다. 다만 해수면이 높을 때를 기다려 시도해 봐야지요. 다만, 그만큼 흘수가 확보될지는 자신할 수는 없는 일입니다."

아라시 사장과 김 본부장은 크루즈 처리 계획에 대해 무엇 하나 확신할 수 있는 것은 없었다. 아라시는 승객 하선 건을 제안해왔다. 그것은 긴급 하선 자를 선정하여 하선시키자는 것이었다. 소수의 하선 자는 아라시 사장이 하선할 때 같이 동행할 예정이었다. 김 본부장은 응급 환자는 하선이 가능하지만, 그렇지 않은 경우는 한국 정부와 협의해야 한다고 설명했다. 아라시 사장은 고객 우선주의가 선사의 오랜 전통임을 내세웠다.

김 본부장은 아라시가 무언가 숨긴다는 것을 짐작했다. 어색한 표정과 흔들리는 눈빛에서 다른 이유가 있다는 걸 알아차린 것이다. 그렇다면 그가 하선시키려는 자가 특정되었는지를 알면 의도를 알 수 있을 것이었다.

아라시 사장은 한숨을 푹 내쉬었다. 불길했다. 오다케 부장의 기술력으로는 수리가 안 될 것 같다는 1차 보고가 있었기 때문이었다. 최악의 경우 드림호를 다시 바다로 띄울 수 없다면, 해체해야 할 경우도 대비해야 했기 때문이다. 그러면 해체 비용이 매각 비용보다 더 클 수도 있다. 지난 2021년 코로나로 크루즈 선을 해체 판매했던 기억이 악몽처럼 되살아났다. 그 순간에도 아라시 사장은 사업구상을 했다. 그것은 아직 일본과 협의할 사항은 아니지만, 최악의 경우 사장은 한국에 정면 돌파를 시도할 생각이다. '당신들 영토에 우리 배가 갇혔으니 배를 사시오. 아니면 공동 사업을 합시다. 크루즈를 현재 위치에 고정해 크루즈 호텔을 만들어 사업을 합시다….' 새로 생긴 한새군도 관광 상품도 개발하고, 아쿠아랜드를 만들면 사업성이 있지 않을까. 특히 수심이 깊지 않아 인도양의 몰디브나 남태평양의 휴양지처럼 개발하면 휴양의 섬이 될 수도 있다. 하지만 지금은 일본에서 펄쩍 뛸 것이다.

그 와중에 부사장은 계속 움직였다. X를 찾고 있는 것이 분명해 보인다. 어떤 표식이나 신호 같은 것을 확인할지도 모른다. 본사 사장단이 온다고 할 때 이미 X도 움직였을 것이다. 주변에서 무언가 접선 가능성을 엿볼 것이다. 박경정은 부사장의 동선을 가능하면 자유롭게 놔둘 생각이다. X는 부사장이 알아서 찾아 줄 것을 기대했다.

*

중국의 한새군도 할지 계획에 차질이 생겼다. 동중국해의 핑후, 텐와이텐, 춘샤오 유전에 대한 관할권 다툼에 휘말릴지도 모를 상황이 되었다. 당장은 군사력 우위로 소유문제가 없다 하더라도 한새군도가 생물처럼 꿈틀거리며 계속 확장하기라도 한다면 문제는 달라진다. 중국은 한새군도가 유전 쪽으로 계속 확장되더라도 중국 고유권한을 인정해주는 조약을 맺으려 준비했다. 일본과 맺은 중·일 비밀 개발협정 파기가 초읽기에 들어간 분위기였다.

상무회의에서 리신 주석은 타이완 점령에 제동이 걸린 만큼 한새군도를 중국령으로 만들어야 한다고 주장했다. 뜻밖에 강수를 던졌다. 한새군도는 한국이 실효 지배하고 있지만, 중국의 대양 진출을 위해서는 꼭 중국의 영토로 만들어야 한다는 것이다. 한국이 계속 차지하게 되면 중국의 태평양 진출에 장애가 된다. 가뜩이나 타이완을 점령하지 못하면 바다에 대한 불리함을 안아야 한다. 동북쪽 바다는 러시아와 한반도에 막혀 있고 일본 본토, 오키나와, 타이완, 필리핀으로 이어지는 열도로 바닷길이 막혀 있는 형국이다. 그런데 한새군도까지 한국이 장악한다면 앞으로 동중국해를 한국과 미국이 좌지우지하게 되기 십상이다.

쑨샤오쿤 총리는 리신이 타이완 침공에서 한발 물러서자 반대를 하고 나섰다.

"주석! 첫 과업은 타이완이 되어야 합니다."

쑨샤오쿤 총리는 리신이 타이완 점령 대신 동중국해로 관심을 돌리자 제동을 걸고 나섰다.

"총리! 지금 미국하고 한판 벌이자는 겁니까?"

"언제까지 피해갈 수는 없지 않습니까?"

"그래도 지금은 아니오."

"주석! 그렇게 미적거리다 타이완이 핵 무장을 하기라도 한다면, 어찌하려고 그러십니까? 그땐 타이완 통일은 이미 물 건너갑니다."

"그래도 지금은 때가 아니오. 샤먼의 병력도 물려야겠소."

리신 총리는 현실적인 선택을 하려 했다. 실리에 밝은

리신의 태자당[3] 의견은 그렇게 모아졌다. 공청단의 리더 격인 쑨샤오쿤 총리는 동중국해가 타이완에 우선할 수 없다는 뜻을 굽히지 않았다. 쑨샤오쿤은 한번 실패는 병가지상사라고 강력한 중국의 굴기로 타이완을 점령해야 한다고 목청을 높였다. '피를 흘리지 않고 얻을 수 있는 것은 아무것도 없다.'

상무회의는 태자당과 공청단의 진영 싸움으로 격화되고 있었다. 한때 수적으로 궤멸 위기였던 공청단이 상하이방과 연합하여 세력을 키우면서 팽팽한 균형을 이루고 있었다.

"전면전은 무모합니다. 눈앞의 타이완을 치다가 신장웨이우얼에 뒤통수를 얻어맞을 수도 있습니다. 티베트는 또 어떻고요. 실패한다면 중국몽은 거기서 끝나버릴 수도 있습니다. 손해 보는 장사라는 겁니다. 그래서 드림호를 잘 이용해야 합니다."

리신의 주장에 천다오린 상무위원이 거들었다.

"지금은 둥하이다오(한새군도)를 기습적으로 공격하려 해도 드림호에 탄 인민들이 인질이 될 수 있어 불리합니다. 작전을 펴려면 크루즈 장악과 동시에 둥하이다오를 공격 접수하는 겁니다."

---

3) 태자당: 중국의 권력 집단 중 하나다. 중국은 혁명 권력 2세 정치집단인 태자당, 공산당 출신 청년 엘리트 집단인 공청단, 재력을 바탕으로 뭉친 집단인 상하이방 등이 세력을 형성하고 있다.

천다오린은 줄탁동시[4]를 꺼내 들었다.

"이런 뜻을 지금으로는 크루즈 안에 있는 우리 인민에게 전달할 방법이 없지 않습니까?"

"드론으로 위성 전화를 전달하려는 시도는 있었습니다만 한국군이 작동 중인 드론격추전파지대를 통과하지 못하고 격추되었습니다. 계속 전파회피 회랑을 만들고 있으니 지켜봅시다."

회의는 구체성을 띠기 시작했지만, 주장이 서로 엇갈리며 격화되었다. 리신 주석은 정회를 선언했다. 휴식을 가지자 자연스레 계파별로 모여 의견을 모으기 시작했다. 공청단의 타이완 점령 우선 주장은 태자당의 동중국해 공략 주장에 묻히고 있었다.

*

드림호 회의실에서 승객대표 연합회의가 시작되었다. 아라시 사장은 크루즈 고장을 확인하러 왔다가 본의 아니게 대표들의 강요로 회의 석상에 앉게 되었다.

"사장님, 앞으로 계획부터 설명해 주시지요?"

---

4) 줄탁동시(啐啄同時): 병아리가 알에서 깨어나기 위해서는 어미 닭이 밖에서 쪼고 병아리가 안에서 쪼며 서로 도와야 일이 순조롭게 완성됨을 의미함. 즉, 생명이라는 가치는 내부적 역량과 외부적 환경이 적절히 조화돼 창조되는 것을 말함.

아라시 사장은 공격성향을 보이는 승객 대표단에 심리적인 압박감을 느꼈다.

"아, 아직 구체적인 방향을 잡지 못했습니다. 현황을 파악하고 있습니다. 시간을 조금 더 주시면 자세하게 설명 들리겠습니다."

주춤거리는 아라시를 승객대표들은 밀어붙였다.

"사장님, 그건 아니지요. 아직 파악도 못 했다면서 드림호를 떠나려 했다는 말입니까? 오로지 배에만 관심이 있고, 승객들에 관해서는 관심이 없단 말입니까?"

"그, 그럴 리가요. 그건 오해십니다."

"그러면 당분간 이곳에 머무르시면서 사태를 해결하실 겁니까?"

"그건 선사와 협의해서 결정하도록 하겠습니다. 그러니 시간을 좀 주십시오."

승객 대표단은 사장의 거취에 대해서 논의를 시작한다. 엔리케 선장은 항해 불가 가능성을 조심스럽게 내비쳤었다. 사태가 장기화하면 보상문제가 불거질 것이다. 승객 대표단은 선사와 협상 카드로 아라시 사장을 인질로 잡아두어도 나쁘지 않다고 생각했다. 그러나 여기는 한국령이다. 한국 현행법으로 볼 때 사장의 인신구속은 불법이다. 한국 해경이 협조하지 않으면 사실상 인위적으로 잡아 두긴 어렵다. 해경은 당연히 불법에 동조할 수 없었다. 자칫 국가적인 인권문제가 발생할 수 있기 때문이었다.

아라시 사장이 선사와 협의를 마치고 회의장으로 돌아왔다. 얼굴이 벌겋게 달아오른 표정이다. 논의가 쉽지 않았다는 방증이다.

“사장님, 결과를 말씀해 보시지요.”

아라시의 목소리는 떨렸다. 아라시는 사태 해결을 위해 부사장을 남겨 두겠다고 했다. 자신은 본사에 들어가 보상 문제를 해결하겠다는 것이었다.

“그건 곤란합니다. 대표성이 있는 분이 남아야지, 부사장이 남는 것은 인정할 수 없습니다.”

대표단의 반응은 예상대로였다.

이를 지켜보던 김정훈 본부장은 일본의 의도를 흥미롭게 지켜보았다. 정보원 역할의 부사장을 상근 배치하겠다는 뜻이다. 김 본부장은 상부로 보고했다. 부사장을 끼고 있는 것이 사태 해결에 유리할지 불리할지를 판단하기 위해서다. 상부에서는 부사장 잔류를 반대했다.

*

슈코와 아야카는 저녁 식사를 하러 레스토랑에 들렀다. 요리는 일부 식자재 부족으로 가짓수를 반으로 줄였다. 드림호의 한계가 서서히 드러나는 것으로 보였다.

“이봐. 마리라고 했었지?”

지난밤에 KJK와 공연했던 중국 로커 룰루였다. 로커는 일행을 데리고 나타났다. 그리고는 아이라인이 진한 눈빛으로 슈코를 쿡쿡 찌르듯이 흘겼다. 아야카가 룰루를 빤히 보자 '넌 또 뭐야.' 하는 눈빛으로 아야카를 쳐다봤다.

"한마디만 하고 간다. 하늘 오빠한테 끼 부리지 마라. 후회한다. 난 한다면 하는 년이니까."

아야카가 한마디 하려 하자 슈코가 말렸다. 상대할 가치가 없다면 상대하지 않아야 한다는 것이다. 무례하기 짝이 없는 룰루가 지나간 뒤 둘은 입맛이 뚝 떨어졌다.

룸으로 돌아가는 길에 제과점에 들러 평소 좋아하던 케이크를 샀다. 빈약해진 진열대에 놓은 케이크에 KJK의 이름이 보였다. 이 와중에서도 발 빠른 상술이라고 생각하면서도 선뜻 손이 그리로 갔다. 언짢았던 기분이 KJK 케이크를 사면서 풀렸다.

계산은 크루즈 전용 모바일 앱인 파라다이스드림 머니로 자동 계산됐다. 운항은 멈추었지만, 결제는 정상이었다. 둘은 룸으로 돌아와 케이크를 탁자 위에 올려놓았다. 둘 다 케이크를 보다가 서로 얼굴을 빤히 본다. 그러더니 깔깔깔 웃기 시작했다.

"너도 그렇지, 도저히 먹을 수가 없지? 아까워서 어떻게 하늘 사마 캐리커처에 이름이 적힌 케이크를 먹을 수 있겠니. 그냥 놔두고 두고두고 볼 테야."

슈코와 아야카는 케이크를 관상용으로 흐뭇하게 바라볼 뿐 먹을 엄두를 내지 못했다.

그때였다. 벨 소리가 들리고 누군가 방문을 두드리는 소리가 들렸다.

"누구세요?"

"벨보이입니다."

"무슨 일이시죠?"

"이벤트에 당선되어서 선물 가져왔어요."

"누가요?"

"마리 손님이십니다."

아야카는 도어뷰어를 통해 밖을 보더니 갸우뚱한다. 남자는 얼굴을 보기에는 너무 문 앞에 바싹 붙어 서 있다. 아야카는 잠깐 망설이다. 도어체인 장치를 걸어 빼꼼하게 밖을 내다보더니 화들짝 놀란다. 광대 복장과 분장을 한 남자가 마술 상자같이 색상이 현란한 선물 상자를 들고 서 있었다.

"오 마이 갓!"

아야카가 잠시 어쩔 줄을 모르더니 문을 열어 준다.

"아야카, 무슨 일이야!"

아야카가 당황스러워하자 슈코는 무슨 일인지 궁금했다. 그러더니 광대를 보고 깜짝 놀란다.

"안녕, 마리!"

광대는 슈코를 보면서 마리라고 불렀다. 목소리가 귀에 익었다. 순간 슈코는 '설마!'

그 틈에 광대는 슈코의 머리에 생일 고깔을 씌운다.

"마리 씨, 생일 축하합니다."

"오늘은 제 생일이 아닌데요?"

"그래요? 아무튼, 당첨되었어요. 축하드려요."

광대는 가져온 선물 상자에서 케이크를 꺼내 양초 1개를 꽂고 불을 붙였다. 그리고는 막무가내로 노래를 부르기 시작한다. 생일 축하 송을 들으면서 슈코는 그가 하늘이라는 걸 확신했다. 가슴이 우둔우둔 뛰기 시작한다.

그는 하늘이였다. 하늘은 자신의 케이크를 산 고객 명단을 실시간으로 받고 있었다. 크루즈 선 안에서 아이돌의 행동에는 제약이 많았다. 팬들의 눈에 쉽게 띄기 때문에 함부로 돌아다닐 수도 없고, 개별로 여자를 만나면 소문나기에 십상이다. 그래서 광대 분장을 잔뜩 하고 찾아온 것이다.

아야카는 둘만을 위해 발코니를 내어주고 자기 방으로 들어간다. 슈코는 아야카가 자리를 피하자 쑥스럽고 덜컥 겁이 났는지 안절부절못한다.

"마리! 화장을 않았어도 정말 예쁘군요."

의례적인 인사일까?

"예뻤으면 좋겠어요. 밝았으면 더 좋겠고요. 늘 과묵하다는 말을 많이 듣거든요."

"아뇨. 정말 예뻐요. 그리고 밝아요. 과묵해 보일 땐 생각이 많아서 일 겁니다. 무슨 생각이 그리 많으실까? 그 많은 생각 중에 내가 들어있었으면 좋으련만… 혹시라도."

슈코는 거짓말탐지기 앞의 소녀처럼 쑥스러워했다.

"그럼 제 마음에 하늘 사마를 담아도 될까요?"

별생각 없이 대답하다 화들짝 놀란다. 마음을 들킨 사람처럼 당황스러워하자 하늘은 조용히 읊조렸다.

"통역 블루투스가 쓸만하네요. 인공지능이 들어있는 것 같아요."

그동안 하늘은 개인이 소유할 수 없는 인격체라고 생각했다. 수많은 여성을 위해서만 존재하는 공공 인격체라는 것이었다. 자신만이 사랑할 수 있고 소유할 수 있다면 통렬한 행복이겠지만, 한편으로는 다수에 죄를 짓는 것이 되리라.

"마리님도 제 마음에 담아둬도 될까요?"

진심이 아니라도 상관없다고 생각했다. 기회를 놓치고 싶지 않았다. 순간 대범해졌다.

"저야 영광이죠. 그럼 다시 한번 볼 기회가 있을까요? 하늘 사마님이 상하이에서 하선하기 전에…."

슈코는 상하이 하선할 때까지 만이라도 자신만의 남자가 되어 준다면 더 바랄 게 없었다. 설령 수많은 여성의 '공공의 적'이 되더라도 말이다. 막상 이렇게 된 이상 눈치 없게도 드림호의 수리가 덜컥 끝나도 낭패였다. 상하이로 가는 시간은 하루면 충분했다. 하지만 지금으로서는 기우에 불과했다.

"물론입니다."

슈코는 의외의 진전에 당황했다. 앱이 제대로 통역하고 있는 걸까? 하늘은 누구에게나 저런 표현을 쉽게 하는 걸까? 하늘이 돌아간 뒤에도 하늘이 했던 말이 자꾸만 귓가에 맴돌았다.

“마리 님의 본명은 마리가 아닌 것으로 압니다. 정확히 기억하지 못하지만 팬 사인회 때 사인한 이름은 마리가 아닌 것만은 분명 기억합니다.”

“기억력이 그 정돈 줄 몰랐어요. 대단하신데요?”

“기억력이 대단한 건 아닙니다. 처음부터 눈에 띄었거든요.”

하늘은 마리에게서 기시감을 느꼈다. 단순한 팬과 만남이 아닌 그런 기시감이었다.

“하늘 사마님, 정말 죄송해요. 언젠가 이름을 밝힐 기회가 올지는 모르지만, 지금은 그냥 마리라고 불러주세요.”

“그럼 제가 애칭이라 생각하고 마리라고 불러드려도 될까요?”

“좋아요. 그렇게 부탁드려요.”

“그럼 또 봐요. 마리! 잘 자요!”

슈코는 거울 앞에 섰다. 하늘은 한국 박한 대통령 취임식 때 만남을 기억하지는 못할 것이다. 얼굴이 바뀌었으니까. 나는 눈에 띌만한 모습인가? 무엇이 하늘의 눈에 띄었을까? 슈코도 아직 자신의 얼굴에 익숙하지 않았다. 자신 속에 타인이 있는 것도 같고, 타인 속에 자신이 있는 것도 같았다. 스스로 평가는 그랬다.

거울 속에서 낯선 자신보다 익숙한 얼굴을 보았다. 아야카였다. 부스스한 얼굴이 잠을 자다 나온 사람 같았다. '이런 태평인 애를 봤나. 하늘하고 무슨 일이 있었는지 궁금하지도 않았나 봐.'

*

장관급 1차 회담에서 한국의 완고한 거부로 한새군도 건에 진전이 없자. 1차 개별 회담 대신 2차는 공동으로 진행했다. 일본과 중국은 공동 전선을 준비했다. 일본은 중국에 당하고도 적과의 동침을 선택했다. 처음부터 한국이 지각을 인위적으로 조작한 증거가 있다면서 이는 국제법 위반이며 동시에 비윤리적인 행위라고 비난하기 시작했다.

"증거를 제시하세요. 말에 책임을 지지 않으신다면, 더는 회의할 수 없다고 생각합니다."

일본과 중국의 지각 조작설에 대해 박주형 장관은 증거자료를 요구했다.

"여기 이것은 일본 기상청과 중국 지진국 자료입니다. 17일 새벽 시간 한새군도 일대에서 여러 건의 천발지진이 났다는 자료입니다."

"천발지진이라면 진원 깊이가 얼마로 마킹 되었다는 겁니까?"

"3km~11km입니다."

일본과 중국도 그 정도의 깊이의 진원을 인공지진이라고 주장하는 것은 무리한 공세라고 생각했다. 해저 11km를 뚫고 들어가서 지각을 변형시켰다는 것은 억지다. 하루가 멀다 않고 일본 해상보안청과 중국 동해함대에서 초계비행으로 감시하는 지역이었다. 아무런 장비도 없이 호미로 해저 암반을 11km나 파기라도 했다는 거냐고 따져 물었다. 합당한 증거도 없고, 한국 기상청과 미국 지질국 자료와 맞지 않는다는 것을 강조했다.

일본과 중국은 지각판이 충돌하는 깊이는 일반적으로 20km 이상이라고 주장한다. 한국은 과거 일본에서 발생한 지진 중에 10km에 불과한 자연지진 기록도 있다며 인공지진으로 너무 확대해석하지 말라고 경고했다. 이외에도 지진 파장 방향과 P파와 S파의 진폭을 두고 논쟁을 벌였지만, 한국은 이유 없다며 일축했다.

"그렇다면 한국군이 어떻게 그렇게 신속하게 섬을 점령할 수 있었는지 설명을 해보시오."

"우연이라지 않았습니까? 한국은 북쪽에 있던 이어도를 대상으로 훈련 중이었는데 마침 JDZ에서 섬이 생겨 버린 겁니다. 한국군과 귀국 병력의 작전 수행 능력치가 똑같다고 생각하지는 말길 바랍니다. 고도의 훈련을 반복해온 한국군이라서 가능한 일이었다고 자부합니다."

"그걸 우리보고 믿으라는 겁니까?"

회담은 서로의 원론적인 주장이 돌고 돌았다. 시간이 지날수록 일본과 중국의 결속은 느슨해졌고, 급기야 분열 조짐이 드러났다. 단독행동은 중국에서 먼저 시작되었다. 한국을 상대로 일본과 함께 회담하는 것은 소득이 없다고 판단한 것이다. 처음 한국이 3국 동시 회담을 한다고 할 때만 해도 의아했다. 왜 한국이 자충수를 두려는 지 의심스러웠다. 회담은 승리가 중요한 것이 아니라 무언가를 얻어내는 것이 중요했다. 중·일이 연대해서 한국을 밀어붙여 제압할 수 있을지는 몰라도 아무것도 얻을 수가 없었다. 서로의 이해관계가 다르다는 것을 박주형 장관이 적절히 이용하고 있다는 것을 깨달았다.

"회담의 진척을 위해 다시 한국 대 일본, 한국 대 중국으로 분리하여 회담하기를 제의합니다."

"일본도 찬성합니다."

"한국은 반대입니다."

처음부터 3국 회담을 원했던 것과 어차피 한새군도에 대한 단일 건이라는 논리로 한국은 일대일 회담에 거부 의사를 표했다.

"그래도 회의 효율을 위해서는 분리하는 것이 합당합니다. 한국 측에서 양보하시지요."

중국과 일본은 한국이 좀처럼 깨지기 어려운 삼각 구도를 유지하며 회담이 소득이 없이 시간만 지나도록 한다고 생각했다. 한국의 의도를 알아차린 이상 어떻게든 삼각 구도를 깨야 했다. 공동 전선을 펴며 한국을 항복하도록 만들고자 시작된 회담은 한국이 불리한 것이 아니라 어느새 꽃놀이패를 들고 시간을 뭉개고 있는 것은 한국이었다. 회의는 휴회 되었다.

*

모처럼 활기찬 국무회의가 시작되었다. 쓰나미 복구도 상당 부분 진척이 있었다. 박한은 모두 발언에 나섰다.

"이번 한새군도에 대해 여러 국무위원과 비서진들에게 감사의 말씀을 드립니다. 그러나 이제부터 시작이라는 걸 잘 알고 있을 겁니다. 일본도 중국도 쉽게 포기할 생각이 없습니다. 하지만 결코 포기할 수 없는 곳은 바로 대한민국이라는 것이지요."

박한의 결의에 찬 목소리가 회의장을 압도했다. 국무위원도 모두 공감하는 분위기다.

그러는 가운데 정혁 총리는 긴장하고 있었다. 공감하는 듯 웃고 있기는 했지만, 마음은 다른 곳에 가 있었다. 그의 눈빛을 박한이 느끼고 있다.

정혁 총리는 'JDZ가 해결되면 그때 결혼을 하겠습니다.'라고 했던 발언을 기억하고 있었다. 딸 정세라와 박한의 관계는 예전 같지 않았다. 대통령의 장인 될 수 있을지에 대한 확신이 점점 줄어들었다.

박한도 얼마 전부터 정혁 총리의 행보가 예전 같지 않다는 것을 알고 있었다. 정혁 총리가 대통령을 꿈꾸고 있다는 첩보가 여기저기서 들려왔다. 대통령의 장인에서 직접 대통령이 되는 꿈으로 갈아탔을 수도 있다.

정혁 총리가 언제부터 대통령 꿈을 꾸었는지 알 수 없었다. 정세라와 결혼을 하지 않는다면, 정혁 총리가 대권후보로 나설 게 거의 확실해 보였다. 한동안 불편한 동거를 해야 한다. 박한은 국가적인 대사가 벌어진 지금 그와 척지어서는 안 된다고 생각했다. 다만 대권을 노린다면 박한의 공이 커질수록 정혁의 대권 도전은 공염불이 될 가능성이 함께 커질 것이다.

박한은 이제 소모적인 결혼 문제에 종지부를 찍어야 한다고 생각했다. 누구를 선택할지 갈등은 이미 끝냈다. 그 결혼이 어떤 결과를 만들어 낼지는 알 수 없었다. 개인 방송하는 방송인들은 JDZ 장악이라는 국가적인 사태 속에서도 대통령의 여인을 두고 추측성 기사를 끊임없이 생산해 냈다. 그중에는 진실을 제대로 읽어내는 능력을 갖춘 방송인도 있었지만, 일부는 오로지 돈벌이를 위한 창의성을 발휘하기도 했다. 이제 JDZ 문제가 일단락되는 순간부터 결혼설에 대한 온갖 이야기가 흘러나올 것이다. 그것을 막기 위해서라도 적절한 시간에 결혼을 발표해야 했다.

*

열흘 넘게 휘몰아치던 한새군도와 쓰나미 피해 비상 근무로 대통령실의 피로도는 임계점에 가까워졌다. 박한은 긴박한 시간이 지났다고 판단했다. 국정 공백이 없는 한도에서 휴식의 시간을 갖도록 권유했다. 우현과 민서린이 마주했다.

"우현 대변인 근무가 언제예요?"

"내일이 당번입니다. 민 비서관님은요?"

"저도 내일이에요. 모처럼 힐링하러 가는 길인데 같이 가시겠어요?"

"어디에 가실건데요?"

L빌딩에 도착하자 우현은 목적지가 샘오의 수련장일지 모른다고 생각했다.

"혹시 오세오 담당관 수련장 가시는 건 아닌지요?"

"맞습니다. 오세오 담당관은 오늘 근무입니다. 빈 수련장에서 저와 함께 힐링하시면 됩니다."

민서린은 자연스럽게 방범 장치를 하나씩 풀고 들어갔다. 수련장은 생각과는 달리 보통의 집 구조로 되어있었다. 거실과 방 세 개 그리고 욕실과 샤워실이었다. 수련장은 보통의 오피스텔 구조였다.

"무슨 냄새지요?"

"아! 테라피 향이라 생각하면 됩니다. 좀 쿰쿰하죠? 그래도 조금 지나면 긴장이 이완되고, 피부가 숨 쉬는 데 도움이 될 겁니다. 조금 참으세요. 예뻐진답니다."

민서린은 우현이 샤워하도록 채비를 차려줬다. 우현은 낯선 수련장에서 샤워한다는 것이 마음에 걸렸지만, 민 비서관의 권유를 뿌리치기도 어려웠다.

우현이 조심스레 샤워 레버를 돌렸다. 이틀째 샤워하지 못한 우현의 몸에 따듯한 물줄기가 닿았다. 생경함과 포근함이 함께 몰려왔다. 이틀 동안의 씻어내지 못한 피로와 잡념의 찌꺼기가 씻겨 내려갔다. 레버를 당기자 세찬 물살이 몸을 찌릿하게 때렸다. 우현은 억수같이 쏟아지는 비의 기억을 떠올렸다.

얼마 전 초여름 소낙비가 세차게 내리는 날이었다. 소나기는 샤워 꼭지의 물살처럼 세차게 우현의 우산을 때렸다. 우연히 오세오의 승용차에서 정세라가 내리는 모습을 보았다. 오세오는 우산을 직접 들고 정세라를 씌워주었다. 정세라는 채 마르지 않은 듯한 머리칼을 한 채 환하게 웃으며 레스토랑으로 들어갔다. 연인의 모습이 느껴졌다. 우산 속이기는 하지만 세라의 어깨에 손을 올리는 스킨십이 자연스러워 보였다.

'박한 대통령과 정세라는 끝난 것인가?'

우현이 머리를 말리는 동안 민서린은 누군가와 문자를 했다. 문자를 주고받는 내내 민서린의 표정은 밝지 못했다. 윙윙거리는 헤어드라이어가 머리칼을 날리기 시작했다. 물기가 거의 날아간 모양이었다.

우현은 눈을 감았다. 헤어드라이어 소리를 따라 기억을 찾아가는 중이다. 소리의 기억에는 남자가 있었다. 봄빛처럼 맑은 웃음을 가진 남자다. 그의 머릿결은 윤기 있고, 단정했다. 머리칼에서는 항상 은은한 샴푸 냄새가 났다. 이마를 드러낸 헤어스타일은 시원했고, 숨김이 없었다. 멜로 영화를 찍는다면 상대 배우로 만나고 싶은 남자… 헤어드라이어를 끄자 남자도 기억도 사라졌다.

"뭘 그리 생각하세요?"

민서린이었다. 통화가 끝난 모양이었다.

"정말 개운하군요. 샤워만 해도 힐링이 된 것 같아요."

샤워를 마친 우현에게 민서린은 수련복을 건넸다.

"그래요. 그럼 진짜 힐링을 해볼까요?"

우현은 수련복을 갈아입었다.

나른해진 몸을 뉘어 천정을 봤다. 몸을 늘어뜨리고 눈을 감자 졸음이 밀려왔다.

"몸에 힘을 빼고 가장 편안한 자세를 만드시고~."

민서린은 우현에게 심호흡을 시켰다.

천천히 들숨, 날숨, 들숨, 날숨….

3

폭풍 전야

드림호 치안본부로 중국인 승객이 끌려왔다. 중국인 승객은 체포되면서 난투를 벌인 탓에 옷이 찢기고 몸 여기저기 긁힌 자국이 보였다. 중국 승객은 에니메이션공연팀 여승무원을 희롱했다. 이를 본 남자 직원이 저지하자 난투가 벌어진 것이다. 치안본부에서는 임시로 만든 격리실에 격리해 조서를 작성했다.

피의자는 쑨타이룽로 41세 상하이 거주 남자였다. 직업은 레스토랑 운영자였다.

“왜 싸웠지요?”

“내가 복도를 지나는데 승무원 남자가 나를 보고 뭐라고 했습니다.”

“뭐라고 하던가요?”

“무슨 말인지는 모르지요? 어느 나라 사람인지도 모르겠는데 인상을 팍 쓰며 달려들었어요. 내가 몸으로 방어하는 순간 주먹이 날라왔어요. 억울합니다."

쑨타이룽은 정당방위를 주장했다.

"그래서 주먹이 날라 와서 방어 차원에서 승무원을 저렇게 만들어 놨군요?"

남자 승무원은 부축을 받고 의료실에 다녀왔다. 얼굴 광대에 피부가 찢어지고, 눈도 붓기 시작했는데 곧 멍이 들 것 같았다. 쑨타이룽은 계속 가해자는 남자 승무원이라고 주장했다.

"쑨타이룽 씨 정확히 말씀드리자면 이곳은 CCTV가 설치되어 있어 분석은 금방 끝날 수 있습니다. 사실대로 말씀하세요. 조사에 협조하셔야죠."

"확인해 보세요. 난 억울하다니까요."

결국, 치안본부에서는 CCTV를 확인했다. 화질은 떨어졌지만 확인하는 데 어려움은 없었다. 피해자 조사를 마치고 나자 중국 승객대표 자오펑이 본부로 찾아왔다. 대표는 60대쯤으로 외모는 조금 왜소해 보였지만 눈빛이 당차 보였다. 김정훈 본부장이 자리를 권하자 테이블 맞은편 자리에 앉았다.

"우리 중국 승객 중에 쑨타이룽 씨가 연행됐다 해서 들렀습니다. 쑨타이룽 씨가 무슨 문제를 일으켰습니까?"

"쑨타이룽 씨는 승무원 폭행 혐의로 연행되었고, 현재 조사 중입니다."

"폭행은 확인되었습니까? 본인도 시인했고요?"

"확인되었습니다."

자오펑은 쑨타이룽과 접견을 하겠다고 했다. 조사가 공정한지를 확인해 보겠다는 것이었다. 조사하는 동안 CCTV 증거자료에도 불구하고 쑨타이룽은 본인이 오히려 피해자라고 주장했다. 접견이 오히려 갈등의 빌미를 주었다. 김 본부장은 설명했지만, 자오펑은 일방적인 조사라고 목소리를 높였다.

"명백한 증거가 있어서 본인이 부인한다고 무죄라고 할 순 없습니다."

"그래도 본인이 아니라고 하는데도 일방적으로 한국 경찰에서 구금하는 것은 인권침해입니다. 구금에서 즉시 풀어주시기 바랍니다."

"그건 곤란합니다. 다만 본인이 변호사를 선임하겠다면 한국으로 보내드릴 수는 있습니다."

자오펑은 점점 목소리를 높였다. 정치인다운 처세가 느껴졌다.

"말이 본토로 보낸다는 것이지 압송하겠다는 것 아닙니까! 저를 비롯한 우리 중국 승객은 한국 해경이 중국 승객에 대해 편파적인 대우를 하고 있다고 생각합니다. 즉시 석방하지 않으면 단체 행동에 돌입하겠습니다."

"대표님, 흥분을 가라앉으시고 차근차근 대화하시지요."

"무슨 소립니까? 내가 쓸데없이 소리를 높이고 윽박지

른다고 생각합니까?"

"그럴 리가 있겠습니까? 제가 모르긴 해도 대표님은 중화인민공화국에서도 최고위직에 계셨던 거로 알고 있습니다. 지금도 영향력이 여전하신 것으로 알고 있는데, 지체 높으신 분이 함부로 하시기야 하겠습니까?"

"그러니까 즉시 석방하세요."

김정훈 본부장은 중국 승객과 대립하는 구도를 만들고 싶지 않았다. 자오펑을 설득하기 위해서 화려한 시절을 상기시켰다. 자오펑은 공청단 계열의 정치인이었다. 승승장구 칭다오(靑島)시 서기를 지냈다. 그가 오르려던 텐진(天津)시 서기는 태자당 세력에 뺏겼다. 현직에서는 밀려났다고는 하지만 그의 정치적 자산은 여전히 살아있었다. 기회를 잡으면 언제라도 복귀할 준비가 되어있었다. 그것이 자오펑이 위험한 이유였다. 그는 기회를 엿보고 있다. 중국 승객에게 인기를 얻어 입지를 굳히면, 단체행동으로 베이징에 어필할 것이다. 그 이상의 것도 도모할 위험이 큰 인물이기도 했다.

"칭다오 서기 때를 생각해 보세요. 기강이 서지 않으면 혼란이 오고, 혼란을 막고자 공권력이 투입되고, 거기에 대한 저항이 생기면 다치거나 심지어는 죽는 경우가 발생하지 않습니까? 저희 해경은 아시다시피 치안 유지를 위한 소규모 경찰을 파견했습니다. 문제가 불거지면 대규모로 해경이 투입되고 서로가 적대시하는 대결 양상을 보일 겁니다. 그러니 대표님께서 승객들을 잘 다독여 주시기 바랍니다."

자오펑은 드림호 고립을 이용하여 오히려 고립된 자신의 정치적 한계를 벗어날 절호의 기회로 만들 생각이었다.

"그건 한국 해경의 입장입니다. 나를 비롯한 우리 중화인민공화국에서는 그렇게 생각하지 않습니다. 동의하지 않는다고요. 그럼 본부장님의 입장도 있으니 세 시간 여유를 주겠습니다. 그때까지 석방하세요. 후회할 일 없으시길 바랍니다."

중국 대표는 협의가 아니라 처음부터 일방적인 주장과 경고를 하기 위해서 왔다. 본부장은 긴급회의를 소집한다. 이어서 상부로 상황을 전파한다. 상부에서 지시가 올 때까지 현장에서 철저하게 대비하고 합당한 조치를 하기 위해서다.

*

일본과 중국 정부가 반대했지만, 한국 정부는 한새군도 긴급 지질조사를 시작했다. 한국은 지질조사가 끝나는 대로 매장자원 시추 발굴작업을 시작할 예정이다. 한국은 한새군도와 관계없이 JDZ 시추, 조광을 준비해오던 시스템을 해산하지 않고 유지해오고 있었던 터라 신속하게 움직였다. 한국의 기민한 움직임에 일본과 중국은 '미친 속도

전'이라며 비난했다.

일본은 공동개발을 하자며 제안을 해왔다. 공동개발을 제의해봐야 한국이 응할 리가 없을 텐데 일본은 왜 이런 무리수를 두는 걸까? 한국 정부는 일본이 복잡해진 국내 정세 전환을 위해 공동개발 카드를 내민 것으로 판단했다. 처음부터 국면전환용으로 카드를 던진 다음 기회가 오면 이익을 얻겠다는 계산이다. 일본과 중국이 한국과 격한 대립이나 교전이라도 벌어지면 미국을 비롯한 국제사회는 전쟁을 중단할 것을 요청할 것이다. 그때 일본이 공동개발 카드로 계속 밀어붙이면 한 가닥 가능성이 있다고 판단한 것이다. 새옹지마였다. 일본인의 입장이 이렇게 정반대가 될 줄 몰랐을 터였다.

미야기 총리는 내각회의에서 자기 뜻을 밝혔다.

"한국이 전체를 다 먹게 놔둘 순 없지 않소! 그러니까 당장 할지가 어렵다면 차선인 공동개발을 계속 밀어붙여야 합니다. 국제사회는 일·중·한이 대립하면 당장 경제적인 손실이 발생하기 때문에 어떻게든 중재하려 할 겁니다. 그걸 이용해야지요."

총리의 말에 다무라 외무대신이 맞장구를 쳤다.

"그동안 쌓아온 외교력을 발휘할 때가 온 거군요."

"그렇습니다. 이번 JDZ 사태에 우리는 참담한 결과를 떠안았습니다. 그러나 기회는 아직 남았습니다. 중국도 기회를 엿보고 있을 겁니다. 일종의 지분을 가지려 하겠지요. 자칫 인근의 유전과 가스전이 한국과 다툼에 휘말릴까 염려가 클 겁니다. 갈등은 묻어두고 중국과의 유대를 다시 강화해야 합니다. 군사·경제적으로 한국을 압박하면 한국이 마냥 버티기는 어려울 겁니다."

미야기 총리는 중국과의 유대에는 거부 의사를 분명히 밝혔다. 결국, 니시지마(한새군도)나 오키노토리시마 폭거의 원인 제공자가 아닌가. 정치의 달인이 된 미야기로서도 중국의 손을 선뜻 잡을 수 없었다.

"다른 묘수는 없소?"

"그것은 한국 박한 대통령의 힘을 빼는 것입니다."

"어떤 식으로 힘을 뺀다는 말이오?"

"이미 오래전부터 CIRO에서 공작을 펼쳐왔었지 않습니까? 이제 카드로 쓸 때가 왔다는 것이지요."

"그게 통할까요? 타구치 정보관을 불러야겠구먼. 그건 그렇고 방위대신은 니시지마 탈환계획을 보고해주시고, 경제대신은 한국에 타격을 줄 품목 목록 및 예상되는 타격 정도를 살펴 주시오. 그리고…."

총리의 회의 주재는 속도감 있게 진행되었다. 그런가 하면 중국과의 유대 가능한 프로젝트가 어떤 것이 있는지 함께 검토하라 지시했다. 내키지는 않지만 여러 가능성에 대비해야 했다.

*

“선장님, 유류고가 곧 바닥을 드러낼 것 같습니다. 공급을 받지 못하면 이틀을 넘기기 어려울 겁니다.”

엔리케 선장은 갈수록 암담해지는 드림호의 사정에 지쳐가고 있었다. 한때 이름처럼 꿈의 낙원이었던 파라다이스 드림호가 꾸역꾸역 돈과 욕을 함께 먹는 괴물이 되어버렸다. 그것은 회복 가능성 없는 식물인간과 비슷해 보였다. 하염없이 바다에 누워 링거줄에 의해 하루하루를 연명하고 있는 꼴사나운 모습인 된 것이다.

“선사에 독촉해야겠군.”

선장은 선사에 연락을 취했다. 그러나 선사에서는 반응이 시큰둥했다. 운항할 수 없는 크루즈에 유류와 식료품 조달에 이의를 제기하는 이사진들이 있었다. 최대한 빨리 승객을 하선 시키고 드림호 사후 처리문제를 논의해야 한다는 것이다.

일본 선사는 한국에 드림호 승객에 대한 모든 것을 책임질 것을 통보했다. 유류, 식량, 크루즈 운영까지 모두 한국령에 크루즈가 있고, 실제 장악하고 있으며, 타국의 접근을 막고 있으니 한국에서 책임을 지라는 것이었다.

한국은 드림호를 선사에서 언제라도 회수해 가면 된다는 뜻을 밝혔다. 그리고 드림호는 선사에서 책임질 사항이지 한국이 책임질 사항이 아니라고 통보했다. 한국 정부도 처리를 고심했다. 드림호가 한새군도에 남아 있는 것이 유리할지, 유리하다면 언제까지가 좋을지, 크루즈 안에 승객이 남아 있는 것이 유리할지, 아니면 하선으로 크루즈를 비우는 것이 좋을지에 대한 고심이었다.

회의 결과 승객을 인질로 잡는 것은 효력을 다했다고 판단했다. 승객을 인질로 이용했다는 비난을 막기 위해서라도 모두 하선을 시키는 것이 좋겠다는 결론을 냈다. 박한의 지시는 즉시 전달되었고, 하선 계획에 착수했다. 하선은 어떤 선박을 이용하느냐의 것이었다. 한국의 선박으로 한국 제주도나 부산까지 이송하는 방법을 검토했다. 중국과 일본은 자국 선박으로 자국민을 데려가겠다고 여전히 주장했다. 그들의 주장의 진의가 모호했다. 자국민을 데려간다는 뜻으로 보이기도 하지만, 시간 끌기를 할 사전 포석 같아 보이기도 했다.

정작 문제는 쓰나미 여파로 제대로 된 여객선을 마련할 수 있느냐는 것이었다. 극단적으로 한국의 승객 하선 계획을 일본과 중국이 의도적으로 방해할 수도 있었다.

선사는 물자 보급에 대해서도 통보했다.

"상하이에서 물품을 보급한다고?"

일본 선사에서 급한 대로 파라다이스드림호에 식료품과 식수를 공급하겠다는 통보를 보내 왔다.

"예, 본부장님. 애초에 다음 기항지가 상하이여서 이미 발주한 유류와 식품을 보관 중이랍니다. 어차피 준비된 물품을 활용하겠다는 것이지요."

김 본부장은 보급을 받기로 했다. 다만 보급품을 실을 배가 문제였다. 중국에서는 냉동 창고가 있는 보급선을 준비해 놓았다고 통보했다.

*

중국은 경제교류단을 한국에 파견했다. 교류단은 명칭과는 달리 경제 압박단 성격이 농후했다. 한국이 한새군도의 일부를 할지 하거나 해역에 대하여 중국에 권리를 주지 않으면 당장 희토류부터 시작하여 전면적 경제제재를 가하겠다는 의지를 분명히 밝혔다. 동중국해 한가운데를 오롯이 한국에 넘겨줄 수 없다는 뜻이다. 한국은 즉시 거부했다. 어떤 상황에서도 결코, 한새군도를 협상 대상으로 하진 않겠단 뜻이다.

군사적 위협도 경제적 위협도 효과를 나타내지 못하자 중국은 일본과의 연대를 다시 검토했다. 이미 신뢰가 무너진 두 나라가 다시 공동이익을 위해 결합할지는 미지수였다. 한국은 중국에 최후통첩했다. 더 이상의 무리한 요구가 있거나 어떤 식으로든 제재를 가한다면, 동중국해의 룽진유전 등 소유권에 대하여 검토를 하겠다고 압박했다. 한편 외교가를 통해 중국이 경제적 압박을 가한다면, 그동안 미뤄왔던 핵 개발을 할 의지가 있다고 정보를 흘렸다. 한국의 핵 개발은 타이완의 핵 개발을 의미했다. 그 정보를 구체적으로 파악하기 시작한 곳은 미국과 일본의 정보기관이다. 중국은 자칫 주변이 핵으로 둘러싸이는 위험에 놓이게 된다. 큰 그림으로 보면 러시아, 파키스탄, 인도, 북한을 시작으로 한국과 타이완이 이 개발한다면 일본도 개발할 것이다. 그렇게 되면 자칫 핵 보자기에 싸이는 모양이 된다. 중국으로서는 치명적인 자충수가 될 수도 있었다.

한국 정부 대변인은 중국과 일본에 한국이 속국이거나 점령국이라는 과거의 꿈에서 깨어나라고 성명을 발표했다.

'중국과 일본은 이웃으로 남길 바라는가? 아니면 과욕으로 파탄을 원하는가? 양국의 한국 할지론은 오래전부터 있었다. 1592년에 일본이 조선을 침략하면서 발생한 임진왜란에서 명·왜는 조선을 할지 하려고 야합을 가졌었다. 한국은 만약 중국과 일본이 계속 한새군도를 탐내고, 특히 중국이 규모의 경제로 한국을 압박한다면, 한국의 유력 상품 수출을 동결하여 세계적인 시장 교란을 일으킬 수도 있다. 또한, 즉각 미뤄왔던 핵 개발을 완성할 것이다….'

한국의 성명서는 이례적으로 강한 어조였다. 그동안 익히 들어왔던 북한의 거친 발언과 별반 차이가 나지 않았다. 강경하고 공격적인 어조에 양국을 비롯한 세계 각국은 놀라워했다.

*

중국과 일본의 제소로 유엔 안보리가 긴급 소집되었다. 제소 사안이 안보리 소집 대상이 되지 않는다는 의견 있었지만, 유엔에서 영향력을 발휘하고 있는 양국의 강력 요구로 열린 것이다. 양국은 한새군도의 소유권 문제를 거론하며 할지를 노리는 전략을 구사했다. 한국의 거센 반발에 안보리는 파행적으로 진행되었다. 유엔 안전보장이사회 상임 이사국인 중국의 요구는 집요했고, 집요한 만큼 다른 상임 이사국은 거부반응을 보였다.

김민철 유엔 대사는 상임 이사국이 자국의 이익만을 좇는다면, 이사국 스스로 위상의 격을 떨어뜨리게 된다는 것을 꼬집었다. 애초 안보리 소집부터 무리가 있었다고 주장하며, 표결을 제의했다.

“중국과 일본은 세계를 쥐락펴락할 만큼의 대국입니다. 스스로도 대국이라고 칭하고 있습니다. 그런데 그런 힘을 이용해 공개적으로 타국의 영토를 유린하려고 하고 있습니다….”

김민철 대사는 유엔이 강대국의 이익을 도모하는 그들만의 리그가 되어서는 안 된다고 주장했다. 특히 새로운 땅을 다툼 없이 점령한 것에 대해서도 난데없이 우선권이 있었다고 주장하는 것은 논리의 비약이라고 목청을 높였다.

중국은 유엔이 이렇게 국가 간의 갈등을 외면하는 것이

야말로 위상을 떨어뜨린다고 주장했다. 한국이 증인 출석도 거부하는 것은 그만큼 유엔을 만만하게 본다는 것으로 가만히 내버려 둔다는 것이 문제라고 주장했다.

결국 '동중국해 신생 열도 부당 점령에 관한 소' 건은 표결에 부쳐졌다. 표결 결과는 4대1로 부결되었다. 중국만 부당하다 주장하였고, 다른 상임 이사국은 반대표를 던졌다. 비상임이사국은 투표할 사유도 사라졌다. 한국의 핵 개발 카드가 제대로 먹힌 것이다.

부결로 인한 후폭풍이 분 곳은 중국과 일본이었다. 애초부터 당위성이 부족한 건을 제소하여 세계적인 망신만 당했다는 반발이 일기 시작했다. 결국, 안 될 줄 알면서도 최선을 다했다는 구실을 찾으려 한 정치적인 쇼였다는 것이다. 다만 하나 가결된 것이라면, 유엔에서 크루즈 선에 타고 있는 승객의 안전과 건강 상태를 직접 확인하는 유엔사찰단을 파견하겠다는 것이다. 한국도 동의했다.

그즈음 유엔과 달리 세계미래지도자협의회(WFLC)에서도 움직이기 시작했다. 유엔의 표결과 관계없이 한국의 한새군도 점령과 영토 선언에 대한 찬성과 반대를 묻는 표결을 인터넷으로 진행했다. 협의회에서는 국가별 이해관계에 따른 쏠림 투표를 방지하기 위해서 회원 가입 6개월 이상 회원에게만 투표를 허용했다. 특히 중국의 경우 가

입 즉시 투표를 허용할 경우 투표 결과가 왜곡될 가능성이 크기 때문이었다. 투표는 5일간 진행되었고 결과는 찬성 63,252,996표, 반대 28,114,528표였다. 국제적인 분쟁에 있어서 정치적인 이해관계가 개입되지 않은 비교적 젊은 집단의 의사가 표현되는 순간이었다. 협의회는 언론에 결과를 공개했고, 유엔에서도 마냥 무시할 수 없는 현실이 되어버렸다.

일본과 중국도 곤란하긴 마찬가지였다. 세계적인 여론조사가 이렇게 나왔다면 대응을 하기에 부담이 생겼다. 일본의 첫 반응은 '국가적인 문제에 관련 없는 사람들의 의견은 중요하지 않다.'라는 것이었고, 중국도 '국제문제에 대해 흥미성 설문 조사를 하는 것은 고려할 사항이 아니다.'라는 비슷한 태도를 보였다.

*

상하이에서 출발한 보급선이 한새군도 영해에 도착했다. 그 모습을 중국 국가안전부에서 실시간으로 지켜보고 있었다. 한국 해경은 영해 밖에서 보급선을 수색했다.

확인을 끝낸 보급선은 중국 국기를 내린 채 파라다이스 드림호에 접근했다. 영해로 들어서자 중국과의 영상 통신을 끊겼다. 한국군에서 쏘고 있는 재밍 지역에 들어선 것이다. 갑판원으로 투입된 중국 요원은 해경 몰래 소형 카메라로 촬영을 하고 있었다.

한국 해경은 지시대로 중국 선원 승선을 제지했다.

"여러분은 드림호에 승선할 수 없습니다. 물품만 인계하고 가시면 됩니다. 그렇게 협조 바랍니다."

중국 선장은 서명을 받아야 한다고 버텼다.

"그래도 인수인계서 서명을 받아야 하지 않겠습니까?"

"그건 대신 받아들이겠습니다."

물품 하역 작업과 유류 보급은 동시에 이루어졌다. 작업이 진행되는 가운데 파라다이스드림호의 탑승객과 보급선 중국 요원의 신호가 감지되었다.

"바로 조치할까요?"

"아니 조금 기다리게 그리고 중국 승객 신원 확인해봐."

김정훈 본부장은 예상한 대로 중국이 보급을 핑계로 무언가 공작을 꾸미고 있다고 판단했다. 바로 현장을 잡기보다는 그들을 관리하는 것이 효과적일 것으로 생각했다. 드림호 안의 최고 권력자 자오펑에게 지령이 전달될 가능성이 커 보였다. 자오펑은 현장에 나타나지 않았다. 승객 대표단을 장악하고 중국 승객마저 장악한 그가 무언가 일을 꾸밀 것으로 예상되었다.

식자재 하역과 유류 탱크를 채우는 데는 많은 시간이 필요했다.

보급선과 일본·중국이 포함된 유엔 현장방문단이 다녀

간 이후로 분위기는 오히려 격화되기 시작했다. 방문단이 들어오면서 지령이 떨어진 것으로 보였다. 김 본부장은 현장방문단을 맞으면서 일정 수준 통제를 했으나, 효과적인 통제에는 실패했다. 방문단과 승객의 반발이 커 다소 느슨하게 통제했던 틈을 비집은 것으로 보였다. 그러나 강하게 통제를 하기에는 후폭풍 우려가 크다는 판단이 있었다. 움직임은 중국 승객 측이 두드러졌다. 상하이 보급선이 다녀간 것 영향으로 보인다. 보급선 선원이 파라다이스드림호에 승선한 것도 아닌데도 분위기는 달라졌다.

김 본부장은 경찰 지원을 독촉했다. 사태가 벌어질 조짐이 있기도 했고, 군중 심리란 작은 사건이라도 순식간에 크게 증폭되는 특성이 있기 때문이다. 두려운 대상은 중국의 대표였다. 자오펑은 칭다오 서기 출신답게 선전 선동에도 일가견이 있었다. 경찰 증원은 이틀 뒤 오후 10시로 통보가 왔다.

김 본부장은 팀장 회의를 했다. 구역별 정보 경찰이 파악한 상황에 대한 보고가 먼저 이루어졌다.

"일본 대표의 외형적인 변화는 없어 보입니다. 조용하고 침착한 모습 그대로입니다. 그런데 그것이 더 이상하게 보입니다. 배 안 분위기가 격화되고 있다는 건 누구나 다 아는 사실인데 전과 같은 모습을 유지한다는 것 말입니다."

"그건 팀장이 잘 봤소. 물밑에서 무언가 터뜨릴 준비 하고 있다는 것일 게요. 다른 현황은 없소?"

"조심스러운 것이 있습니다. 며칠 전부터 한 남자가 미사와 대표와 함께 움직이고 의견을 나누고 있습니다. 51세로 마나베라는 자인데 느낌으로는 정보 관련 일을 하는 자로 보이고, 실제 일본 대표에게 지시하는 것이 아닌가 의심됩니다."

"그럼 잘 관찰하시오. 다음 중국 쪽은 어떻소? 심각할 것 같은데."

"중국은 자오펑을 중심으로 활발하게 움직이다 낮부터 조용한 모습입니다."

한마디로 폭풍전야 같은 침묵이 시작된 것이다. 중국의 조직력은 체계적이었다. 자오펑을 중심으로 탄탄한 조직을 구축한 모습이다. 여차하면 움직일 수 있는 조직력을 갖춘 것은 큰 부담이었다. 다만 내부적으로는 자오펑을 신뢰하는 측과 그렇지 않은 쪽이 양분된 것으로 보였다. 그 틈을 비집고 이이제이(以夷制夷)라는 상황을 만들지를 검토했다. 조직을 와해시키거나 친 해경 세력으로 만들 수는 있었지만, 위험했다. 중국 승객의 숫자가 워낙 많아서 통제되지 않으면 오히려 치안이 위태로울 수도 있었다.

"반대파 리더는 파악되었소? 접촉이 가능한 자일까? 어떻소?"

"접촉은 가능할 것으로 보입니다. 다만 우리 측 생각에 동조할만한 동기가 없는 것이 문제입니다."

"그건 내가 생각해둔 것이 있으니 잘 살펴보고 다시 보고하시오."

김 본부장은 오랜 현장 경험으로 볼 때 폭동이 일어날 조건은 이미 완성된 상태였다. 임계점에 거의 도달한 내부 분위기였다. 누군가가 기폭장치에 입김만 불어도 뇌관이 자극되어 폭발할 정도였다.

김 본부장은 정보 1팀장을 긴급하게 한새본도에 주둔 중인 해병대로 파견했다. 주변이 재밍으로 통신이 원활치 않은 것도 있지만 위급한 상황에 병력 지원을 받을 요량이다. 한새본도로 가는 바다는 악취가 진동했다. 해저에 있던 해산물이 해수면 위로 노출되면서 급격한 산화작용으로 부패했기 때문이다. 일부 대원들은 악취에 못 이겨 방독면을 쓰고 작업을 하기도 했다. 무더위에 악취와의 싸움은 생각보다 사람을 지치게 했다. 해병대 강기철 중대장은 군사용 통신으로 해경의 요구 사항을 상부에 보고했다.

"사령부에서 국방부와 협의했는데 해병대는 위치를 지키랍니다. 제주에서 해경 2개 중대가 출발 준비 중이라 하니 조금 기다려 주시지요."

해경은 만약을 대비해서 해병대 병력 지원을 요청했다.

"중대장님, 지금이라도 소요 사태가 벌어질지 모르는 촉박한 상황입니다. 달리 방법이 없겠습니까?"

강기철 중대장은 난처한 듯 보였다.

"팀장님, 우리 해병대는 침투하고 상륙하여 교두보를 확보하는 일에 특화된 부대입니다. 그렇다고 총을 들고 승객을 제압할 수는 없지 않습니까. 저희 해병은 명령에 죽고 명령에 삽니다. 잘 아시지 않습니까?"

일본과 중국 대표의 움직임을 감시하던 정보팀에서 양국 대표가 만나고 있다는 첩보를 보고했다. 김 본부장은 곧 무슨 일이 일어날 거라고 확신했다. 그렇지 않고서야 양국이 이렇게 은밀하게 만날 필요가 없을 터였다. 양국이 대표단을 중심으로 소요 사태를 일으키면, 해경만으로 통제하고 막기에는 역부족이다. 당장 해경 대원이 고립될 수 있다. 한국 승객들이 양측에 의해 린치를 당하거나 납치되어 감금되는 사태가 우려되었다.

"본부장님, 어떻게 할까요?"

"그렇다고 한국 일본 중국을 각각 구역을 정해 객실을 재배정할 수도 없고, 문제야."

가장 커다란 문제는 군중이 모이게 되면 그중에 필요 이상으로 과격하거나 흥분되어 날뛰는 사람이 있기 마련이다. 만약 통제에 실패하면 한국 경찰력으로 막지 못한다는 이유를 들어 중국과 일본은 자국의 경찰을 투입하려고 시도할 것이다. 물론 한국 정부에서 허락하진 않겠지만 국제적인 문제가 되어 한국이 코너에 몰릴 수도 있다.

"팀장, 비밀회담 소식 들어온 것 있소?"

"외부로 회담 내용이 나오진 않아 알 수는 없지만, 드림호 장악을 노리는 것 아닌가 생각됩니다. 본부장님 만약을 대비해 한국 승객에 대한 조치가 있어야 하지 않겠습니까?"

"한국 대표님을 모셔오도록 하지."

김 본부장은 해경 대원을 집합시켰다. 일전을 치러야 할 준비태세에 들어가기 위해서였다. 대원들에게는 앞으로 예상되는 사태에 대한 대처 매뉴얼을 다시 일러 주었다.

'한국 승객과 승무원이 공격 대상이 될 수 있으니 조심하라.'

'해경이 중국과 일본의 승객에 의해 공격을 당할 수 있다. 이 경우 너무 무리하게 대응하지 말고, 미리 정해진 공간으로 퇴각하여 차수 격벽을 이용 공격을 차단해 안전을 도모한다. 긴급할 경우 생명을 위협받거나 무기를 강탈당할 가능성이 있으면 총기 사용을 허락한다. 단. 총기는 다리를 겨냥하고 상체를 쏘면 안 된다.'

"본부장님, 조금 전 레스토랑 주변에서 한국과 중국인 승객이 싸움이 나서 한국인 승객 1명이 피투성이가 되어 중국 측에 끌려갔다고 합니다."

드디어 터질 게 터졌다. 다만 우발적인 사건이길 바랄 뿐이다. 우발적이라면 아직 통제할 여지가 남아 있지만, 의도적이라면 본격적인 폭동이 시작된 것이다. 소요 사태의 당위성을 만들어 낼 빌미로 폭행을 기도했을지도 모르는 일이다.

다행히 중국 구역으로 끌려갔던 한국 승객은 풀려났다.

별 조건 없이 풀려난 것은 자오펑이 권력을 장악했다는 것을 뜻했다. 자오펑이 자신의 절대적 입지를 해경과 중국 승객에게 으스댈 의도가 깔려 있어 보였다. 그것은 폭행 문제에 대해서 서로 없던 거로 하자는 뜻이기도 했다. 김 본부장은 모욕감을 느꼈었지만, 당장 충돌 가능성 때문에 조사는 보류했다.

중국 승객은 자오펑을 중심으로 조직이 강화되고 있었다. 반대파의 견제에도 불구하고 자오펑은 홍위병식 조직 활동을 시작했다. 주변에 자의든 타의든 그를 따르는 사람들이 서서히 늘어갔다. 그들은 마치 칭기즈칸의 안다[5]처럼 결속력을 갖기 시작하면서 권력화되었다.

"중국 구역이 아무래도 문제가 있을 것 같은데 말이야."

"중국이 대표로 자오펑을 선출하고 난 뒤에 빠르게 구심점이 생겼습니다. 위험한 것은 그 구심점이 소용돌이처럼 승객들을 빨아들이고 있다는 겁니다."

그것은 곧 다른 승객 집단의 결집을 의미했다. 중국이 구심점을 가지면 일본과 한국도 구심점을 가지게 될 것이다. 그렇게 되면 충돌 규모는 상대적으로 커진다.

김 본부장은 드림호 치안에 문제가 생길 조짐이 보인다는 보고서를 올렸다. 보고서는 계통을 밟아 대통령실로 올라갔다.

---

5) 안다: 칭기즈칸과 숙식을 같이하는 최측근 집단.

박한은 안보실장을 통하여 대책 마련과 함께 대책팀 활동을 독려했다.

"안보실장님, 드림호 건 해결에 대해 대책을 서둘러 주세요. 물론 치안부터 군사, 외교, 경제 등 면밀하게 검토해야 합니다. 아무래도 생각처럼 빨리 정리하긴 쉽지 않아 보여서 말입니다."

박한의 걱정에 허훈 실장도 수심이 가득 찼다.

"곧 보고드리겠습니다. 다만 중국도 그렇지만 일본 승객에게도 어떤 지령이 내려가고 있는 것 같아 걱정입니다."

박한은 의구심을 드러냈다.

"한새군도는 일반인 통신이 불가능한 지역일 것 같은데 어떻게 통신할 수 있지요?"

"위성을 통한 통신으로 추측합니다. VOOM 와이파이 같은 거로 말입니다."

"이미 재밍으로 통신이 불가하지 않습니까?"

파라다이스드림호에는 이미 재밍으로 와이파이 사용이 불가능했다. 이따금 전파방해가 약해질 때 아주 짧게 연결되는 예는 있긴 했다. 외부의 지령을 막는 가장 확실한 방법은 통신 기기를 몰수하는 방법이었다. 그건 반발도 크고 두고두고 문제가 될 일이기도 했다. 고립된 승객으로서는 휴대폰이 유일한 낙이었다. 그나마 무료한 시간에 저장된 게임을 하거나, 사진이라도 뒤져볼 수 있는 것은 휴대폰

뿐이었다.

*

일본 승객은 미사와 대표의 협상 방법에 거부감을 드러내고 있었다. 미사와가 자오펑과 협상하면서 둘만의 밀약이 있었다는 소문이 퍼지면서 분열 양상을 보였다. 일본 승객은 중국 승객과의 마찰이 커지고 있어 대책을 요구했다. 일본 승객 중에는 중국의 공격성향에 불안감을 가지고 하선을 주장하는 이도 있었고, 하선은 보류하더라도 숙소를 중국 승객과 분리하여 쓰자는 의견도 있었다.

슈코의 고민도 깊어갔다. 자신의 역할에 대한 고심이었다. 일본 승객에게 위기가 다가온 것은 분명했다. 파라다이스드림호를 벗어나고 싶었지만, 무책임한 일이었다.

"아야카, 이제 어떻게 하는 게 좋을까?"

아야카도 결단을 내리지 못하고 있었다.

"글쎄 나도 판단이 서질 않아. 위험이 커지는 분위기기도 하고."

슈코는 결심한 듯 아야카를 바라보며 말했다.

"아야카는 만약에 하선을 시작한다면 먼저 일본으로 돌아가."

"슈코는 어쩌려고?"

"난 남아서 내가 할 일을 해야지."

아야카는 슈코가 남으려는 이유를 짐작하고 있었다.

"슈코가 남으면 나도 남을 거야."

승객 대부분은 승객이 아니라 인질이 되어 간다는 걸 알아챘다. 드림호를 떠나고 싶었지만, 국가 간 역학관계에 끼어 이러지도 저러지도 못하고 있었다.

아레나 극장 분장실에서 슈코가 하늘을 만났다. 슈코는 하늘에게 지난밤 술에 취했었냐고 물었다. 그러자 하늘은 고개를 저었다. 하늘도 슈코가 물으려는 것이 무엇인지 알고 있었다.

슈코가 강단 있게 다시 물었다.

"왜 나를 품에 안았느냐고 물어봐도 될까요?"

"슬펐어요, 눈빛이… 그리고 안아주지 않으면 안 된다는 생각이 들었어요."

"연민이군요."

"그건 중요하지 않아요."

슈코는 하늘의 얼굴을 올려다봤다. 하늘의 진실을 눈동자에서 찾았다. 하늘은 지쳐 보였으나 여전히 영롱했다. 여자를 유혹하는 눈빛 같기도 했고, 진실의 증표 같기도 했다.

슈코는 하늘의 마음을 묻고 싶었다.

"나를 만나는 건 동정심 같은 건가요?"

하늘은 고개를 저었다.

"당치 않지. 다만 궁금해졌어?"

어느 순간 마리가 궁금해졌다. 어떤 여자일까? 한순간의 끌림이 아니라, 깊은 산속 범종처럼 울림이 깊고 오래도록 사라지지 않는 여자다.

"호기심은 어떤 것을 얻을 수도 있지만 많은 것을 잃을 수도 있지요."

하늘은 마리의 손을 잡았다. 부드러운 촉감이 전해져 내려온다. 마리의 이마에 입을 맞췄다. 그리고 눈을 마주쳤다. 앞머리 한 가닥이 눈을 스치듯 지나갔다. 그 가닥 넘어 검은 눈동자가 촉촉하게 반짝였다. 눈동자에 하늘의 얼굴이 담겼다. 마리의 눈을 통해 자신을 보는 순간 하늘은 숨이 턱 막히는 기분이 들었다. 어쩌면 자신을 통째로 담아버릴 수도 있을 눈이었다. 그런 기분은 마리가 처음이었다. 하늘을 감금하듯 하늘을 눈에 담은 채 마리는 눈을 감았다.

하늘은 마리와 입 맞췄다. 순결한 여자였다. 남자의 입술에 익숙하게 녹아드는 대신 바싹 얼어붙었다. 슈코의 입술이 망설였다. 처음에는 그랬다. 슈코는 팬으로서가 아니라 남자로서 하늘을 느꼈다. 하늘은 '곧 떠나야 할 운명의 남자'라고 생각했다. 측은지심이든 연민이든 상관없었다. 찰나의 행복일지라도 잡으리라.

하늘은 마리에게서 잔다르크 같은 당찬 기를 느꼈다. 여린 소녀 감성의 그녀에게서 강한 정신력을 가진 전사의 힘이 느껴졌다. 그녀가 가지고 있는 기운의 원천은 무엇일까?
“마리는 하선을 시작하면 여길 떠나겠지?”
“아니 난 남아 있을 생각이야.”
의외였다. 지긋지긋한 이곳을 당연히 떠날 줄 알았다.
“이유를 물어볼까?”
슈코는 하늘의 진심이 무얼까 잠깐 망설였다.
“내가 할 일이 남아 있어. 일본 승객이 마지막으로 배에서 내릴 때쯤이면 떠날 거야. 하지만 하선 거부가 계속되면 나도 계속 남아 있어야겠지.”
마리가 할 일이 남아 있다는 말이 궁금하긴 했지만, 그냥 흘려들었다.
“하선하면 나를 잊을 거야?”
“잊진 않을 거야. 어쩌면 죽을 때까지… 하지만 잊은 척하며 살 수는 있겠지.”
슈코의 대답에 하늘은 멈칫했다. 이미 헤어질 준비가 되어있었다. 굳이 헤어질 이유라도 있는 건가? 이제 시작일 뿐인데….
“이제는 날 만나지 않을 거야?”
슈코는 고개를 돌렸다. 그리고 말이 없었다.
“결국은 헤어진다는 거군.”
헤어진다는 말에 슈코가 울컥 감정이 올라왔다.
“하늘! 그냥 안아주면 안 돼?”
하늘은 마리를 안았다. 슈코의 가슴은 뛰고 있었다. 한

동안 둘은 그렇게 교감하고 있었다. 하늘은 여전히 마리의 헤어짐에 대해서 이해할 수 없었다.

"하늘 사마, 날 룸까지 데려다줄 수 있어?"

"당연하지."

하늘은 마리를 데리고 분장실을 빠져나갔다. 분장실을 빠져나오자 전등이 깜빡인다. 어제부터 전력 사정이 나빠지고 있었다. 슈코의 룸으로 가는 복도와 계단도 점점 지저분해지고 있었다. 파라다이스드림호의 전체적인 시스템이 무너진 것이다. 슈코의 룸에 거의 다다랐을 때 마주 오는 승객들과 몸이 닿았다. 상대방이 일부러 몸을 부딪치려 했다. 순간적으로 피했지만, 의도적인 접촉은 피할 수 없었다. 상대방은 중국 승객들이었고, 마치 동네 건달들처럼 뭉쳐 다닌다는 느낌이었다.

"쏘리!"

사과에도 중국 청년들은 들은 체하지 않고, 몸을 부딪쳤다고 중국어로 소리쳤다. 그들은 다짜고짜 하늘의 가슴을 손가락으로 쿡쿡 찌르며 밀어붙였다. 하늘은 세 명이나 되는 중국 청년과 다툴 생각이 없었다. 하지만 문제는 그들이 마리를 희롱하는 듯 집적대는 것이었다.

통제실에서 이들의 충돌을 CCTV로 지켜보던 통제 요원이 치안본부에 연락했다. 해경 보안 요원이 긴급 출동했다. 중국인 승객은 하늘을 구석으로 몰아 집단 구타를 시작하려 하려던 참이었다.

그때였다.

"얍!"

어디선가 날카로운 기합 소리와 함께 중국인을 노려보는 여자가 있었다. 슈코였다. 슈코가 복도 한쪽에 세워져 있던 막대 걸레의 기다란 막대기를 뽑아 들고는 유려하지만 절도있는 동작으로 봉술을 시작했다. 여리기만 했던 슈코의 강단 있는 봉술에 놀란 중국인들은 주춤거렸다. 그리고는 "이얍!" 기합 소리와 함께 앞에서 껍죽대던 중국 청년 하나가 꼬꾸라졌다. 슈코가 휘두른 막대기에 복숭아뼈를 된통 맞고는 맥없이 나가떨어졌다. 그러자 하늘이 재빨리 발차기로 중국인을 제압했다. 그러는 동안 해경이 현장에 나타나며 상황을 정리했다.

"마리! 괜찮아?"

"괜찮아요."

둘은 서로를 꼭 껴안았다. 서로의 가슴에서 심장 뛰는 박동이 느껴졌다.

"무슨 무술을 배웠어. 아까 막대기를 휘두르는 솜씨가 보통은 아니던데?"

"나기나타[6]라는 일본의 여성 무술. 배워두면 꼭 한번은 쓸 일이 생긴다고 사범님이 그러셨는데, 오늘 쓰게 될 줄

6) 나기나타(長刀): 과거 일본 여성들이 적의 공격으로부터 방어하기 위해 사용하던 무기. 언월도보다 가볍고 날렵하다.

이야.”

중국인 셋과 하늘, 슈코가 치안본부로 연행됐다. 중국 승객들은 씩씩거리며 흥분을 주체 못 했다. 연행 내내 결렬하게 저항했다. 슈코는 놀란 가슴이 여전히 콩콩 뛰고 있었다. 살아오면서 이렇게 몸을 부대끼며 싸워본 적도 그런 광경도 직접 목격한 적이 없었기 때문이었다. 치안본부로 올 때까지 긴 복도를 따라오는 동안 두 사람의 손은 꼭 잡혀있었다. 손이 주는 따스함과 악력이 흥분됐던 몸을 진정시켰다. 슈코는 손을 놓고 싶지 않았다. 때맞춰 하늘의 손가락이 깍지를 낀다. 너의 손을 놓지 않겠다는 단호함이 느껴졌다. 슈코는 울컥 눈물이 났다. 평생 친구인 아야카에서 느끼는 편안함과는 또 다른 편안함이다.

“승선카드를 봅시다?”

중국인 승객의 승선카드로 신원을 확인한 뒤 하늘과 슈코의 카드를 요구했다.

“룸에 있습니다.”

“아! 그래요. 하늘 씨 맞죠? KJK 보컬?”

“본명이 어떻게 되세요?”

“이건입니다.”

경찰은 하늘의 신상을 파악했다. 슈코에게도 승선카드를 요구했다. 슈코는 주저주저했다. 경찰은 카드에 적힌 이름을 모니터에 기록했다.

‘아스카 마리’ 하늘은 마리의 성이 아스카라는 걸 알았다. 그런데 왜 본명을 쓰지 않고 감췄을까? 라는 의문이 생겼다. ‘마리’는 어릴 때 쓰던 아명 같은 것이거나 애칭 같은 것이었을까? 슈코가 하늘의 본명이 이건이라는 걸 안 것도 마찬가지였다. 연예인 프로필이나 기사에 본명이 나오기도 하지만 유독 하늘만큼은 본명 공개를 꺼렸다. 두 사람은 마치 이름 진실게임을 하는 게이머가 된 기분이었다. 마치 어둠 속에서 서로의 정체를 손으로 더듬어 알아가는 것 같았다.

“CCTV가 있어 폭행의 경위는 이미 파악되어 있습니다. 피해자의 의견을 묻고 싶습니다. 처리기준은 이미 말씀드렸듯이 대한민국 법률에 따라 처리됩니다.”

해경의 설명에 중국 승객은 한국법을 거부했다.

“인정할 수 없습니다. 중국법으로 처리해 주세요.”

“여기는 한국령이기 때문에 한국 법령에 따라 처리됩니다.”

“그럼 변호사를 선임하겠습니다.”

“그러면 우선 한국에 가서 변호사를 선임해야 합니다.”

“인정할 수 없습니다. 우리 중국 대표 면담을 요청합니다.”

슈코와 하늘의 눈이 서로 마주쳤다. 일을 키우고 싶지는 않다는 뜻이 서로에게 읽힌다. 김 본부장은 곤혹스러웠다. 중국 승객들의 단체 행동을 우려했다. 지난번 한국 승객

폭행 건도 조사를 미뤄둔 상황이었다. 가능한 한 원만하게 일이 해결되길 희망했다.

"팀장님, 잠깐 얘기할 수 있을까요?"

하늘과 슈코는 일이 커지는 것을 원치 않는다는 의견을 제시했다. 치안 팀장도 분쟁의 빌미가 될까 조심스럽다는 뜻을 비쳤다. 그렇다고 너무 쉽게 풀어주면 범죄를 가볍게 여기게 되고, 그로 인해 치안 상태가 악화할 것을 우려했다.

마침 치안본부로 찾아온 중국 측 승객대표인 자오펑이 중국 청년을 풀어 달라고 당당히 요구했다. 김 본부장은 향후 중국 측에서 오늘과 같은 불미스러운 일이 없도록 노력한다는 확약서를 쓸 것을 제시했다. 중국 측 자오펑은 중국과 중국인에 대한 모독이라며 강하게 반발했다.

김 본부장은 명분이 필요했다.

"자오펑 대표님, 중국 청년이 행한 행동은 범죄 행위에 해당합니다. 그건 알고 계시지요?"

자오펑은 보란 듯이 으스댔다.

"난 꼭 그렇다고 생각하지는 않습니다. 범죄가 되고 안 되고는 법정에서 판가름할 사항이지 여기서 결론을 내릴 사항은 아니지요."

"대표님, 이러지 맙시다. 중요한 건 청년들을 풀어주는 것 아니겠습니까?"

"그러니까요. 풀어주시면 되는 것 아닙니까?"

"이것은 폭행죄와 성희롱에 관련된 범죄입니다. 형량이

만만치 않은 사건이라는 겁니다. 그런데 확약서를 쓰는 것도 안된다면 피해자를 설득할 수 없지 않습니까?"

자오펑은 본색을 드러냈다. 어차피 소요가 있어야 자신의 존재감이 커지기 때문이었다. 그도 때가 왔다고 생각한 것 같았다. 자오펑은 의도적으로 분란을 유도했다.

"이것 보세요. 우리 중화인민공화국을 뭐로 보고 확약서를 쓰라는 겁니까? 좋습니다. 그럼 중국식으로 풀어보겠습니다. 마음대로 하세요!"

자오펑의 말은 집단행동을 하겠다는 뜻이다. 집단행동에 동원될 승객들이 얼마쯤일지는 모르지만, 사태가 만만치 않을 것이란 것만은 사실이었다. 그러나 중국의 집단행동이 시작되면 한국과 일본 승객의 집단행동도 함께 시작될 가능성이 농후했다. 결국, 자오펑과 치안본부장의 협상은 결과 없이 끝났다.

"본부장님, 그래도 중국 대표의 입장도 있을 텐데 구두 다짐이라도 받아 두고 석방하는 게 어떻겠습니까?"

김 본부장은 자오펑이 먹잇감을 물고 싶어 했고, 일부러 갈등을 일으키려는 것으로 생각했다.

"아니야. 중국이 저렇게 나온다는 건 이유가 있을 거야."

"그게 뭘까요?"

"그걸 알아내야지. 뭔가 중국으로부터 지령 같은 걸 받은 느낌이야. 가능한 한 문제를 많이 일으켜라. 소요를 발생시켜라."

"중국 승객이 다쳤다. 그러니까 한국 치안을 믿을 수 없다. 자국민 보호를 위해 중국 경찰을 투입하겠다. 이런 시나리오 말입니까?"

"그래 그럴 가능성이 다분히 있겠지. 다만 통신이 끊겼는데 어떻게 중국과 통신할 수 있을지가 의문이긴 하지. 그걸 알아봐 주게."

4

제4의 세력

드림호 안에서 새로운 기류가 흘렀다. 자오펑이 당황했다. 젊은 KJK 팬들이 들썩이기 시작했다. 하늘과 슈코를 공격했던 중국인 승객을 가만두지 않겠다는 것이었다. 그러자 엉뚱한 일이 벌어졌다. 풀려났던 중국인 승객은 다시 경찰 유치장에 들여보내길 바랐다. 팬들의 분노가 사그라질 때까지 신변 보호를 요청한 것이다.

슈코의 불미스러운 일에 일본은 당황한 빛이 역력했다. 한새군도 협상에 슈코 딜레마가 점점 커지고 있었다. 협상이 끝날 때까지는 슈코가 드림호에 있다는 사실을 숨겨야 했다. 슈코가 있다는 사실이 알려지게 되면 문제는 복잡해진다.

부쩍 수척해진 미야기 총리가 걱정스러운 표정으로 슈코 문제를 꺼냈다.

"관방, 어찌하면 좋겠소?"

"우선 비밀이 새면 안 됩니다. 그리고 승객 중에 건강에 문제가 있는 승객은 먼저 하선시키자고 제의를 해야 합니다."

미야기는 나쁘지 않은 선택이라 생각했다.

"그 환자 명단에 공주를 넣는다는 거군요?"

"예! 문제는 슈코 공주가 환자 명단에 들어가야 하는데, 현재 통신을 한국군에서 통제하고 있어서 전달 방법이 마땅치 않습니다."

총리실은 고민 끝에 슈코와 만날 방법을 마련했다. 크루즈 선사 회장이 마지막으로 드림호를 방문할 때 슈코에 접근하기로 했다.

고다 이츠키 선사 회장은 한국에 드림호 방문을 요청했고, 방문 허가가 떨어졌다. 문제는 방문하더라도 어떻게 슈코를 만나느냐가 관건이었다.

"슈코 공주를 직접 찾으러 다닌다는 것은 위험합니다. 어차피 신분을 숨기고 있고, 성형까지 해서 얼굴을 알 수 없습니다. 자칫 추적을 당할 수도 있습니다. 수많은 객실을 일일이 확인한다는 것도 불가능하고 말입니다."

"그럼 이렇게 하는 것이 어떻겠습니까?"

"말해보게."

"슈코 공주 친구 아야카를 찾는 겁니다."

"어떻게 말인가?"

"고다 회장이 아야카를 조카라고 하고, 조카 얼굴을 보고 가게 해달라면 그것까지 한국 측에서 막지는 않을 겁니다. 그래서 아야카와 슈코 공주에게 환자 명단에 들어가라고 하면 되지 않겠습니까."

"그래. 그게 좋겠군."

고다 이츠키 선사 회장은 아야카와 함께 나타난 슈코를 바로 알아보지는 못했다. 슈코를 마주하자 얼굴은 바뀌었어도 목소리와 기품이 그대로인 것에 놀라워했다. 해경본부에서는 모니터를 통해 고다 회장을 감시했다. 일본 정부로부터 어떤 지령을 전달할지도 모른다는 생각에서였다. 본부에서는 고다 회장의 조카라는 아야카보다는 자꾸 슈코에게 관심이 쏠렸다.

"저 아가씨는 지난번에 중국인들하고 다툼이 있었던 그 아가씨 아닌가?"

"맞습니다. KJK 하늘과 함께 왔었지요."

"난 아무래도 회장의 방문은 크루즈 처리문제로 왔다고는 하지만 저 조카라는 여자를 만난다는 것이 의심스러워, 자네는 회장의 동작에서 이상한 점을 발견하지 못했나?"

"살펴볼까요?"

"손을 유난스레 휘저으면서 말하는 것과 코를 문지르는 동작, 입 모양이 복화술 하듯 오물거리며 말하는 것 말일세. 메시지를 전달하기 위해서 감추려는 것으로 보인다는 것이지."

"그렇다면 아야카나 마리가 무언가 감추고 있는 것이라는 겁니까?"

"알아봐야겠지."

"찜찜하시면 강제 하선 대상에 포함하는 건 어떻습니까?"

"아직은 지켜보세."

고다 회장이 다녀간 뒤 슈코는 밤새워 뒤척였다. 아야카도 마음이 심란하기는 마찬가지였다. 아야카는 슈코가 드림호를 떠나야 하지만 떠나고 싶어 하지는 않는다는 것을 알고 있었다. 슈코가 참사랑을 만났다고 생각했다. 하늘은 하늘이 내려준 짝과 같다고 생각했다. 슈코의 아픔은 어쩌면 배에서 내리면 시작될지도 모른다. 더는 하늘을 만날 수 없다는 걸 잘 알고 있기 때문이었다. 다시 황궁으로 돌아가면 서른이 되기 전의 화려한 일탈은 끝나 버릴 것이다.

"슈코!"

"응? 아야카."

"잠이 오지 않으면 얘기나 나눌까?"

아야카는 발코니로 나갔다. 슈코가 와인을 병째 들고나오자 아야카가 화들짝 놀란다.

"슈코!"

발코니에서 바라본 밤바다와 밤하늘에서 묘한 기분이 들었다. 암초 사이에 덩그러니 고립된 거대한 드림호가 슈코 자신의 모습처럼 느껴졌다. 주변으로 튀어 오른 바위에서 해조류 썩는 냄새가 거슬렸다.

“냄새가 와인하고는 안 어울리는 데 들어갈까?”

슈코는 주변을 둘러봤다.

“아니 그래도 밖이 나은 것 같아 바위에 부서지는 파도도 보이고, 밤하늘의 별도 보이고… 어머! 저건 은하수가 보여 궁에서는 보지 못했던 건데.”

아야카도 애써 분위기를 살려봤다.

“슈코, 거대한 크루즈 선이 바다에 머물러 있으니까? 거대한 호텔 같아 보이지 않니?”

“언젠가 영화에서 보았던 싱가포르의 샌즈호텔하고 한국의 어느 바닷가 언덕 위에 지어진 배 모양의 호텔이 생각나.”

슈코는 호텔이다 생각하면 호텔이 되고, 난파선이다 생각하면 난파선이 된다고 생각했다.

“우리의 현실은 고립된 채 냄새나고 치안이 악화일로에 있는 고립된 해상 호텔일 뿐이지.”

“그렇긴 해.”

“슈코, 이번엔 하선할 거니?”

슈코는 말이 없었다. 와인을 한 모금 마셨다. 목에서 꿀꺽 소리가 날 정도로 마음이 불안해 보였다.

“왜 하선 날짜가 모레일까? 아야카 너라면 어떻게 하겠니?”

“나야 슈코 그림자잖아… 어머! 슈코….”

슈코는 울고 있었다. 눈물이 그렁거렸다. 화이트와인 잔에 눈물 한 방울이 떨어졌다. 순간 울컥 아야카도 눈물을 흘렸다. 슈코가 '너는 왜?' 하는 표정으로 서로 마주 보고 울었다. 덩달아 아야카도 미누에 대한 감정이 일었다.

*

"즉시 해산하지 않으면 연행하겠습니다! 해산해 주세요!"

"연행! 하려면 해봐! 우린 못 비킨다니까!"

대극장 아레나홀에서는 극장 안을 장악한 한 무리와 극장을 차지하려는 또 다른 무리가 서로 격렬하게 맞붙기 직전이었다. 김정훈 본부장은 사태의 심각성을 느끼고 직접 현장에 나와 지휘를 했지만, 먹혀들 기미가 보이지 않았다.

"그럼 회의를 해봅시다. 아레나 홀은 어느 특정 종교의 전유 공간이 아닙니다. 서로 효율적으로 쓸 방법을 찾아봅시다."

"아레나홀은 신성한 곳입니다. 이런저런 믿음이 뒤 섞이는 것은 신성모독입니다."

"그렇게만 말씀하시면 안 되고요. 각 종교 대표단과 협의를 하도록 할 테니 일단 아레나홀은 비워주세요."

결국, 아레나홀에서 양측이 대치하는 가운데 종교 대표

단을 모아 선장실에서 회의했다. 종교적인 문제는 단순치 않았다. 선장과 치안본부장이 꺼낸 카드는 크루즈에 있는 공연장 다섯 곳을 종교집회를 할 수 있도록 오픈하겠으니 규모에 맞게 지정하자는 것이었다.

공연장 크기는 아레나홀, 채플린홀, 이사도라홀, 이비자홀, 아바나홀 순서였다.

"종교인구 대비해서 신도가 가장 많은 종교 순서로 큰 공연장을 쓸 수 있도록 하는 것이 좋을 것 같습니다."

우려했던 치안 불안은 종교분쟁이라는 변수를 만났다. 국가별 집단행동이 간당간당하게 정리되는가 싶었는데, 이번엔 난데없이 종교문제로 드림호 안이 뜨거워졌다. 종교문제는 또 다른 응집력으로 문제를 일으킬 가능성이 크다는 걸 김 본부장을 잘 알고 있었다. 종교전쟁은 내전만큼이나 치열하고, 잔혹하다는 걸 이미 역사가 말해 주고 있었다. 김 본부장은 종교대표가 신자 명단을 작성해 오면 그것을 자료로 쓰겠다고 했다. 제출 시한은 사태 긴박성을 고려해 하루를 주었다.

인간은 집단화되면서 권력이 생기고 정치화된다.

처음엔 드림호가 운항할 수 있다는 소식에 승객들은 이른 시일 안에 크루즈 여행을 계속할 것으로 기대했다. 그러나 드림호는 꿈쩍도 하지 못한 채 한새군도에 묶여있게 되었다. 승객들은 시간이 지나자 서서히 국가별로 결집하면서 집단을 만들었다. 위험을 감지한 동물적 생존 반응이다. 그러다 규모가 커지자 세를 과시하기 시작한 것이다.

애초 빠른 하선은 불가능했다. 초대형 쓰나미로 인접 연안국 항만과 선박이 초토화되면서 빠르게 대처하기 어려웠던 것도 사실이었다. 그것이 빌미가 되어 시간을 끌게 되자, 누군가에 의해 응집력이 발휘되었고, 조직적으로 하선을 거부하는 사태가 벌어진 것이다. 그들의 갈등은 이데올로기 대결 양상을 보이기 시작했다.

그러던 중 갑자기 종교 모임이 잦아지기 시작했다. 불안감은 종교로의 결집을 만들어 냈다.

기존 국가별 대표단에 불만을 품은 종교인들이 단체로 조직을 만들기 시작한 것은 그 무렵부터였다. 인원수는 적어도 한국의 종교인들이 가장 활발했다. 가장 빠르게 집단을 형성한 것은 기독교 중에서 개신교인들이었다. 개신교인들은 대극장에 모여들어 기도회를 했다. 개신교인의 결속력이 천주교와 불교를 자극했고, 이어서 소수이기는 했지만, 이슬람교도도 기도하기 시작했다.

문제는 장소였다. 특히 대극장을 두고 쟁탈전이 벌어진 것이다. 그나마 다행스러운 것은 중국 승객의 종교가 대부분 도교이고, 일본 또한 대부분 토속신앙이어서 전체 승객과 승무원의 절반 이상이 특별한 집단종교 의식을 하지 않는 사람들이었다. 그러는 가운데 결속력에서 우세와 선점권을 앞세운 개신교인은 아레나 대극장을 성지처럼 지키려 했고, 다른 종교도 아레나 대극장에서 기도와 법문을 하기 위해 움직였다. 시간이 지나면서 종교는 충돌 양상을 보이기 시작했다. 지키려는 자와 사용하려는 자의 충돌이 일어난 것은 개신교와 천주교인들이었다.

선상 종교 활동에 대해서 종교별 대표와 기도장 사용을 위한 회의를 했다. 장소 사용에 대한 것은 선장과 치안본부장이 입회하여 중재했다. 먼저 종교인 조사 결과부터 서로 시빗거리가 되었다. 종교별로 집계된 인원으로 볼 때 숫자가 부풀려져 있었다. 종교단체에서 집계한 자료에 따르면 그들의 집계의 총합이 크루즈 전체 승선 인원의 1.2배에 육박했다.

김정훈 치안본부장은 엔리케 선장과 허탈하게 웃었다.

"종교 집계를 이대로 활용하기는 곤란합니다. 공평하게 하려고 선장님께서 운영진을 활용해 직접 집계하는 건 어떻겠습니까?"

종교 대표단은 무슨 문제냐고 반문했다.

"집계에 무슨 문제가 있다는 겁니까? 다종교인 경우도 있지 않겠습니까?"

김 본부장은 부정 집계로 공평성의 문제가 대두될 수 있는 것을 경계했다.

"무종교나 참여하지 않은 소수 종교인도 있을 텐데 전체 승선 인원보다 더 많다는 건 누가 보더라도 아전인수로 조사 집계했다고 볼 수밖에 없습니다."

종교 대표단은 불쾌하게 받아들였다.

"다시 집계하는 것은 반댑니다. 새로운 집계는 종교의 순수성과 고결함을 파괴하는 행위입니다. 종교인의 진정성마저도 인정하지 않겠다는 뜻 아닙니까. 이건 신성 모독적인 것으로 모욕적입니다."

김 본부장은 선택권을 종교 대표단에 넘겼다.

"그럼 각 종교 대표께서 협의하여 결정하세요. 현재 집계된 자료를 그대로 기준으로 삼아 집행하는데 동의한다는 것 말입니다."

"그럼 제출된 집계된 내용을 밝혀주세요. 수용 가능한 것인지를 우리끼리 협의해 보겠습니다."

"집계 결과 발표는 동의하십니까? 동의하지 않은 분은 지금이라도 손을 드세요. 없으면 발표하겠습니다."

대표들은 서로서로 견제하는 눈빛이었다. 어차피 공개할 수밖에 없냐는 뜻이었다. 개인이 모여 집단화되면 으레 절대 선이 생겨난다. 그러나 완전한 절대 선은 존재하지 않는다. 절대 선은 누군가에게는 절대 악이기 되기도 하기 때문이다. 개인으로서 일반인이나 종교인은 순수하고 관용적이지만, 집단을 이루면 이해관계가 생기고 욕심이 충돌한다. 대표들은 이미 종교인이자 정치인이 되어버렸다. 종교의 정당한 대접을 받기 위해 하는 약간의 트릭을 수용할 마음의 준비가 되어있었다.

정작 문제는 중국과 일본의 태도였다. 아직은 조용히 있지만, 도교인과 토속신앙인이 뭉치기라도 한다면 대참사가 벌어질 위험이 잠재되어 있었다. 아직은 언덕 위에서 눈을 뭉칠 듯 말 듯한 눈덩이에 불과했다. 어떤 동기로 한 바퀴만 구른다면 눈덩이는 언덕을 달리면서 걷잡을 수 없이 커질 것이다.

*

드림호 안에서 한국 해경이라는 절대 권력이 약해지고 군웅 할거하는 양상으로 보이자 성폭행 사건이 증가하기 시작했다. 범죄는 국가적, 종교적 유대 중심으로 조직적인 움직임이 두드러졌다. 폭력적이지만 보통의 유대가 이루어진 국가 조직, 낮은 폭력성에 비해 최상의 유대를 가진 종교조직이 그랬다. 치안이 불안해지자 남녀 간은 젠더 갈등은 차츰 줄어들었다.

치안 유지에 위기가 서서히 찾아오기 시작했다. 해경은 CCTV 파손이 잦아지고 있는 것에 불안해했다. 누군가 고의로 파손한다면 무언가 은폐하기 위한 것이다. 가려지거나 고장 난 CCTV 아래서 무슨 일이 벌어지고 있는지 알 수 없다. 확실한 건 해경 지휘부에 절대적으로 불리하다는 것이다. 김 본부장은 선내 방송을 통해 CCTV 파손은 적극적 범죄 의도 행위이며 엄벌하겠다고 경고했다. 경찰력은 승객의 안전을 도모하는데 한계점에 도달하고 있었다. 해경에 경찰 인원 보충을 재촉했다. 자칫 상황이 악화하면 경찰이 고립되거나 인질로 잡힐 수도 있는 극단적인 상황에 대비해야 했다.

"본부장님, 더는 견디기 어려울 것 같습니다. 온다던 지원병력 2개 중대는 도대체 언제 도착하는 것이지요?"

"제주 강정기지를 출발했다고 하니 조금만 기다리게, 혹시 그전에 조짐이 보이면 격실 차단 방식으로 작전을 해야 하니 시스템통제실을 확실하게 지키고 있어야 한다네."

치안본부로 실종 신고가 들어 왔다. 한국 승객 중 20대 후반인 초등학교 여교사가 보이지 않는다며 룸메이트가 신고했다. 점심을 먹고 룸으로 돌아오는 길에 잠깐 편의점에 들렀다가 오겠다고 한 이후로 돌아오지 않는다는 것이다. 경찰은 의심이 갈만한 일이 있었는지를 물었다.

"점심을 먹을 때 자꾸 우리를 바라보던 남자들이 있었어요."

"어떤 사람이었지요?"

"중국계로 보였어요. 큰 소리로 이야기를 하고 좀 거칠어 보였어요. 무슨 일이 있으면 어떡하지요?"

"얼굴은 기억하겠어요?"

"글쎄요. 자신은 없긴 한데…."

경찰은 즉시 모니터를 통한 선내 방송을 했다. 모니터엔 실종 대상자인 김나경의 사진과 함께 방송을 내보냈다. 그리고 식당에서 본 중국계 남자들을 사진으로 찾기 시작했다. 룸메이트 오도혜는 불안감에 휩싸였다.

그 시간 김나경은 선내 중국인 룸 안에 갇혀 있었다. 그 옆으로 중국 남자들이 시시덕거리며 김나경을 공포로 몰아갔다. 김나경은 폐쇄된 방안에서 위험을 자력으로 벗어날 가능성이 희박하다고 판단했다. 이곳으로 끌려 올 때 목격자가 있었기를 바랄 뿐이었다. 단지 이들의 목적이 무엇인지 알 수 없었다. 처음엔 비명을 지르며 반항했지만, 무력으로 제압당했고, 코로 무언가를 흡입시켰다. 깨어났을 땐 손발은 침대에 묶여있었다. 그리고 눈앞에 들이민 것은 통역기였다.

어떤 남자가 희롱하는 어투로 말을 걸었다.

"공주님! 협조하면 이 배에서 걸어서 내릴 수 있게 해주지."

허스키한 목소리에 공포스러운 말투였다.

"뭐, 뭘 협조하라는 거예요?"

"이방을 나가기 전까지 밥 먹고 잠자는 것 말고는 아무것도 스스로 안 하는 것."

스스로 안 한다는 건 이들이 무슨 짓을 할 수도 있다는 것으로 생각했다. 분명 위기 상황이고, 홀로 어찌할 수 있는 것은 없다. 김나경은 대답 대신 눈을 지그시 감았다.

"공주님! 대답하셔야지 그래야 우리도 최소한의 공주 대접을 해주지."

"대신 약속하나 해주세요. 제 몸에 손대지 않기로."

"아하! 그런 옵션이 있었구먼, 손대는 건 생각도 안 해

봤는데 껄껄 그건 생각해 보지."

눈은 가려졌지만, 김나경은 음흉하고 섬뜩한 기운을 느꼈다. 이들이 마음만 먹으면 자신을 유린할 방법은 여러 가지가 있을 것으로 생각했다. 어차피 이리했든 저리했든 이들의 손아귀를 벗어날 수 없는 상황인 것만은 분명했다. 일단은 최대한 협조하는 척 시간을 벌 수밖에 없다는 걸 깨달았다. 김나경은 아직 자신을 성적 노리개로 적극적으로 활용하지는 않는다는 걸 파악했다. 그것은 이들이 권력을 중심으로 조직적으로 움직이고 있다는 것을 의미했다. 그렇지 않았다면 끌려 온 즉시 그들은 점령군처럼 성적인 욕심을 채웠을 것이다. 그들을 통제하고 움직이는 어떤 힘이 살아있다는 것이다. 그들이 드림호를 장악하고 진정한 점령군이 되면 약탈과 겁탈이 공인될지도 모른다. 상상만으로도 공포가 밀려왔다.

*

"사슴은 고분고분하던가?"

자오펑이 스위트룸으로 찾아온 중국 청년에게 김나경에 관해 물었다.

"겁을 잔뜩 줬더니 조용해졌습니다."

"눈을 가렸겠지? 그리고 가능한 그 가련한 사슴 앞에서는 대화하지 말도록 해야 해, 나중에 어떤 꼬투리가 잡힐 수도 있으니까?"

자오펑은 대사를 준비한 사람처럼 신중하게 조직을 관리했다.

"그리고 감시는 항상 두 명이 있어야 해. 혼자 있으면 사슴이 우리를 탈출할 수 있다는 걸 명심하고."

"감시 조의 요원들이 예전 특수부대 출신이라 걱정하지 않으셔도 됩니다. 그리고 너무 다양한 사람이 룸을 들락거리면 한국 해경에서 눈치챌 수 있으니까. 이것도 조심해야 합니다."

자오펑은 흡족한 표정이었다.

"남녀가 함께 있으면 무슨 일이 일어날지 몰라. 명령을 어기고 일을 저지를 수도 있고, 반대로 그녀이 꼬리 쳐서 요원을 포섭할 수도 있지. 감시원은 하루 간격으로 바꾸도록 해. 중요한 건 손을 대지 않고 통제하는 것이야. 이미 스스로 정신이 무너졌기 때문에 완전한 제압을 위한 폭력이나 강간이 필요하지는 않을 것 같군."

남자는 여성 요원 보충을 요구했다.

"감시인을 남녀로 바꿔서 2인 1조로 하는 것은 어떨까 합니다. 화장실에 갈 때 불편해하기도 하고, 남자가 화장실까지 지키고 있기도 그렇고 말입니다."

"그러시오. 눈은 잘 가려야 하오. 풀어주게 되더라도 아무것도 모르게 만들어야 하니까 말이오."

"그리고 약은 어떻게 할까요?"

"보험은 들어 놔야겠지. 기분 좋을 정도로만 주사해봐. 증빙자료 만드는 것도 잊지 말고."

"한국인은 언제까지 잡아 둘 생각이십니까?"

자오펑의 미소에 잔혹함이 잠깐 스쳤다.

"좀 기다려, 한국 승객에서 공포심이 극대화될 때까지는 잡아둬야지."

"유치장에 감금된 우리 인민들과 서로 교환하기로 하지 않았습니까?"

"처음엔 그랬지. 하지만 어느 것이 더 유리할지를 판단해야지. 안 그래?"

중국 청년들이 객실을 나가자 젊은 여자 둘이 방에 들어왔다. 진한 메이크업에 계절에 맞지 않는 트렌치코트를 입고 있었다. 자오펑이 손짓을 하자 여자는 코트를 벗었다. 짧은 스커트에 하늘거리는 블라우스 차림이다. 봉긋한 가슴이 실크 블라우스 안에서 부드럽게 출렁였다. 여자는 옷을 벗었다. 자오펑은 치마를 벗지 말라고 손짓한다. 여자가 자오펑에 다가가 마사지를 한다. 자오펑이 어깨를 주무르는 여자의 스커트 아래로 손을 집어넣었다.

"흠! 좋아. 노팬티는 날 흥분시키지, 왁싱은 더욱 그렇고…"

앞에서 다리를 주무르던 여자가 자오펑의 바지 지퍼를 앞니로 물고서 내린다. 그리고는 사타구니에 얼굴을 파묻었다.

"하! 뜨거워서 좋군. 그래! 부드럽게, 소중하게 다뤄줘."

"어머! 서기님 대단하세요. 젊으세요."

"고맙지만, 지금은 혀를 말하는데 놀릴 때가 아니지."

자오펑은 오랜 화류생활을 경험한 탓인지 섹스 스킬이 뛰어난 여자들과 여행하기를 좋아했다. 자오펑은 서기 시절 축적한 재산으로 회춘여행을 즐겼다. 칭다오(靑島) 서기를 마지막으로 자오펑의 꿈은 좌초되었지만, 그 꿈을 다시 꾸게 된 것은 아이러니하게도 파라다이스드림호가 좌초되면서다.

자오펑은 드림호가 좌초되자 신속하게 자신을 드러냈다. 그가 자신을 드러낸 것은 정치를 읽어내는 뛰어난 감각 때문이었다. 좌초한 곳이 동중국해라는 것을 알아차렸고, 중국에서 새로운 섬에 대한 집착이 클 것이라는 걸 빠르게 계산했다. 자오펑은 재빨리 대표가 되기 위해 움직였다. 본능적으로 정치에 복귀할 지렛대로 드림호 좌초가 이용될 것이라 걸 알아차렸다.

중국 대표 자오펑은 자신의 세력이 단단하게 구축되었다고 판단하자 크루즈 내규를 만들기로 했다. 자칫 급조된 자경단을 이대로 내버려 두면 홍위병이 되어 문제를 일으킬 수도 있기 때문이다.

*

일본도 중국과 한국에 대응하기 위해서 자경단을 조직했다. 미사와 다카케 대표를 중심으로 한 자경단이었다. 일본 자경단도 처음과는 다르게 권력화되어가고 있었다. 미사와가 한국인 실종사건으로 자경단을 강화하고 사고를 대비한 행동 지침을 만들었다. 항상 2인 이상 단체행동을 하고 여성은 3인 이상 단체 행동할 것을 지시했다. 미사와는 드림호가 일본 선사라는 점을 활용하려 들었다. 비교적 일본인 승무원이 많다는 점은 분명 활용가치가 있었다. 미사와는 자경대장으로 요코하마 경시청 간부 출신인 키류 요시무라를 선출하면서 권력을 강화했다.

미사와는 특이하게도 대학에서 강의했던 선박구조학 교수 출신이었다. 일본은 조직을 강화하는 것보다는 신망 있는 대표를 뽑은 셈이다. 나중엔 사실이지만 그도 의회 진출을 위해 세 번이나 중의원 출마를 했다가 낙선한 은둔의 정치 야심가였다. 일본 대표를 맡은 것은 다음 선거에 프로필로 이용할 욕심 때문이었다.

키류가 미사와에게 일본 정부로부터의 은밀한 연락을 전했다.

"미사와 대표님. 일본 정부로부터 연락이 왔습니다."

"뭐라던가?"

"일단 계속 버티시라는 겁니다. 한국과 협상이 진행 중인 모양입니다.”

“그래도 언제까지 기약도 없이 우리 일본인을 희생시킬 수는 없지 않겠소?”

“중국과는 어떻게 하실 겁니까? 자오펑 대표가 한번 만났으면 하는 것 말입니다.”

“일단 만나보지. 만나보고 판단해도 늦지 않을 테니까.”

*

김나경 건으로 한국도 자경단을 조직했다. 한국의 자경단 조직이 만들어지자 일본과 중국의 자경단과 작은 한·중·일 대결 구도가 만들어졌다. 한국은 애초 자경단을 구상하지는 않았지만, 승객끼리의 다툼에 해경이 매번 직접 개입하는 데 부담이 있었다. 중국과 일본의 자경단 조직은 양국 대표에게 권력을 강화하는 역할을 했다. 대표는 자경단의 세력을 이용해 통치를 시작했다. 마치 크루즈 안의 작은 국가를 만들 듯이 정치적인 조직을 갖추었다.

대표들의 급격한 세 불림은 또 다른 반작용을 일으켰다. 특히 중국 대표단 내의 반대 세력은 작지만 탄탄한 구심점을 만들어가고 있었다. 기존 대표들의 권력 과용을 저지해야 한다는 의견이 힘을 얻기 시작했다. 김정훈 본부장은 국가 조직별 내부 충돌을 유도할 것인지를 고민했다. 마음에 걸리는 것은 내부 충돌이 잔혹하게 흘러갈 경우였다. 위험한 권력자 자오펑의 힘을 빼는 방법은 종교 갈등과 내부갈등을 일으키는 것이기는 했다. 하지만 아직은 자오펑에 저항하기에는 힘을 키워야 했다. 자칫 마오쩌둥처럼 권력 강화를 위해 문화대혁명이라도 일으켜 자경 대원을 홍위병처럼 부린다면, 종교탄압과 반대파 숙청이 이루어질지도 모르는 일이었다.

한편 더는 크루즈에 남아 고통스럽게 살 수 없다는 저항운동이 꿈틀거리기 시작했다. 중국과 일본 대표는 승객이 하선 못 하는 것은 한국 정부의 정치적인 처사라고 주장하고 타깃을 한국 정부로 돌렸다.

자오펑 대표는 중국 승객의 불만을 잠재우고 결속을 높이기 위해 전인대를 흉내 낸 크루즈인민대표회의를 개최했다. 자오펑이 회의를 개최한 또 다른 의도는 자치규약을 완성하는 것이다. 자치규약은 사실상 중국 승객을 통치하는 법이었다. 그러나 회의는 예상과 빗나갔다. 시작부터 본국에 대한 불만이 터져나왔다.

"한국 정부가 우리를 인질로 잡고 있다면 우리가 단체행동으로 항의하는 것은 당연합니다만, 우리 중화인민공화국은 아무런 조처를 하지 않고 있습니다."

"맞습니다. 우리 조국은 이미 세계 최고의 국가라고 알고 있는데 왜 이번 일에 무기력한 겁니까? 세계 최고라고 하는 인민해방군은 왜 가만히 있는 거지요?"

"더는 못 견디겠습니다. 아직도 하선이 안 되는 이유가 뭡니까?"

자오펑은 성난 민심을 달래기에 진땀을 흘렸다. 나름 칭다오시 당서기를 지낸 화려한 경력으로 뾰족해진 민심을 달래고 뭉개었지만, 정작 진행하고 싶었던 자치규약을 만드는 것은 난항이 예상되었다. 자치규약은 가까스로 제정위원회를 구성했다. 제정위원회에서 제정 초안을 만들면 최종적으로 파라다이스드림 인민대표회의를 거쳐 가결하기로 했다.

인민대표회의는 자오펑에게는 자치규약이라는 득도 있었지만 반대 세력이 결집하는 계기도 되었다. 꿀과 독이 함께 섞인 것이다. 승객 다수가 상하이 출신이었다. 그들은 칭다오 출신의 자오펑이 전권을 장악한 것이 못마땅했다. 그 중심에 린쭝타이(林重始) 자경단장이 있었다. 실제 험한 일은 자신이 다하면서 과실은 자오펑이 따먹는 것에 불만이 있었다. 그 사실을 자오펑이 모를 리 없었다.

*

"이거 향냄새 아닌가?"

김정훈 본부장은 배 안에서 향냄새를 맡았다. 순간 불길한 생각이 들었다.

"중국 승객들이 향을 피우고 기도를 하기 시작했습니다."

드디어 도교가 움직였다. 선내 최고 인원수를 차지하고 있는 중국 도교인들이 종교 활동을 시작한 것이다. 일본의 토속신앙인들도 향을 피우기 시작한 것도 그때쯤이었다. 서로의 결속은 느슨한 편이었지만, 숫자로 보면 각각 첫 번째와 두 번째였다. 충돌이 우려되는 대목이었다. 아레나 홀은 이미 개신교인들이 쓰고 있었다. 약속대로 종교 인구 순으로 홀을 배정한다면 당연히 도교인이 아레나 홀을 차지해야 했다. 김정훈 본부장은 향냄새에서 불길한 생각을 떨칠 수가 없었다. 종교전쟁의 서막을 알리는 것 같기도 했다. 향냄새에서 분향소의 향내가 느껴지는 것은 민감해진 탓일까?

"이들 움직임을 잘 살피게, 뭉치지 않게 조절해야 한다고."

김정훈 본부장은 자경단과 종교세력의 힘의 균형을 생각했다. 잘만 서로 견제하게 되면 힘의 균형을 맞출 수도 있을법했다.

중국과 일본의 대표단 회의가 비밀리에 열렸다. 양국의 대표는 성향은 대조적이었다. 정치적으로 노회한 자오펑과 논리적인 스타일인 미사와가 자리한 것이다. 양 대표는 서로의 생각부터 알고 싶어 했다.

"역사 이래 이런 적은 없었는데 말입니다. 고생이 많으시겠습니다. 미사와 대표님."

"그러게 말입니다. 자오펑 대표님. 우리 일본 역사상 한 번도 일본이 한국에 볼모로 잡힌 적이 없었는데 말입니다."

"볼모라니요. 저희 중화인민공화국은 볼모가 아닙니다. 곧 한국을 볼모로 잡을 수 있을 겁니다."

"하긴 아직 아무것도 확정된 것 없으니까 지켜볼 일이지요."

"우리 중국과 함께 하실 생각은 있으십니까?"

"서로 생각이 같다면야. 뭔들 못하겠습니까?"

자오펑은 미사와에게 은밀한 제의를 했다. 한국의 한새군도 점령에 대해 양국이 정치적 군사적 상황을 공유했다. 양국은 드림호를 장악해서 한국 승객을 인질로 잡아 양국 협상에 유리한 고지를 점령하자는 것이다.

"승객의 수로 보면 저희 중국이 승객 2752명에 승무원 351명 해서 총 3103명, 일본이 승객 1588명에 승무원 452명으로 총 2040명, 한국은 승객 954명에 승무원 225명해서 총 1179명이더군요. 그리고 3국을 제외한 승객은 552명, 승무원 266명으로 총 818명 머릿수로 보면 한국은 상대가 되질 않아요. 단 문제는 한국이 한새군도를 점령하고 있고, 무장 해경이 100여 명 있다는 겁니다."

"문제는 언제까지 시간을 끌며 버틸 수 있냐는 겁니다. 이제는 서서히 지쳐가고 있습니다. 그래서 말인데 한번 뒤집읍시다. 우리 중국과 일본이 함께 하면 크루즈 장악에는 문제가 없습니다."

"경찰이 무력을 사용하면 쉽지 않을 텐데요."

"자경단이 합쳐서 기습적으로 치안본부를 장악하는 겁니다. 그러면 한국 승객들은 힘을 쓰지 못한다는 거지요."

"그건 짧은 시간 가능합니다. 한국에서 드림호 자체를 봉쇄할 경우를 대비해야 합니다. 자칫 고립되어 보급이 끊기면 굶주림에 허덕이게 되는 경우가 생길 수 있습니다. 어차피 드림호는 고립되어 바다로 빠져나갈 수 없다는 건 부정할 수 없는 사실이지 않습니까?"

양국 대표는 무언가 자신의 입지를 넓히기 위한 작전을 펴고 싶었지만, 일반 승객들은 굳이 모험을 감수할 필요도 동기도 없었다. 대표단의 생각과는 달리 일반 승객들은 빠른 하선으로 고국으로 돌아가고 싶어 했다. 그러자 중국 대표단에서 꺼낸 카드는 만약 중국이 등하이다오 섬들을 차지하게 되면 참여 승객 개개인에게 일정 크기의 섬 지분을 나눠주겠다는 의견을 꺼냈다. 아무도 책임지지 못할 황당한 제안에 중국 승객들이 솔깃한 것은 뜻밖이었다.

*

치안이 불안해지자 여성 승객의 입지는 급격하게 좁아졌다. 드림호의 치안이 망가질수록 선내 크루즈 문화도 급속도로 무너졌다. 문화보다는 본능이 드림호를 지배하기 시작한 것이다. 망가진 CCTV를 교체했지만, 역부족이기도 하고 전력공급에 문제가 생기면서 치안 유지가 더욱 열악해져만 갔다.

어느덧 슈코는 하늘과 함께 움직였다. 슈코가 하늘에게 불쑥 이야기를 꺼냈다.

"하늘, 난 내일이면 아야카와 이 배를 떠날지 몰라."

하늘은 쿵! 올 것이 왔다고 생각했다. 아마 마지막이 될 것 같은 이별을 마리가 담담하게 꺼낸 것이다.

"어떻게 그게 가능하지? 아무도 떠날 수 없을 텐데?"

"우선 하선자를 선발했다는데 내가 들어갔나 봐."

하늘은 마리가 일본인 승객이 마지막 하선할 때까지 남아 있겠다던 심경에 변화가 생겼다고 생각했다. 그러나 묻고 싶진 않았다.

"하선자가 있다고는 듣지 못했는데, 아… 아무튼 잘됐어."

하늘은 마리가 안전하게 일본으로 돌아간다는 것은 축하할 일이지만 마냥 기뻐할 수만은 없었다. 슈코의 마음도 그랬다. 하선한다는 것이 마냥 좋지만은 않았다.

"마음 한편으론 여전히 고민 중이야. 떠나는 것이 맞을지, 아니면 남아서 남은 일을 해야 할지?"

"남은 일?"

"난 일본 승객을 도와야 해. 그게 내게 남은 일이지. 그런데 부모로부터 일본으로 돌아오라는 소식을 들었어."

하늘은 문득 잊고 있었던 가족을 생각했다. 아이돌에 취해 소중함을 잊고 있었다. 미안함과 마리와의 이별 감정이 엉켰다.

"부모님께서? 당연히 걱정하시겠지 그것도 이렇게 예쁜 딸을 그 위험한 크루즈 선 안에 둔다는 건 고통스러운 일일 거야."

슈코도 하늘을 떠나고 싶지 않다는 걸 말했다.

"난 하늘과 함께 드림호 안전을 위해 일하고 싶어, 그런데 부모님의 간절함도 뿌리칠 수 없고, 사실…."

슈코는 파라다이스드림호를 떠나면 하늘과도 영영 이별이라는 말하지 못했다. 하늘이 느끼는 사랑의 감정이 진실하다면, 혹시 다시 이어질 수도 있지 않을까? 그런 가능성마저 미리 차단할 필요는 없다고 생각했다. 설령 가능성이 0이라고 해도 마찬가지였다.

"마리! 일본에 돌아가더라도 연락을 계속할 거지? 일본에 가서 연락하면 나와야 해?"

"으응."

슈코는 대답은 했지만, 대답은 마음의 표현이고 현실은 그렇지 않았다.

그날 저녁.

슈코의 발코니로 외부 침입자가 은밀하게 침입했다. 건장한 남자였다.

"결국, 담장을 뜯었어."

슈코는 놀란 눈으로 멍하니 바라봤다.

"하늘 사마!"

하늘을 보고는 깜짝 놀랐다. 하늘이 옆 룸 베란다 사이를 막고 있던 차단벽을 들고 서 있었다. 나사를 하나씩 풀어 해체한 것이었다. 크루즈의 베란다 벽은 비상사태를 대비해 설치와 해체를 할 수 있게 만들어져 있었다.

"무토와 방을 바꿨어. 오늘 하루는 마리와 함께 있고 싶었어."

슈코는 말없이 멀뚱멀뚱 서 있었다. 한순간 벽이 휑하니 사라진 것에 황당했다. 일순 하늘과의 마음의 벽도 말끔히 사라졌다.

"도로 벽을 칠까요. 아가씨?"

하늘은 농담으로 다시 벽을 칠 자세를 취하자. 슈코가 다가와서 하늘을 안았다.

"오늘 하루는 마리와 있고 싶었어. 남의 눈에 안 띄게…."

"고마워."

슈코는 하늘이 담장을 뜯었다는 사실에 감동했다. 어떻게 그런 생각을 한 지도 궁금했다. 하늘은 담장에 대해 한국식 해석을 곁들였다. 한국에는 '담장 너머를 엿본다.'라는 말이 있다. 그 뜻은 집 안에 있는 여자를 흠모하거나, 유혹하려 한다는 의미다. 그것이 가능한 것은 한국의 담장은 야트막해서 길을 지나다 발뒤꿈치를 들면 집안이 들어다 보일 정도라 가능한 일이다. 그런데 슈코를 보기에는 크루즈 담장이 너무 높았다. 볼 수 없다는 불편함이 발상을 전환하게 했다.

"흠모하는 여인을 위해서?"

"그 흠모 하는 여인이 나를 좋아해 주길 바라면서… 그 여인의 마음을 도둑질하려고….."

둘은 울컥 뜨거워졌다. 하늘은 마리의 입에 입 맞췄다. 내일이면 다음을 기약할지 알 수 없다. 하늘의 손이 마리의 어깨와 등을 어루만지다 허리로 내려온다. 키스의 달콤함 속에서도 손길이 느껴진다. 슈코는 하늘의 손길에 어떡할지 머뭇거린다. 하늘의 입술이 귀에 와 닿았다. 뜨거운 바람에 거칠어진 숨소리가 실려 온다. 제지할 수가 없다. 하늘의 입술이 목을 타고 내려올 때도 그랬다. 이렇게 짧은 시간 내에 남자의 품에 안겨 있다는 건 일탈이다. 손이 엉덩이를 훔치고 입은 가슴을 타고 내려온다. 움찔! 짜릿한 느낌이다. 남자와의 하룻밤을 고민했다. 싫다고 하려면 벌써 해야 했다. 하늘을 사랑하고 있는 건 맞는지 자신에게 반문했다. 더는 진행하면 안 된다는 이성과 그 현실을 받아들이고 싶은 감성이 난마처럼 뒤엉킨다. 발코니 벽 나사가 하나하나 풀리듯 두 사람 사이의 벽도 하나하나 허물어졌다. 슈코에게 있어서 완전한 일탈의 밤이 되었다.

슈코가 울고 있었다. 하늘은 놀란 표정으로 마리를 바라봤다.

"무슨 일이 있구나? 마리!"

"별일은 아니야."

하늘은 마리를 꼭 껴안았다. 그리고는 한동안 그렇게 있었다. 아주 작은 흐느낌이 사라질 때까지.

샤워를 마친 슈코가 냉장고에서 와인을 꺼냈다. 그리고는 잔을 채웠다.

"마리, 왜 그래?"

"마지막 술잔이야."

하늘은 마지막이라는 걸 이해하고 싶지 않았다.

"마지막이라고는 말하지 마! 내일 이곳을 떠날 뿐이잖아."

슈코는 말없이 휴대폰에서 사진을 찾았다. 그리고는 휴대폰을 하늘에게 넘겨줬다.

"이게 내 모습이야."

눈에 익은 모습이다. 어린 얼굴, 오동통한 얼굴에 활짝 웃는 모습, 덧니가 앙증맞게 드러난 모습은 분명 눈에 익었다.

하늘은 갸웃거렸다. 마리의 얼굴이라기에는 너무 달라 보였다.

"다른 사진을 봐도 돼?"

슈코가 고개를 끄덕였다. 사진을 차례로 스크롤 하자 마리의 사진이 어린 시절부터 펼쳐졌다. 어떤 여자의 품에 안긴 갓난아이, 화려한 장식을 한 옷을 입고 있는 어린아이, 유치원생, 초등부 학생, 중등부, 고등부, 대학생….

순간 하늘은 머리칼이 쭈뼛 섰다.

설마! …하늘은 사진 속의 그녀가 누구인지 알 것도 같았다. 하늘은 순간 사고의 공백을 느꼈다. 그리고 마지막 사진 한 장이 모든 걸 증명했다. 가족사진이었다. 사진 속의 부모는 세이히토 천황이었고, 하쓰코 황후였다.

"슈… 코? 공주?"

하늘은 충격적인 현실에 그저 놀라웠다. 슈코 공주는 박한 대통령 취임식에서 스치듯 본 적이 있었는데 분명 그 슈코도 사진 속의 슈코도 아니었다.

"그런데 사진의 슈코 공주하고… 그럼 마리가 슈코 공주?"

슈코는 살포시 웃었다.

"얼굴이 왜 다르냐고 놀란 거지?"

"어떻게 된 거야?"

"반년 전 분신자를 구하려다 화상을 입었어."

슈코는 그동안의 일을 얘기했다. 그제야 하늘도 슈코 공주의 분신자 구출 기사를 떠올렸다.

하늘은 혼란스러웠다. 왜 일본인 승객과 마지막까지 함께하겠다고 했는지 이해됐다. '노블레스 오블리주 슈코 히메, 그대는 자격 있는 공주야. 어쩌면 천황이 된다고 할지라도….'

"아야카는 지누와 잘 지내고 있을까?"

슈코가 하늘에 안겨 와인을 마시면서 아야카 얘기를 꺼내자 핀잔을 준다.

"큐티 걸 공주님! 난 나에게만 집중해줬으면 좋겠어."

슈코가 소리를 삼키면서 몸으로 웃었다. 슈코의 몸 웃음이 전해지자 하늘은 묘한 흥분을 느껴졌다.

"하늘은 담배 안 피우나 봐?"

"담배? 노래 때문에 끊었지. 그런데 그건 왜?"

"언젠가 어디서 본 건데, 섹스가 끝나고 나면 여자는 잠이 들고, 남자의 10%는 담배를 피우고, 나머지 90%는 집으로 돌아간다고 하던데…."

요조숙녀 같던 슈코의 뜻밖의 조크였다.

"어쩌지 오늘은 돌아갈 집이 없어서, 돌아갈 집을 만들려면 다시 발코니 벽을 도로 쳐야 하는데?"

슈코는 들릴 듯 말 듯 읊조렸다.

"도쿄로 돌아가지 말까? 아침이 오지 말았으면 해."

*

미누와 아야카 사이에도 한차례 폭풍이 훑고 지나갔다. 침대 시트는 헝클어지고 배배 꼬였다.

"아침은 어김없이 찾아오겠지?"

“아침이 오면 이별도 함께 찾아올 테고, 쿨한 아야카는 가볍게 짐을 챙겨 떠날 거고.”

“쿨하게 원나잇으로 끝내고 싶지는 않지만, 욕심부리지 않기로 했어. 지누 사마의 모든 걸 다 느끼고 보는 행운을 가졌는데, 뭘 더 바라겠어. 더 바라면 내가 나쁜 년이지. 체취, 움틀 거리는 근육까지. 그 모든 걸 다 느낀 몇 번째 여자인지는 모르겠지만.”

“첫 번째 여자라고 거짓말은 하지 않겠어. 하지만 난 바람둥이나 섹스 중독은 아니야. 아야카의 매력에 빠진 거지. 여자 친구가 됐으면 좋겠어.”

“그러니까 더 바람둥이 같은데, 여자 마음을 살랑살랑 흔들어 놓는 선수.”

“우리 사귈까?”

아야카의 얼굴은 웃고 있지만, 현실은 그렇지 않았다.

“미누가 원하다면. 하지만 남자친구가 있어. 미누처럼 매력 있지는 않지만… 아무튼 그래.”

미누가 아야카를 꼭 껴안았다. 아야카가 미누의 젖꼭지를 손끝으로 장난스레 자극했다. 미누의 젖꼭지는 녹두 알만한 크기로 부풀어 올랐다. 아야카의 손끝은 손맛이 독특했다. 손끝과 손톱에서 희열의 전류가 흘러나오듯 미누는 깜짝깜짝 몸을 비틀었다.

또 한차례 욕망의 시간이 지나갔다. 둘은 흠뻑 젖었다.

묘한 여자다. 격조도 있고 섹시하기도 하다. 일본인치

고는 개방적이고도 도발적인가 하면 장소가 바뀌면 발랄한 요조숙녀도 된다. 미스터리한 아야카에 미누는 점점 빠져들고 있다는 걸 느끼고 있었다.

무슨 생각에 빠진 듯 실실 웃고 있는 아야카에게 물었다.

"무슨 생각을 해?"

"응! 아니야. 분위기 깨긴 싫어."

"말해봐! 괜찮아."

아야카는 머뭇거리다가 입을 뗐다.

"슈코는 하늘과 좋은 시간 보내고 있나 궁금해서."

대관절 튀어나온 슈코라는 이름에 미누는 무슨 일인지 물었다.

"슈코?"

아야카는 반사적으로 대꾸했다.

"아! 마리 말이야."

"이럴 땐 마리 보호자 같아. 젊은 남녀 일에 궁금해하지 마. 두 가지 중에 하나겠지. 좋은 시간 보내고 있거나, 시간이 아까워 미치거나."

"그럴까? 그래도 난 신경이 쓰여."

"또 뭔데?"

아야카는 들릴락 말락 조용히 말했다.

"마리는 숫처녀인지도 모르거든."

"뭐?"

"못 들었으면 그만이고."

5

인질의 인질들

아침부터 전운이 감돌았다. 김정훈 치안본부장은 다시 해경 간부를 모았다. 첩보로는 중국과 일본 자경단을 중심으로 집단행동 움직임이 있다는 것이다.

“정오쯤이면 지원 중대가 도착할 것이다. 그때까지는 치안에 빈틈이 없도록 하여야 한다.”

“예, 알겠습니다.”

“문제는 아침부터 집결하는 걸 보면 곧 일이 터질 것 같은 분위기야. 치안이 무너지면 배 안은 아수라장이 될 거다. 점령군처럼 약탈과 강간 지옥으로 변할 가능성이 있다는 걸 명심하기 바란다.”

김 본부장은 일본과 중국의 자경단이 한국 승객을 노린다는 것을 알고 있었다. 그들은 한국 승객을 제압하여 인질로 삼고 한새군도 협상에 활용하려 한다. 아침부터 움직이는 것으로 볼 때 해경 지원 중대가 온다는 걸 알고 있는지도 모른다. 지원병력이 오기 전에 거사를 끝내려는 의도일 수도 있다는 뜻이다. 특히 자오펑은 자경단에 섬 지분을 나눠준다느니 하면서 마치 '약탈을 허하노라!'라고 외치며 전투력을 북돋는 일에 능수능란한 인물이었다.

"차재영 대표와 정순애 대표에게 한국 승객 안전 조치를 하라고 연락은 했소?"

"예! 만약을 대비해 행동 지침을 전달했습니다. 그렇지 않아도 김나경 건으로 바짝 긴장하고 있습니다."

"자오펑은 어디 있는지 확인되었소?"

"자신의 스위트룸에 있는 거로 알고 있습니다."

자오펑은 중국의 마지막 홍위병 세대라서 완장과 권력의 힘을 잘 알고 있는 자였다. 소년 홍위병으로 시작한 그는 완장의 힘을 목격했다. 완장을 차는 순간 나는 절대강자가 되고, 상대는 절대 약자가 된다. 그것이 일본 미사와와 근본적인 차이이기도 했다.

김정훈 본부장은 자리를 지키며 상황을 주시했다. 지원 중대는 여전히 오는 중이다. 시스템통제실에는 여차하면 격벽을 차단하려 준비 중이다. 그런가 하면 기관실에도 외부 출입을 차단한 채 자경단의 정전 작전을 대비하고 있었다.

오전 10시가 되자 중국과 일본 자경단은 일시에 움직였다.

그즈음 이어도 해역에서 중국 함대가 해상 훈련을 핑계로 해경 지원 중대 함정의 발을 묶었다.

드디어 중·일 연합자경단이 움직였다.

자경단이 가장 먼저 들이닥친 곳은 기관실이었다. 전력을 차단하기 위해 공격했으나, 굳게 닫힌 철문을 장비 없이 뜯어내기란 어려웠다.

치안본부에서는 즉각 방송을 시작했다.

"승객 여러분, 지금 배 안에는 폭동이 일어나고 있습니다. 승객 여러분은 모두 룸으로 들어가시고, 다음 안내 방송 전까지 절대로 밖을 나가시면 안 됩니다. 다시 한번 더 말씀드리겠습니다."

김 본부장은 격벽을 치기 시작했다. 최대한 시위대를 잘게 쪼개서 고립시키려는 작전이었다.

그때였다. CCTV에 스프레이가 뿌려지거나 보자기에 가려면서 보이지 않는 구간이 늘어났다. 그러다가 조명이 하나둘씩 꺼져가기 시작했다. 김 본부장은 배선 구조를 잘 아는 누군가가 가담하고 있다는 걸 인지했다.

위기가 시작되었다. 아직 지원 중대는 발이 묶여 도착하기 전이다. 양국 자경단의 숫자를 현재 병력이 막아 낼 수는 없다. 격벽이 얼마나 쳐진 지도 확인이 어려웠다. 격벽만 완전히 쳐져도 제압은 가능하지만, 격벽이 제대로 쳐지지 않았다면 역공을 당할 수도 있다. 상대보다 유리한 건 총기를 소지한 것과 훈련되었다는 것이었다. 하지만 총기를 사용하기란 쉽지 않았다.

"본부장님, 어떡할까요?"

김정훈 본부장은 단호함을 유지했다.

"진압 조는 준비되었겠지?"

"5개 팀으로 준비하고 있습니다."

"격벽 사이 사이에 몇 명 정도가 있을 거라 보는가?"

"작게는 10명 많게는 100명 이상이라고 판단됩니다."

본부장은 침묵했다. 시간이 필요하다고 판단했다. 흥분한 야수 우리에 들어갈 필요가 없었다. 야수가 날뛰다 지치고 나면 그때 차근차근 와해시키는 것이 옳다고 생각했다.

"일단 진압 조는 휴식을 취하도록 하게, 진을 뺀 다음 들어가야지 충돌이 적지 않겠나."

"알겠습니다. 휴식을 시키도록 하겠습니다."

김 본부장은 선내 방송으로 중·일 자경단에게는 해산을 종용하고, 객실에서는 문밖을 나오지 말 것을 당부했다. 소란스러운 분위기는 점점 잦아들었다. 그러나 조용하다는 사실이 불안하게 느껴졌다. 큰 위험이 오기 전의 정적 같은 느낌이다. 쓰나미가 오기 전의 고요나 태풍이 오기 전의 평온 같았다.

"뭐라고 지원 중대는 공해상에서 묶여있다고? 누가 방해한단 말이야?"

"중국해군이 자리를 잡고 길을 막고 있습니다."

계획적이었다. 자오펑과 중국해군이 교감하고 있다는 뜻이다. 어떤 식으로 통했는지는 알 수 없지만, 계획에 따라 움직이고 있었다. 그럼 중국의 다음 계획은 무엇일까? 공해상에서 한국군과 대치하거나 해전이라도 벌이면서 한새군도를 협상 테이블로 올리려는 것일까? 아니면 드림호를 장악해서 협상의 도구로 삼으려는 것일까?

"자오펑 전화입니다."

본부장은 전화를 받았다.

"김정훈 본부장이오."

자오펑의 목소리는 칼자루를 쥔 듯 느긋했다. 그리고는 선심 쓰듯 말을 툭 던졌다.

"한 번 봐야지 않겠소?"

"지금 즉시 자경단을 해산하세요."

자오펑의 말투가 점점 거만해졌다. 붉은 완장은 팔뚝이만이 아니라 목에도 두른 듯했다.

"우리 인민들을 보호하기 위한 자위권도 인정하지 않겠다는 말씀이군."

"자위권이 아니라 폭동을 일으킨 것에 대해서는 책임을 분명히 묻겠소."

자오펑의 태도는 여전히 거만했다.

"책임은 그동안 한국에서 핍박해서 생긴 일인데 누가 책임을 진단 말이오? 그리고 본부장께서 그렇게 찾던 사람을 우리가 발견했소. 지금 잘 보호하고 있으니 걱정하지 마시오."

김나경을 자오펑이 데리고 있다는 것은 예상하였지만,

자오펑은 숨기는 대신 밝혔다. 전략적이었다.

"지금 어디 있소? 통화하고 싶소."

"그럼 잠깐 통화하시오."

수화기에서 지치고 잔뜩 겁먹은 목소리가 들려왔다.

"여보세요!"

"나는 김정훈 본부장입니다. 성함을 말해보시겠습니까?"

"기~임 나경요."

김나경은 느릿느릿하게 말했다. 순치되고 극도로 지친 목소리였다. 자오펑이 전화기를 낚아챘다.

"한 번 만나시겠소? 아니면 마시든지."

"자오펑 대표. 인질은 풀어 주시오. 지금 중대한 범죄를 저지르고 있다는 사실은 아시지요?"

"인질이라뇨? 우리 중국 승객을 폭행해서 잡아 둔 것뿐이오. 한국 해경은 국내법 운운하며 우리 중국인들을 인신구속하고 있지 않소. 우리도 우리 치안규칙대로 불법을 저지른 범법자를 잠시 잡아 둔 것이오."

자오펑은 쌍방 교환을 제의했다. 해경에 구속된 중국인 3명과 김나경을 맞교환하자는 것이었다. 김나경을 구출하는 것이 우선이지만, 그랬을 경우 중국의 인질극은 앞으로도 계속될까 염려되었다. 김 본부장의 고민이 깊어졌다.

해경은 김나경 구출 작전을 준비했다. 중국의 요구를 들어주다 보면 치안이 무너질 게 뻔했다. 김 본부장은 경찰

특공대 경력자 5명으로 구출 팀을 조직했다. 김나경의 감금 위치는 통화 지점과 그동안의 자료 분석으로 두 곳으로 확정했다. 한 곳은 김나경의 감금 룸이고 다른 한 곳은 감시조의 대기 룸이었다. 감금 룸은 다행히도 바다 쪽이 트인 발코니 룸이었다.

특공대는 위층 발코니를 통해 레펠로 기습할 계획을 세웠다. 문제는 위층 투숙객은 각각 중국인과 일본인이었다. 특공대는 젊은 일본인보다는 나이든 중국인 룸을 통하기로 했다.

그 시간 자오펑의 지시가 떨어졌다.

"약탈을 허한다."

즉각 김나경 농락을 시작했다. 3명의 감시조 중에 제일 선임인 중국 자경단원이 나섰다. 김나림은 여전히 눈은 가려져 있고, 손발이 묶여있었다. 한쪽에는 삼각대로 고정한 카메라가 돌고 있었다.

자경단원이 다가와 김나경의 목에 목줄을 채웠다. 목줄이 채워지는 순간 몸과 마음이 제압당했다. 저항할 수 없다는 절망감이 몰려왔다.

자경단원은 강아지를 조련하듯 목줄을 툭툭 몇 번 당겼다.

"시키는 대로 하면 눈가리개를 씌워 놓을 거고, 반항하면 눈가리개를 풀어버릴 테다. 그렇게 되면 전 세계에 얼굴을 알리게 되겠지. 세계적인 포르노 스타가 될지 누가 알겠어. 그러니 말 잘 들어. 자, 그럼 촬영 시작하겠습니다."

얼굴 앞에서 남자 바지 지퍼 내리는 소리가 들렸다. 김나경은 공포심에 몸을 움츠렸다. 그리고 입술 쪽에서 물컹한 질감과 함께 체온이 느껴졌다. 김나경은 본능적으로 몸을 비틀었다.

'철썩!'

얼굴에서 불이 번쩍 일었다. 아뜩한 느낌으로 쓰러졌다. 자경단원은 김나경의 머리끄덩이를 잡고 자리에 다시 앉혔다. 자경대원은 또다시 성기를 김나경 얼굴로 들이밀었다. 여전히 얼굴을 돌리며 저항한다. 또다시 얼굴에서 번쩍 불이 일었다. 자경대원은 거부의 몸짓에 잔뜩 흥분되었다.

"좋아! 기분 좋게 해주지. 미쳐버리게 말이야."

자경대원은 주사기를 꺼냈다.

김나경은 팔뚝에서 따끔한 통증을 느꼈다. 무엇을 주사했을까? 공포가 밀려들었다. 점점 자신이 나락으로 떨어지고 있는 것만은 분명했다.

해경 특공대는 위층 중국인 노부부를 룸을 통해 아래층을 살폈다. 감금 룸과 대기 룸 사이의 발코니 벽을 해체한 상태였다. 복도를 통하지 않고 룸을 오가기 위해서 만든 것이다. 특공대는 김나림의 룸에 1명과 대기 룸의 2명을 동시에 제압해야 했다.

'작전 실시!'

레펠을 난간에 걸었다. 손가락으로 셋을 셌다.

'하나, 둘, 셋!'

특공대는 레펠 반동으로 단번에 방안까지 침투했다. 대기조 2명은 순식간에 제압했다. 그러나 김나경을 겁탈하려던 놈은 달랐다. 순간적으로 김나경을 목줄로 낚아채서는 인질로 삼았다. 몽롱해지는 가운데에서도 김나경은 상황 인식을 했다. 몸은 늘어지고 있었지만, 위기를 벗어나야 한다고 생각했다.

놈은 김나경을 방패 삼아 칼을 휘둘렀다.

"악!"

놈이 힘없이 꼬꾸라졌다.

김나림 손에는 놈의 불알이 길게 당겨져서 고통스레 잡혀있었다.

"바지나 좀 올리지 바보 같은 놈…."

*

드림호 안의 분위기가 예기치 않게 흘러갔다. 격실 차단이 일부 이루어지긴 했지만, 전력공급 중단으로 완전하지가 않았다. 중국과 일본 자경단은 유대인 게토를 수색하는 게슈타포처럼 한국인 룸을 습격했다. 한국인을 인질로 삼아 목적을 달성하겠다는 뜻이다.

김정훈 본부장은 결단을 내려야 했다. 지원 중대는 더는 기다릴 수 없었다. 격실에 가둬두었다고 생각했던 자경단도 일부는 객실을 습격하며 인질극을 벌이고 있었다. 본부장의 고민은 진압 수준과 진압 시 체포를 할 것인지 해산시킬 것인지에 대한 것이었다. 본부장은 실탄사격 지침을 다시 주지시켰다. 고무탄을 사용하되 10m 이하로 거리가 좁혀지면 하체를 향한 실탄사격을 허용했다. 단, 인질을 잡거나 타인의 생명을 위협하는 경우에만 사용하는 것으로 확정했다. 최악의 경우 해경이 밀리면 일시적인 퇴선을 명령했다. 진압 시에는 적극 가담자만 체포하여 가두고, 나머지는 해산시키는 것으로 결론을 냈다. 수많은 가담자를 수용할 공간도 없었기에 소수의 해경으로 현실적인 선택을 한 것이다.

"첫 번째 격실 상태는 어떤가?"

"조명이 나간 상태라 확인이 불가능합니다. 격실은 수동을 작동해야 하는데 가능한지 모르겠습니다."

김 본부장은 적외선카메라 장비로 인원 체크를 지시했다.

"진압팀 위치로! 격실 문 개방!"

진압팀은 수동 개방장치로 격실 문을 개방했다. 바닥으로부터 서서히 격실이 열리기 시작한다. 진압팀에서는 카메라를 넣어 안쪽을 살폈다. 안에는 아무도 없었다. 격실을 차례대로 개방하기 시작했다. 두 번째를 지나 세 번째 격실 문 앞에서 느낌이 왔다. 진압팀은 지시대로 격실 문에 집음기를 댔다. 중국인들의 대화가 들려왔다.

"몇 명 정도인 것 같아?"

"20~30명쯤 될 것 같습니다."

"최대한 접촉 없이 진압해야 한다. 최루탄 준비하고 저항이 심할 경우 사용한다. 작전 실시!"

격실 문이 서서히 열리자 카메라에 나타난 중국 자경단의 모습은 기가 한풀 꺾인 모습이었다. 수적으로 열세를 확인한 자경단원은 순순히 해경의 지시에 따라 진압되었다.

"여러분은 단순 가담자로 진압이 끝나는 대로 풀어 줄 것입니다. 불편하시더라도 해경의 지시에 따라 주시기 바랍니다."

해경은 수갑 대신 케이블타이로 양손을 묶었다.

다음 격실에는 인원이 100명이 넘을 수도 있었다. 집음기에는 중국어 외의 한국어도 감청되었다. 그렇다면 인질이 있다는 뜻이다. 진압팀장은 사실을 즉시 김 본부장에게 보고했다. 김 본부장은 신속하게 진압하여 반격의 기회를 주지 않도록 당부했다.

격실 문이 조금 열리자 격실 안이 조용해졌다. 카메라가 들어가기 무섭게 박살이 났다. 무엇인가로 타격했다는 뜻이다. 그 와중에 격실 안의 인원이 예상대로 100명이 넘는다는 것을 알아차렸다. 해경은 경고 방송부터 시작했다.

"승객 여러분, 여러분이 지금 행하고 있는 것은 불법입니다…."

방송이 끝나자 격실 안에서 소리가 들려왔다.

"살려주세요. 저희 부부와 함께 예닐곱 분 정도 잡혀있습니다."

"한국인입니까?"

"예! 읍!"

중국 자경단은 인질의 입을 막았다.

한국인은 인질로 잡혀있었고, 자경단은 전혀 투항할 의사가 없었다. 진압팀장은 인질의 안전을 위해 섬광최루탄을 사용하기로 했다. 진압팀는 방독면을 착용했다.

"조금만 기다려 주십시오. 불편하더라도 참아 주세요."

진압팀은 섬광최루탄을 격실 안으로 굴렸다. 수류탄 같은 모습에 자경단은 놀라며 비명이 터져 나왔다. 번쩍! 섬광이 일었다. 눈이 보이지 않았다. 쿨럭거리는 소리가 시작되면서 자경단은 급격히 무너졌다. 진압팀은 격실 문을 50㎝ 정도만 열었다. 격실 문 아래로 자경단원이 미친 듯이 기어 나오기 시작했다. 격실은 순식간에 비워졌고, 모두 기진해서 체포되었다.

자오펑은 사태가 불리하게 진행되고 있다는 사실을 인지했다. 현재 한국 해경의 진압이 계속된다면 마땅한 대책이 없다고 느꼈다. 자오펑은 국면전환을 위한 위험한 카드를 만지작거렸다. 린쭝타이는 자오펑의 카드를 반대했다. 자칫 일이 커지면 자멸할 수도 있다는 판단에서였다.

결국, 자오펑은 위험한 선택을 했다. 자오펑의 수족과

같은 경호조들이 준비한 화염병을 들고 나왔다. 한국 해경을 제압하는 방법은 그것뿐이라고 생각했다. 린쭝타이는 격실에 갇힌 자경단원들이 연기로 질식사할 수도 있다고 말렸지만, 자오펑은 악의 전령처럼 개의치 않았다.

화염병이 던져지자 순식간 불이 붙었다. 불길을 본 승객들은 공포에 휩싸였다. 비명이 터져 나오기 시작했다. 또 하나의 화염병이 던져졌다. 해경은 긴급 소화를 하는 동시에 소방호스 관창을 화염병을 든 곳을 향해 강력히 분사했다. 화염병은 사람과 함께 튕겨 나가며 이곳저곳에 불이 붙었다. 갑자기 선내에 대혼란이 일어났다. 화재를 보자 그동안 국적별로 입장이 갈렸던 승무원들이 재빠르게 화재 진압에 투입되었다. 문제는 격실 사이에 갇혀서 대피할 수 없는 중국 자경단과 일본 자경단이었다. 이대로 진화에 실패하면 불에 타거나 질식사할 위급한 상황으로 전개될 것이다. 승무원은 긴급하게 격실 차단벽을 해제시켰다. 하지만 이미 전선이 불에 타 일부 격실은 꼼짝도 하지 않았다.

"그라인더 절단기! 절단기를 가져와!"

"용접 절단기도 가져오고!"

불길은 쉽게 잡히지 않았다. 더군다나 비상 소방수가 줄어들며 화재 진압에 위기가 닥쳤다.

"물이 모자랍니다."

"바다에서 물이 없다면, 말이 돼! 바닷물을 퍼 올려서 화재 진압하라고!"

격실 안에 갇혀 있던 자경단은 사태를 알아채기 시작했다. 멀리서 들리는 소리에서 불이 났다는 소릴 들었다. 기름과 함께 무언가 타는 냄새가 났다. 누군가 불이 났다고 외치자 자경단은 공포에 휩싸였다.

"여러분, 격벽을 해제시켜 봅시다. 여기서 유독가스 마시고 불에 타죽을 수는 없지 않습니까?"

"자, 모두 모여서 힘을 합쳐 봅시다. 떨고 있다고 해결될 일이 아닙니다!"

멀리서 그라인더 소리가 들린다. 한 겹 뒤의 격벽을 해체하려는 소리였다. 하지만 두꺼운 격벽을 뚫고 들어오려면 시간이 촉박했다.

유독가스가 밀려들어 오면서 공포심은 극대화되었다. 제각기 옷가지로 코를 틀어막았다. 버틸 수 있는 시간은 별로 없었다. 이제 격실을 뚫기 위한 산소 절단기와 그라인더 소리가 들려오면서 빛이 조금씩 보이기 시작했다.

"빨리요. 이러다가 다 죽어요. 쿨럭! 쿨럭!"

자경단원은 격실 문을 두드리며 살려달라 소리쳤다.

순간, 통로 벽 어디쯤에선가 환한 빛이 들어왔다.

"어떻게 됐소?"

"구조는 끝냈습니다. 유독가스 질식과 밟혀서 다친 사람들이 80여 명 돼서 치료 중입니다. 중상자도 10명 정도 됩니다. 생사는 치료 경과를 지켜봐야 한답니다."

사상자 없이 잘도 버텨오던 김정훈 본부장은 허탈했다. 기어이 희생자가 발생하기 일보 직전이었다.

"얘가 그 녀석인가 보군?"

"예! 이 녀석이 사람을 살렸습니다."

열 살 남짓 보이는 남자아이가 멀뚱멀뚱한 표정으로 김정훈 본부장 앞으로 걸어왔다.

"거긴 뭐하러 갔었냐?"

"살려달라는 소리가 나서, 그곳으로 들어갔는데 가다 문을 열어보니 사람들이 소리치며 달려들었어요."

남자아이는 호기심으로 배 안을 기웃거리다 드림 호의 통제구역 문을 열고 들어갔었다. 복잡한 구조를 헤매다 마지막으로 연 문이 격벽 사이 통로 벽면에 달린 공동구 문이었다. 안전장치가 된 문을 녀석은 용케도 열었다. 그 문을 열자 지옥으로 변한 어두운 격벽 안으로 강렬한 구원의 빛이 쏟아져 들어갔다. 격벽을 통곡의 벽처럼 부여잡고 울부짖던 자경 대원과 인질들에게 생명의 빛이 비친 것이다. 빛 가운데 메시아처럼 당당히 서 있는 구원의 메시아 같은 존재. 너나 할 것 없이 우르르 메시아를 향했다.

구원의 문을 열어 그들을 살려낸 메시아가 이 남자아이였다. 아이의 호기심과 승객의 절규가 격벽 안에서 호흡곤란을 서서히 죽어갔을 사람들을 살린 것이다.

*

김 본부장은 자오펑을 체포할지를 고민했다. 지지도는 많이 떨어졌지만, 여전히 중국 대표인 자오펑을 체포하여 가두면 재 폭동이 일어날 가능성이 크다. 일단 자오펑의 입지를 줄어야 했다.

자오펑과 미사와는 김 본부장과 함께 자리했다. 자오펑은 그 와중에서도 사태의 책임을 해경으로 몰아세웠다. 해경의 격실 차단으로 중국인들이 다치거나 인명사고가 난 빌미를 만들었다는 것이다. 미사와도 자오펑과 함께 움직였지만, 중국 자경단의 거친 행동에는 한 발짝 물러섰다.

"두 분 대표에게 경고합니다. 이제 두 분을 대표로 인정하지 않겠습니다. 새로운 대표를 뽑으실 것을 통보합니다. 불법 여부는 확인해서 처리하겠습니다."

자오펑은 즉각 반발했다. 대표직에서 밀려나면 체포 구금되어 모든 것을 잃어야 한다는 걸 잘 알고 있기 때문이었다. 자오펑은 대표라는 방패를 움켜쥐고 놓으려 하지 않았다.

"무슨 소리요. 대표는 우리 인민이 뽑은 것이오. 김 본부장이 인정하고 말고 할 사항이 아니라는 뜻이오."

김정훈 본부장도 버럭 소리를 높였다.

"그건 인민의 대표를 하든 말든 상관없소이다! 다만 우린 대표성은 인정하지 못한다는 것입니다. 이번 사태에 일말의 책임감도 없다는 뜻입니까?"

자오펑은 비열한 웃음을 지으며 사진을 내밀었다. 사진에는 여섯 명의 젊은 여자들이 묶여있었다. 그 난리 통에도 인질을 잡아 둔 것이다.

"자오펑 대표! 이게 무슨 짓입니까? 뒷감당할 자신이라도 있다는 겁니까?"

"감당은 김 본부장께서 해야지요. 우린 우리 자치규약에 따라서 처리하는 건이니까요."

회의는 감정만 격해졌다. 그러는 가운데 변수가 발견되었다. 일본 자경단장인 키류가 미사와에게 귓속말을 건넸다. 그러자 미사와의 얼굴빛이 변했다.

"자오펑 대표, 잠깐 봅시다."

미사와와 자오펑이 회의장을 나갔다. 김 본부장은 팀장을 불러 상황을 다시 확인시켰다. 무언가 새로운 일이 벌어졌다고 판단했기 때문이다.

"확인이 필요합니다만, 중국 자경단이 일본 여자를 건들었다는 첩보가 있습니다."

김 본부장은 감을 잡았다. 중국과 일본 연대를 쪼개기에 적절한 사건이 터져준 것이다.

중국의 여성 인질을 놓고 일본이 빠르게 움직였다. 김 본부장은 즉시 인질을 풀어주지 않으면 강제진압을 하겠다고 경고했다. 치안본부에서는 선내 방송으로 행방이 묘연한 승객에 대한 신고를 권유했다. 일본 대표 미사와는 흥분과 불안이 뒤섞인 복잡한 감정을 드러냈다. 실종 신고는 여성 5명, 어린이 1명이었다. 한국 2명, 일본 3명과 어린이 1명이었다.

미사와 대표는 아야카를 만나고 있었다. 아야카는 울먹였다. 잠깐 데크로 나갔다가 자경단 폭동 경고 방송을 듣고 급히 룸으로 돌아오던 길에 중국 시위대와 마주쳤다. 시위대를 피해 뛰다가 시위대에 잡혔다. 그러던 중에 일본 시위대가 막아서면서 혼전이 벌어졌다. 공격하는 대규모 중국 시위대를 일본 시위대가 막을 수는 없었다.

"여자는 손대지 마라!"

일본 시위대는 소리쳤지만, 자오펑의 명령을 받은 중국 시위대는 막무가내였다. 세력에 밀린 일본 시위대는 급히 여성들을 피신시키면서 뒤로 빠졌다. 그 와중에 슈코가 사라졌다. 기다려도 돌아 오지 않았다. 어딘가에 고립되어 움직일 수 없다고 판단했다.

"시위대에 끌려간 게 분명해요."

"친구 이름이 뭐랬지요?"

"슈… 아니, 아스카 마리예요. 그런데 마리는…."

아야카는 말을 끊었다. 슈코의 정체를 미사와에게 말하는 것이 옳을지, 아닐지 결정하지 못했다. 미사와는 아야카가 하다만 나머지 얘기에 별 관심을 두지 않았다. 다른 실종 신고자를 만나러 자리를 옮겼다. 아야카는 불안했다.

지금이라도 아스카 마리가 슈코 공주라고 말하고 말까? 그것이 안전할까? 아니면 중국의 고급 인질이 되어 일본에 장애가 될까? 미사와 대표는 수적 열세였다. 정면 대결보다는 협상할 것 같았다. 협상이 길어지면 그사이 어떤 일이 벌어질지도 모를 일이다. 슈코의 신변에 문제라도 생기면 외교적인 문제가 발생할 것이다.

"아야카, 어떻게 된 일이예요?"

하늘이 허겁지겁 아야카를 찾아왔다. 자초지종을 들은 하늘은 격앙되었다. 당장이라도 중국 시위대로 달려갈 기세였다. 아야카는 말렸다. 지금 어디에 있는지도 모른다.

"입 닥쳐!"

룸에는 안대로 눈이 가려진 채 공포에 떨고 있는 여자들이 있었다. 중국 자경단은 시시덕거리며 공포를 키웠다. 자오펑과 린쭝타이의 명령으로 몸에 손을 대지는 않았지만, 말과 분위기만으로도 충분히 공포스러웠다.

"어이, 거기 단발머리 아가씨! 혹시 가수 아니신가?"

여자들이 울먹이며 반사적으로 몸을 움츠렸다.

"너 말이야, 파란 원피스에 파란 팬티 입은 아가씨!"

파란 원피스 입은 여자는 속옷을 감추느라 다리를 바싹 꼬았다.

"가… 가수 아니에요."

파란 원피스는 바들바들 떨기 시작했다.

"가수 맞잖아. 바로 저거야. 오르가즘이 오면 저렇게 바들바들 전율하는 애들이 절창이야. 한두 옥타브 올리는 건 일도 아니지. 정작 본인은 기억도 못 할걸."

자경단원의 낄낄거리며 뱉어내는 저열한 중국어가 블루투스를 통해 공포로 통역되었다.

"그리고 너 찢어진 청바지. 바지 입으면 많이 불편할 텐데… 어쨌든, 너 허리 쓰는 데는 이력이 난 허리구먼, 어지간한 놈은 1분 만에도 끝내버리겠는걸."

차례대로 한 사람씩 공포의 성희롱이 이어졌다. 그럴 때마다 지적된 여자들은 고통스럽게 몸을 움츠렸다. 그동안 침묵하고 공포심에 반응이 별로 없었던 여자가 있었다. 자경단원의 심기를 살짝 건들었다.

"너 말이야. 너무 무감각한 거 아냐? 잡혀 왔으면 굽히는 척이라도 해야지. 리신 주석 딸이라도 되기라도 하는 거야! 엉!"

여자는 움찔 미동했지만 별다른 반응은 없었다. 자경단원은 기분이 뒤틀렸다. 무시당한 기분은 자경단원의 머리 어딘가에 붙어 있을 악마의 스위치를 켜고 말았다. 자경단원 중에서도 관리자로 보이는 남자가 눈짓하자 여자를 옆방으로 옮긴다.

"다들 귀를 막는 것이 좋을 거야."

그 말은 '잘 들어봐! 제대로 공포를 즐겨보자고.' 하는 소리로 들렸다.

그 시간 타구치는 어소로 갈지 수상관저로 갈지 갈피를 잡지 못하고 있다. 슈코가 위험에 빠졌다는 첩보가 입수되었다. 슈코를 안전하게 보호할 방법은 지금으로는 마땅치 않았다. 신분을 드러낼 수도 감추기만 할 수도 없었다. 타구치는 천황을 알현하는 것이 우선이라 생각했다.

"아!"

세이히토는 현기증을 느끼고 풀썩 주저앉았다. 우려했던 일, 마주치고 싶지 않은 현실의 충격에 무너져내렸다. 세이히토는 마음을 다잡았다. 판단이 늦을수록 슈코가 위험해지기 때문이었다. 슈코의 변고는 개인의 일이 아니다. 국가적인 문제로 이어질 것이다.

"방법이 있는가?"

"한국 해경을 통하는 방법과 중국 자경단을 통한 방법이 있긴 합니다."

세이히토는 결정했다.

"공주의 신분을 밝히시오."

"폐하! 위험하지 않겠습니까?"

"공주라고 밝히면, 인질은 될지언정 손대지는 않을 것이오."

세이히토는 더는 슈코를 욕되게 내버려 둘 수가 없었다. 슈코가 인질이 되면 협상에도 불리함이 있겠지만, 그렇다고 그런 몸으로 여자 천황이 될 수도 없는 노릇이었다.

김 본부장은 인질 구출을 위해 707특임대 작전팀을 긴급 요청했다. 그러는 동안 인질 위치를 추적했다. 크루즈선의 특성상 수많은 객실 중에 인질이 있는 방을 알아내는 것은 정보 제공자가 없으면 불가능한 일이었다. 해경은 급한 대로 드론을 띄울 준비를 했다. 선실 밖에서 선실을 들여다보는 것은 불법이지만, 긴급 상황이었다. 내실이 문제였다. 드론으로 내실을 들여다볼 수는 없었다.

"드론을 돌리고 난 뒤에 정보 제공 방송을 하도록 합시다."

김 본부장은 미리 방송하면 인질을 숨길 가능성을 대비해 신속하고 은밀하게 드론부터 띄우기로 했다. 우선 드림호 주변 재밍을 풀었다.

중국 자경단원이 옆 룸으로 이동시킨 여자는 슈코였다. 자경단원들이 돌출행동을 하면 안 된다고 말렸지만, 그 우두머리는 개의치 않았다.

"끈적끈적할 땐 샤워가 최고지. 여성의 인권을 이렇게 짓밟아서야 하겠소. 최소한 샤워는 시켜줘야 하질 않겠소."

우두머리는 느물거리며 선심 쓰는 척 슈코에게 샤워하라고 했다. 샤워를 거부하자 우두머리는 윽박질렀다.

"귀한 물이라고, 특별 대우해줄 때 말 잘 들어! 후회하지 말고!"

우두머리는 슈코의 머리카락을 움켜쥐고는 음흉스럽게 웃었다.

슈코는 강제로 샤워부스 안에 들어갔다. 물을 틀고서는 비를 맞듯 한동안 자리에 꼼짝하지 않고 서서 생각에 잠겼다. 위기를 어떻게 빠져나갈까? 하늘은 이 사실을 알고 있을까? 눈과 묶인 손발이 풀린 것은 지금 샤워하는 순간뿐이다. 이럴 때 나기나타를 쓸 막대기라도 있으면 좋으련만, 무엇인가 방법을 찾아야 했다.

한국 707특임대는 여전히 발이 묶였다. 이어도 인근의 후미죠(虎皮礁)암초와 야쟈(鴨礁)암초를 지킨다는 명분으로 남하한 중국 북해함대가 해상과 공중을 여전히 봉쇄하고 있었다. 한국의 보급을 끊어서 유리하게 협상을 이어 가겠다는 뜻으로 보였다. 김 본부장은 급하게 선내의 특수부대 출신을 모집했지만, 기존의 1개 팀을 겨우 만들 정도였다. 총 7명으로는 인질 구출은 어려웠다. 김나림 때보다는 자경단 경비가 훨씬 강화되었다. 장비도 팀웍을 갖추지 못한 상태였다. 드론팀의 소식은 더디기만 했다. 자오펑은 거만하게 굴었다. 인질을 끝까지 이용해서 단물을 빨겠다는 의도였다.

"제가 중국 대표를 만나보겠습니다."

하늘이었다. 해경 치안본부에 하늘이 나타났다.

"위험합니다. 거래 조건이 맞지 않으면 응하지 않을 겁니다."

"아닙니다. 나의 위험보다 더 어려움에 부닥친 사람들을 외면할 수 없습니다."

하늘은 각오한 듯 단호하게 말했다.

하늘은 자오펑을 만났지만, 성과는 고사하고 자경단에 묶인 채 객실에 팽개쳐졌다. 눈이 가려져 어딘지 알 수 없었다. 감시가 붙어 있다는 건 감으로 느껴졌다. 감시자는 하늘을 한심하다는 듯 툭툭 건들었다.

"노래나 하지. 꼴에 나서기는…."

"슈… 아니 여자들은 어디에 있는 겁니까?"

감시자는 관심을 두지 마라며 무시했다. 어디선가 들릴 듯 말 듯 여자 목소리가 들려왔다. 그러다가 날카롭고 다급한 비명이 들렸다. 하늘은 그 속에 슈코가 있다고 생각했다. 머리칼이 쭈뼛 섰다.

자오펑을 만났을 때가 떠올랐다.

"이건 무모하지 않습니까? 여자들을 풀어주시지요."

하늘의 말에 자오펑은 가소롭다는 듯 표정을 지었다.

"가수가 이런 일에 신경을 쓰다니 의외로군."

자오펑은 하늘이 직접 찾아온 이유를 찾고 있었다. 정치적 감으로 볼 때 올 수밖에 없는 이유가 있다고 생각했다. 감금된 여자 중 누군가와 관계가 있다고 생각했다. 하지만 그가 누군지는 말하지 않을 것이다. 여자 친구가 생겼다는 것은 루머 만으로도 가수 생활에 치명적인 타격을 입게 될 수도 있었기 때문이다.

"그럼 한 사람만 정하면 풀어줄지를 한번 고려해보겠소."

하늘은 슈코를 말할까 고민했다. 노회한 자오펑이 그대로 들어주지 않을 것으로 생각했다.

"풀어준다고 약속하면 말하겠소."

"누군지 확인해 보고 결정하리다. 풀어줄지, 내 곁에 둘지 말이야."

자오펑에 놀림당하던 하늘은 혈기를 누르지 못하고 자오펑에게 달려들었다. 순간 '퍽!' 누군가가 하늘을 제압했다. 린쫑타이였다. 자경단장답게 간단하게 하늘을 제압한 것이다.

"그중에 여자 친구가 있다면, 재미있는 구경을 하게 되겠군."

자오펑은 비열한 표정으로 낄낄댔다.

하늘은 결박당했다. 린쫑타이가 군사작전 때 적을 제압하듯 결박했다. 그리고 별도의 방에 격리되었다.

하늘은 침대 기둥에 기대어 각진 모서리에 결박한 로프를 몰래 문질렀다.

멀리서 슈코일 것 같은 비명이 들렸다. 치욕과 분노가 치밀어 올랐다.

순간!

창문이 깨지며 '번쩍' 섬광탄이 터졌다. 눈을 가린 인질들은 안대 속에서도 엄청난 밝기의 섬광을 느꼈다. 감시 자경대원은 시력을 잃고 당황했다. 한국 707특임대는 해상 봉쇄로 발목을 잡고 있는데, 대관절 예기치 않게도 특수부대가 나타난 것이다. 그리고는 문을 부수는 타격음이 '쾅쾅' 들렸다. 하늘은 온 힘을 당해 결박을 풀었다.

하늘은 미친 듯이 룸을 뒤졌다. 때마침 슈코의 비명이 들렸던 룸에서 허겁지겁 문을 나서는 자경대원과 마주쳤다. 하늘은 본능적으로 몸을 날렸다.

*

드림호에 투표소가 설치되었다. 한바탕 국가 간 작은 전쟁을 벌인 후 극심한 정신적 고통을 호소하는 승객들이 늘어났다. 선내 장악을 시도했던 자오펑과 미사와에 대한 신임 투표, 드림호를 떠날 것인지에 대한 것, 국가별 숙소 재배정 동의 투표였다.

중국 승객은 아레나 홀, 일본 승객은 채플린 홀, 한국 승객은 이사도라 홀에서 투표가 시작되었다.

자오펑은 투표에서 조직적인 조작을 시도했다. 자오펑이 노린 것은 불안한 전력 사정이었다. 정전을 기해 투표용지 바꿔치기를 하려는 것이었다. 자오펑 신봉자들과 린쫑타이 지지자들은 서로 견제했다.

온종일 긴장감이 계속되던 투표는 작은 소동이 있었지만 무난하게 끝났다. 자오펑의 투표용지 바꿔치기도 린쫑타이 측의 저지로 무산되었다. 투표용지는 개표되었고, 그동안 느긋한 미사와에 비해 자오펑은 초조해 보였다.

투표 결과 미사와는 재신임을 받았고, 자오펑은 불신임을 받았다. 표 차이는 12표 차이였지만, 자오펑은 무효표 25표 처리에 대해 이의를 제기했다. 투표 결과에 승복하지 못하겠다는 뜻이다. 숙소 재배정은 국가별로 구역을 정하는 것에 찬성표가 몰렸다. 문제는 여행을 중단하고 드림호를 떠나는 것에 대한 표결이었다. 표결 결과 여행 계속은 5%에 그쳤고, 89%는 드림호를 떠나고 싶어 했다.

그날 저녁 숙소 대이동이 시작되었다. 국가별로 지역을 구분하고, 그 사이에는 '철의 장막' 같은 격벽을 내려 서로 충돌하지 못하게 만들었다. 새로운 한·중·일 국경 설치로 슈코와 하늘의 생이별이 시작되었다. 서로 다른 구역으로 갈라져야 했다.

"부탁합니다. 층수는 상관없으니까 나란히 붙은 방을 배정해주세요."

하늘은 엔리케 선장에게 일본구역 바로 옆의 룸으로 배정해 달라고 부탁했다.

"이미 배정이 끝나서 조정이 어렵습니다. 해당 호실 입

주인과 조정을 해 오시면 인정해드리겠습니다."

김정훈 본부장은 걱정스러운 표정이다. 국가별로 구역을 분리하면 국가 간 분쟁은 줄어들겠지만, 누군가 선동을 시작하면 결속이 강해져서 급격히 세력화될 수 있기 때문이었다. 드림호 안에서 동북아 3국이 격벽이라는 국경을 맞대고 완전한 독립 국가를 형성한 셈이다. 그런가 하면 제3국 승객들은 드림호를 빨리 떠나겠다는 의사를 전해왔다. 흡사 동북아에 거주하던 외국인들이 3국의 난을 피해 본국으로 서둘러 돌아가려는 모습이었다. 그동안 드림호 안에서는 동북아3국이 아닌 다른 나라 사람들은 인종차별을 받았었다. 소수로 전락한 백인과 흑인, 히스패닉 등은 힘에 밀려 숨을 죽이고 있었다.

자오펑은 스스로 중국몽을 실현하고 있었다. 세계의 중심이 동북아시아가 되고 그 가운데 중국을 우뚝 세우려는 중국몽. 그는 드림호에서 작은 중국으로서 중국몽을 이미 이루었다고 생각했다. 그런 자오펑은 권력을 넘겨줄 수가 없었었다. 그는 여전히 텐진 서기로 화려한 재등장을 꿈꿨다.

*

린쭝타이는 자오펑을 압박했다. 폭동과 인질사태 책임을 져야 할 자오펑은 자리에서 물러날 생각이 없었다. 중앙당의 명령을 꾸준히 수행한다는 것이다. 자오펑이 실패한 인질 작전에는 예상치 못한 변수가 있었다. 한국인으로 잡은 여성 한 명이 미국 국적을 가진 이중국적자였다. 미국이 개입할 빌미를 준 것이었다. 자국민 보호를 위해 인근 해역에 작전 중이던 미국 네이비실 3개 팀이 인질구출팀으로 급파되었다. 네이비실은 작전이 끝나자 홀연히 사라졌다.

자오펑이 뒤늦게 사실을 알고는 통탄했지만, 이미 상황은 종료되었다. 그런가 하면 자오펑과 린쭝타이에게는 새로운 제3의 적이 나타났다. 그것은 KJK 팬 부대였다. 하늘이 감금되었다는 소식과 함께 여성을 중심으로 한 팬들이 몰려들었다. 팬들의 분노로 운 없게 붙잡힌 자경단원은 묵사발이 되도록 짓밟혔다. 그들은 국적과도 관계없는 국제자경단이 되었다.

린쭝타이는 투표 결과를 놓고 자오펑이 스스로 물러날 것을 압박했다.

"포기하시지요."

자오펑은 여전히 물러날 생각이 없었다.

"내가 왜? 그런 투표 따위를 믿으란 말인가? 무효표 처리기준이 모호해! 인정할 수 없단 말이야!"

거친 태도로 볼 때 중앙당이라는 든든한 뒷배에다 정치복귀 언질을 받은 것 같았다.

두 사람은 눈을 피해 한적한 자오펑의 스위트룸에서 만났다. 자오펑과 린쭝타이가 언쟁을 벌였다.

"린쫑타이! 네가 자리를 탐내는 줄 알고 있었어. 하지만 자리란 앉고 싶다고 앉는 게 아니야. 이 자리는 네놈 자리가 아니란 말이야!"

린쫑타이는 발끈했다.

"이 자리가 황제 자리라도 된단 말입니까? 칭다오 서기는 황제 혈통이라도 된다는 뜻인가요?"

자오펑은 린쫑타이의 태도가 예사롭지 않다고 느꼈다. 그의 눈에는 약간의 분노와 살기가 느껴졌다. 자오펑은 흥분을 가라앉히고 주춤거렸다.

"당신의 무모한 행동으로 무고한 사람들이 다치고, 불이 나고, 여자들을 인질로 잡은 것에 대한 일말의 책임감도 느끼지 못한단 말입니까?"

"린쫑타이 자네가 더 적극적이지 않았는가?"

린쫑타이는 책임을 자신에게 전가하는 자오펑을 웃음을 머금으며 노려봤다. 섬뜩했다.

"왜? 왜 이러는가?"

린쫑타이가 다가서자 자오펑을 뒤로 밀리면서 발코니 난간에 등이 닿았다.

"당신이 대표로 있는 한 희생은 계속될 것입니다. 이 드림호 안에서 악의 축 역할은 이걸로 끝냈으면 합니다."

기 싸움에 밀리던 자오펑이 난간까지 밀리자 결단을 내렸다. 효용 가치가 없어진 린쫑타이와 결별해야 할 때가 왔다.

"역할을 끝내는 것은 내가 아니라 린쫑타이 네놈이지. 건방진 놈!"

자오펑은 베레타 권총을 꺼내 린쫑타이를 겨냥했다.

린쫑타이는 주춤거렸다. 양손을 들어 손바닥을 보였다.

"그래서 자리는 아무나 앉는 게 아니라고 말했지 않았나. 주제를 알아야지. 잘 가게."

자오펑은 비열한 웃음과 함께 방아쇠를 당겼다.

"탕!"

6.

백마 탄 왕자

슈코는 결국 남기로 했다. 인질 트라우마는 고통스러웠다. 고통 속에서도 트라우마를 이겨내야 할 이유가 생겼다.

드림호 소요 사태로 일본에서 우선 하선자를 태울 배는 오지 못했다. 슈코는 자신을 구하려 몸을 내던진 하늘을 두고 떠날 수가 없었다. 어차피 일탈의 시간이지 않은가. 드림호를 하선하든 여행을 마치든 더는 일탈을 꿈꿀 수 없다는 걸 잘 알고 있었다. 하늘과 만남은 짧았지만, 가슴으로 사랑했다. 아이돌의 광팬이 아니라 여자로서 사랑한 첫 남자였다. 하선하면 그것으로 하늘과는 아이돌과 팬으로 영원히 남아 있어야 한다. 황실의 공주로 평민과의 사랑은 그쯤에서 끝내야 하기 때문이다. 그래서 슈코는 헤어지더라도 지금은 아니라고 생각했다. 파라다이스드림호를 떠나면 익명의 일탈도 끝나 버린다는 걸 알고 있었다. 새 얼굴이 노출되면 그것으로 익명의 세상은 영영 사라진다. 하늘과의 사랑은 먼 훗날 아름다운 사랑 이야기로 남을 것이다. 평민과 나눈 사랑에 대한 추억 하나쯤은 안고 사는 것이 행복일까? 불행일까? 지금은 하늘을 떠날 용기가 없다. 슈코에게 하늘은 백마를 탄 왕자였다.

'백마 탄 왕자는 요즘 말로 엠블럼에 말 문양이 그려진 페라리나 황소 문양의 람보르기니 같은 고급 차를 탄 남자라는 뜻이지 않겠니?'

언젠가 아야카가 슈코에게 한 말이었다. 동화 속의 백마 탄 왕자를 만나려면 구중궁궐에서는 만날 수 없다며 농담 삼아 한 말이었다.

'페라리나 람보르기니를 탄 왕자를 만나려면 최소한 도로까지는 나와야 하지 않겠니?'

구중궁궐을 나와 처음으로 만난 백마를 탄 왕자 하늘.

슈코는 자신이 천황이 되지 않으면 어차피 결혼과 함께 평민이 된다고 생각했다. 지금은 공주 신분으로 국가적, 정치적 이슈의 한가운데 설 수도 있지만, 의미 없는 일이라 생각했다.

슈코의 인질 사건을 황실과 내각은 함구했다. 자존심 상하는 문제이기도 했지만, 신분이 알려지는 순간 새로운 위험을 몰고 올 수 있기 때문이었다.

*

일본의 타구치 정보관이 급하게 서울로 날아왔다. 슈코 공주를 탈출시키려 시도했지만 드림호 선내 소요로 무산되었다. 급기야 인질이 되었다가 구출되는 가슴 졸인 일도 생기자 다급해진 것이다. 타구치는 일본 승객의 처우에 대해 불만을 거론했다.

"일본의 일부 승객이 극심한 정신적인 고통을 받고 있다고 합니다. 즉시 하선 작업을 협조해 주시지요?"

현세현은 일본이 서두른다고 느꼈다. 무언가 숨은 패를 가지고 있는 것 같았다. 쉽게 패를 꺼낼 타구치는 아니다. 그렇다고 그냥 내버려 둘 현세현도 아니었다.

"아시다시피 지금 드림호는 폭동으로 화재가 발생했었고, 부상자도 있고 해서 환자를 우선으로 긴급 후송하고 있습니다. 일반 승객의 즉시 하선을 시작할 수가 없습니다. 조금 기다려 주시지요. 그리고 드림호 선내 소식은 어떻게 아셨는지요?"

타구치는 웃었다.

"아! …그런 첩보가 있더군요."

일본 측에 문제가 생긴 것이다. 타구치가 서울로 급하게 날아왔다는 것은 그만큼 시급한 문제가 있다는 것이다. 관건은 시간이었다. 시간을 끌면 타구치가 스스로 이야기할지 모른다.

타구치는 드림호 일본 승객들의 안전과 무사 귀환을 위해 일본이 직접 개입해야겠다고 했다. 한국이 들어 줄 리 없다는 것도 잘 알면서 던진 말이다.

"타구치 정보관, 승객 문제는 정부 장관들이 회담했지 않습니까? 그런데 승객의 안전은 거론조차 하지 않았고, 계속 한새군도가 불법이니 아니니 하는 것만 주장했습니다. 그 문제는 장관급 회담에 맡기시고 하고 싶은 말을 해 보세요."

타구치는 잠깐 머뭇거렸다.

"원장님, 부탁 하나 하겠습니다. 비밀로 해주신다고 약속해 주셨으면 합니다."

타구치 실장은 슈코 이야기를 꺼냈다.

현세현 원장은 놀랐다. 슈코 공주가 드림호에 타고 있다는 것은 놀라운 일이었다. 그런 비밀을 아무도 모르고 있었다는 것도 놀랍지만, 비밀을 털어놓는다는 것이 더욱 놀라웠다.

"원장님! 천황께서 제가 직접 공주 전하를 만나고 오길 바라고 있습니다."

"뜻은 잘 알겠습니다만, 정보관이 직접 승선하게 되면 오히려 공주의 신분이 노출될 수 있습니다. 중국의 전략적 타깃이 될 수도 있다는 뜻입니다."

현세현은 신중하게 판단하길 바랐다.

타구치 정보관은 크루즈 안의 상황에 대해 궁금했다. 현

원장은 타구치의 요구 대신 슈코를 비밀 경호하기로 했다.

"그럼 드림호에 연락해서 비밀리에 공주를 특별 보호를 하도록 하겠습니다. 다만 그렇게 되면 일본 승객의 단체행동을 자제시켜야 합니다. 아시다시피 가장 숫자가 많은 중국 승객과 마찰이 생기면 해경이 특별 보호를 못 해 드릴 수도 있습니다."

"알겠습니다. 부탁드립니다."

*

김정훈 본부장이 우려한 대로 치안파괴의 불씨가 자라고 있었다. 3국이 분리되고 난 뒤 권총 소리와 함께 자오펑이 보이지 않았다. 자오펑의 빈자리는 린쫑타이가 차지했다.

린쫑타이는 깨끗이 씻은 칼을 침대 밑에서 꺼냈다. 자오펑을 도륙한 칼이다.

어제 자오펑이 총을 겨누는 순간 린쫑타이는 재빨리 칼을 뽑았다. 린쫑타이의 칼은 총보다 빠르고 정확했다. 격발 순간 총구를 젖히고 자오펑의 복부에 칼을 꽂았다. 칼을 시계방향으로 비틀자 자오펑은 저항을 멈췄다. 자오펑은 바다로 떨어졌다. 어두운 밤바다에 빠진 자오펑은 구로시오 난류를 따라 북쪽으로 떠내려갔다.

새로 대표가 된 린쫑타이는 강력한 중국을 표방했다. 친위 자경단은 치안을 이유로 폭력을 쓰기 시작했다. 자오펑을 비난했던 그였지만, 그 역시 자오펑의 권력 악습을 그대로 배운 것이다. 린쫑타이 측근 그룹이 흉포해지자 이를 거부하는 반대 세력도 세를 규합했다. 하지만 한계에 부딪혔다. 린쫑타이는 방해와 협박으로 조직화하기 전에 와해시켰다. 린쫑타이 권력은 더욱 강해졌다.

김정훈 본부장은 여전히 승객의 하선 계획이 중국의 해상 봉쇄로 지연되고 있음을 불안하게 생각했다. 시간은 덧없이 흘러갔다.

중국은 한국이 승객을 통째로 인질로 잡고 있다고 선전전을 펼쳤다. 일본은 자국 선박에 대한 한새군도 접근 금지를 들어 비인도적 처사라고 비난했다. 한국은 중국의 해상 봉쇄로 승객들을 하선시키지도 못하고 있다고 중국을 비난했다.

한국은 한새군도가 외교적으로 완전한 한국령으로 인정받을 시간을 끌고 싶었다. 그런가 하면 중국은 파라다이스 드림호 내의 최대 승객 수를 이용해 여전히 한새군도 장악과 지분 확보의 지렛대로 쓰고 싶었다. 일본도 마찬가지로 크루즈 선사가 일본이라는 것과 일본 승객이 상당수라는 것을 들어 돌파구를 찾겠다는 애초의 의지를 여전히 버리지 않았다.

*

린쫑타이를 중국에서는 탐탁하게 여기지 않았다. 자오펑만큼 노회하지도 복종적이지도 않기 때문이었다. 린쫑타이는 대표성을 잃을까 불안해했다. 국가안전부에서 그런 그를 더욱더 불안하게 만들었다. 충분히 복종적인 인물로 길들이기 위해서였다. 이때 불쑥 공작 지시를 던지자 린쫑타이는 덥석 받아 들었다. 지시대로 따르면 드림호 안에서도 권력을 유지할 수 있을 것이고, 귀국하면 정치적인 입지를 가지게 될 것이다.

린쫑타이는 중국 승객 중에 약리학자를 찾았다. 승객 중에 약사 출신 2명과 인민해방군 병원 마취과 교수를 찾아냈다.

“동지들, 우리는 당의 명령에 따라 움직여야 하오.”

“당의 명령이라 하면 누구의 명령이라는 거지요?”

린쫑타이는 자신감이 넘쳐 보였다.

“국가안전부의 명령이니까. 사실상 리신 국가주석의 명령이라 생각하면 되오.”

리신 주석이라는 말 한마디에 린쫑타이의 절대 권력이 완성되는 분위기였다.

린쫑타이는 작전을 설명했다. 약리학자와 교수는 회의적인 반응을 보였다. 작전을 펼치기 위해서는 다량의 마취제가 필요한데 사실상 그렇게 많은 약품을 확보하는 것은 무리라는 것이었다.

"그건 걱정할 것 없소. 원료는 확보되었소."

어제 칭다오에서 온 보급선 식자재 사이에 마취제 원료가 함께 들어왔다. 전문가들의 제조가 필요할 뿐이었다.

"직접 제조하려면 뭐가 필요하지요?"

"약리작용에 대해서는 자세하게 설명할 수 있지만, 제조는 또 다른 분야이고, 사실상 기구도 없이 만든다는 것은 불가능합니다."

"차라리 마약 제조 경험이 있는 사람이 제조는 더 잘할지도 모르지요."

"그래! 맞아! 그 사람을 찾아야겠군."

중국은 비밀스레 마취제를 만들었다. 한국과 일본 승객을 제압하기에는 절대량이 부족했다. 제조된 마취제는 한국 해경을 공략하기에 빠듯한 양이었다. 중국은 마취제를 사용할 기회를 엿보았다. 중국 승객들이 마취제로 해경을 무력화하면 갑판에서 신호하기로 했다. 신호를 확인하면 인근 공해상에서 대기하고 있던 중국 육전대가 파라다이스드림호를 전격적으로 장악하기로 했다. 승객을 인질로 잡으면 회담을 유리하게 진행할 계획이다.

새벽 3시 30분.

중국 자경단이 움직이기 시작했다. 이어서 신호를 포착한 육전대가 파라다이스드림호를 향해 신속하게 접근했다.

중국 자경단은 육전대가 신속하게 드림호에 오를 수 있도록 탑승 계단을 내리려 했다. 우연히 중국 자경단의 움직임을 발견한 한국 승객이 이상한 움직임을 포착했다.

“거기 뭐 하시는 겁니까?”

눈결 중국 자경단은 긴장했다.

“별거 아닙니다.”

순간 한국 승객은 움찔했다. 이곳은 중국 승객이 올 구역이 아니었기 때문이었다. 한국 승객은 뒤를 돌아 뛰기 시작했다. 그리고 외쳤다.

“중국 자경단이 왔다! 중국 자경단이….”

‘퍽’ 소리와 함께 한국 승객은 나동그라졌다.

자경단은 마취제를 환풍구를 통해 한국 해경 치안본부와 해경 숙소와 본부에 뿜어 넣었다. 육전대는 구역에서 근무하고 있는 해경을 기습했다.

요란한 소리와 함께 승객들은 아침을 맞이했다. 중국 승객 구역에서 함성이 들려왔다.

하늘과 슈코는 무슨 일인지가 궁금했다. 바다는 스산할 만큼 고요했다.

“무슨 일이지? 내가 가서 확인해 볼게.”

“아냐. 분위기가 이상해. 조금 지켜보자.”

하늘이 나가려 하자 슈코는 말렸다. 느낌이 싸늘했다. 때마침 안내 방송이 나오기 시작했다.

"승객 여러분, 엔리케 선장입니다. 우리 파라다이스드림호는 지금부터 한국 해경이 아니라 중국 자경단에서 관리하게 되었습니다. 승객 여러분께서는…."

난데없는 중국 자경단 점령에 승객들은 일대 혼란에 빠진다. 중국 승객들은 환호했지만, 다른 승객들은 불안해했다. 가뜩이나 세력을 등에 업고 거칠게 변해가던 중국 자경단이 드림호를 장악했다면 앞날이 어두웠다.

"파라다이스드림호가 점점 헬드림호가 되어 가는군."

하늘은 혼잣말로 중얼거렸다.

*

"그건 선전포고입니다!"

박한은 잔뜩 흥분했다. 이미 실효 지배하고 있는 한새군도에 중국 육전대가 침투한 것은 사실상 선전포고였다. 박한은 즉시 국가안보회의를 소집했다.

회의를 준비하는 동안 한국해군은 한새군도 해상봉쇄 작전을 검토했다. 그리고 해역에 이미 뿌려놓은 로봇 기뢰를 대량 살포했다. 촘촘하게 뿌려서 잠수정도 통과하지 못하도록 해 중국 육전대를 고립시킬 계획이었다.

"중국은 승객을 인질로 잡고 할지(割地)를 논의하자고 덤벼들 겁니다. 동중국해를 장악하겠다는 뜻이지요. 어떤 대응이 좋겠습니까?"

박한이 질문에 허훈 안보실장이 답했다.

“그렇다고 한새군도를 나누어 줄 순 없습니다. 그리고 크게 보자면 서로 물고 물리는 형국입니다. 보기에 따라 육전대가 인질이 되기도 한다는 것이지요.”

“그래요. 육전대를 잡아봅시다.”

정혁 국무총리는 박한의 인기를 잠재울 기회가 왔다고 생각했다. 한새군도 점령으로 인기가 급상승한 동안 정혁이 비집고 들어갈 틈이 없었다. 정혁은 틈이 아니라 박한이라는 장막 커튼을 열어젖힐 때가 온 것으로 생각했다. 박한의 1막 무대를 내리고, 정혁의 2막이 열리는 순간이 다가온 것인가. 정치란 타이밍의 미학이라고 했다. 일단 신중론을 꺼내 들었다.

“맞는 말입니다만, 현실적으로 승객의 생명줄을 쥐고 있는 것은 육전대라는 겁니다. 신중해야 합니다.”

회의는 신중하게 진행되었다. 의견은 예상대로 갈렸다. 한 치의 양보도 해선 안 된다는 의견과 한새군도를 확실한 한국령으로 만들기 위해서는 최소한의 할지를 고려해야 한다는 의견도 있었다. 그러던 중 이를 지켜보던 신두석 국방부장관이 한심하다는 듯 강한 어조로 위원들을 질타했다.

“위원님들, 한새군도는 하늘이 주신 선물입니다. 하늘이 준 선물도 제대로 받지 못해 뺏긴다는 건 있을 수 없습니다. 주권을 이렇게 쉽게 양보한다는 건 직무유기입니다. 저는 무기력하게도 할지 운운하는 것은 반댑니다. 영토를 노리는 자는 철저하게 응징해야지요. 군대는 장식품이 아닙니다."

신두석 국방부장관의 발언이 회의장 분위기를 강력 응징으로 끌어가고 있었다.

우선 육전대가 침투했다는 증거를 잡아야 했다. 육전대는 해경을 장악한 뒤 신속하게 빠져나갈 가능성이 컸다. 한국령에 불법 침입과 동시에 일본 선사 선박을 불법 점거한 것이기 때문이었다.

"육전대 퇴로를 막도록! 꼭 체포해야 하오!"

*

미야기 총리는 중국 육전대의 파라다이스드림호 장악에 경악했다. 슈코 공주를 탈출시키기도 전에 또 일이 터진 것이다. 천황과의 약속을 지키지 못했다는 사실에 곤혹스러웠다. 한새군도 협상권을 중국에 빼앗기게 될지도 모른다는 위기감이 돌았다. 어느샌가 한국과 일본의 할해(割海) 싸움이 중국과 한국의 할지(割地) 싸움으로 변한 것이다. 강력한 대응을 쭈뼛거리며 주저하는 사이에 일·중·한 3국 싸움에서 밀려나 버렸다.

일본도 긴급 국가안보회의를 개최했다. 미야기는 중국의 단독행동에 분개했다. 그간의 약속을 저버리고 단독으로 드림호를 점령한 것이다.

"중국의 의도를 알아보세요. 그리고 공동 전선을 펴겠다는 약속을 지키라고 밀어붙여야지요."

미야기 말에 타구치는 반대 의견을 꺼냈다.

"중국이 응할까요? 중국하고 밀약했다는 건 우리 일본의 약점이기도 합니다. 중국이 밀약했다고 대놓고 터트리면 오히려 치명상은 총리님이 입게 될 겁니다."

나아토 관방장관도 거들었다.

"그렇습니다. 그리고 결과로 아무것도 얻지 못한다면 미국이나 국민으로부터도 외면받게 됩니다. 다른 방안을 찾아야 합니다."

미야기의 머리는 점점 복잡해져 갔다.

그 시간, 어소에도 비보가 전해졌다. 슈코가 드림호를 탈출하기 전에 중국 육전대가 기습 장악했다는 소식이었다. 소식을 들은 하쓰코 황후는 현기증을 느끼며 쓰러졌다. 세이히토 천황도 충격을 받았지만 애써 마음을 추슬렀다.

"아직 국가안보회의가 끝나지 않았다고 하는군요. 좀 더 기다려 봅시다."

천황은 하쓰코는 안정시켰다.

"황후, 너무 걱정하지 마시오."

"어찌 걱정이 되지 않겠습니까? 인질 사건이 끝났는지 며칠이나 됐다고요."

세이히토는 슈코도 슈코지만, 일본의 장래가 걱정이었다. 미야기 내각이 어떻게든 성과를 낼 거라 믿지만 개운치 않았다. 세이히토는 혼자서 중얼거렸다.

'슈코가 어쩌면 이번 일로 천황이 될지도 모를 일이야.'

*

한국해군은 파라다이스드림호를 해상 봉쇄해버렸다. 드림호에 침투한 육전대가 빠져나가지 못하게 하기 위해서였다. 중국은 육전대가 드림호를 장악한 후 해경 치안본부에서 탈취한 무기와 장비를 자경단에 넘겨주고 재빨리 빠져나갈 것으로 예상했다. 중국은 한국 영토 침범이라는 비난에서 벗어나기 위해 육전대 침투 흔적을 지우려 할 것이다. 봉쇄는 육전대가 한국 영토를 침범했다는 사실을 전 세계에 알리며 선전전을 할 증거를 잡기 위해서였다. 다른 이유는 드림호의 보급을 장악해서 중국 자경단이 버티지 못하게 만들 셈이었다. 다만 보급 중단은 국제적으로 비인도적이라는 비난을 받을 수도 있는 일이기도 했다. 박한은 보급 중단이 중국과 일본이 공동 전선을 펴고 있는 해상 봉쇄를 풀 해법이라고 생각했다.

"대통령님, 준비를 마쳤습니다."

"그래요. 실행하세요."

박한은 합참의장에게 작전 개시를 명령했다.

한새군도 영해를 지키고 있던 이지스함에서 실전 배치를 마친 첫 가마우지탄을 쏘아 올렸다. 가마우지탄은 발사 직후 날개가 펼쳤다. 활공하던 가마우지탄이 목표를 감지한 듯 날개를 접고 수직으로 바닷속으로 내리꽂혔다. 바닷속을 3시간가량 유영하던 가마우지탄이 중국 잠수정을 포착했다.

"폭파할까요?"

"영해 안에 있는 것은 확실하지요?"

"그렇습니다."

박한은 잠깐 생각했다. 영해 안이기는 하지만 잠수함 폭파는 선전포고가 될 수도 있었다. 그렇다고 영해를 들락거리는 적 잠수정을 놔둘 수도 없다.

"스크루만 파괴한다고 하셨지요? 멍텅구리 잠수정을 만드는 것 말입니다."

"예! 그렇습니다."

"진행하세요."

박한은 육전대의 퇴로를 끊기로 했다. 탈출을 도울 잠수정이 없으면 육전대는 고립될 것이다. 드림호를 재장악해서 그들을 색출해야 한다. 잠수정이 스크루를 잃으면 승조원의 목숨이 위험해진다. 결국, 바다 위로 항복 부양해야 한다. 그것은 구로시오해류에 떠밀려 한새군도 어느 암초나 섬에 부딪힐 수도 있다. 중국해군으로서는 치욕적일 것이다.

7

늑대 사냥

한새군도는 육전대의 파라다이스드림호 침투로 세계 언론의 조명을 다시 받게 되었다. 중국으로서는 부담스러운 일이 생겨버린 것이다. 한국에서 파라다이스드림호를 언론에 개방하는 것을 검토 중이란 첩보가 들어오자 더욱 난감해했다. 육전대는 예상대로 신속하게 드림호를 빠져나왔지만, 일부 병력이 아직 남아 있었다. 새벽에 침투한 병력 중에 일부가 크루즈 깊숙이 들어 왔다가 문제를 일으킨 것이다. 선체 장악에 성공한 그들의 눈에 들어온 것은 귀중품과 여자였다. 짧은 시간 집중적인 약탈이 시작된 것이다. 귀중품을 챙긴 뒤 그동안 참아왔던 욕정을 풀었다. 육전대장은 긴급하게 귀환하라는 무전을 보냈지만 거대한 파라다이스드림호의 복잡한 구조와 어둠 때문에 탈출에 실패한 것이었다.

중국 군부는 고민에 휩싸였다. 계획대로 파라다이스드

림호는 중국 자경단이 장악했지만, 잔류 육전대가 문제였다. 이미 해상은 한국해군이 완전봉쇄에 들어가 퇴로는 막혀버렸다. 해저에는 가마우지탄을 맞은 잠수정들이 멍텅구리가 되어 해류에 떠내려가는 신세가 되었다. 애초 우려했던 일이 현실이 되어버렸다. 투철한 국가관과 사명의식이 높은 정예요원이었지만 돈과 본능의 한계를 넘어설 수 없었다. 찬란한 본능은 어떠한 훈련으로도 이기기 어려웠다.

린쫑타이는 국가안전부로부터 명령을 하달받았다. 명령을 받고 한참을 고민하던 그가 수하들을 불러 모았다.

"오늘 작전 명령이 하달되었다. 지금부터 늑대 사냥을 시작할 것이다."

린쫑타이는 자오펑을 능가하는 능력을 보여 줄 때가 되었다고 생각했다. 그가 선내 방송을 시작했다. 선전 선동으로 드림호 전체를 장악할 계획이었다.

"승객 여러분, 중국 승객 대표 린쫑타이입니다. 오늘부터 파라다이스드림호 치안은 저희 중국 자경단이 담당하고 있습니다. 지금까지 한국 해경의 강압적인 치안에 고생하셨습니다. 지금부터는 한국을 위한 치안이 아닌 여러분을 위한 치안이 시작될 것입니다."

방송을 듣는 순간 한국과 일본 승객들은 무언가 잘못되어가고 있다고 느꼈다. 지난밤의 무장병력이 선내에 침투했다는 소문도 돌기 시작했고, 약탈이 있었다는 소문도 돌았다.

린쫑타이는 결박당한 김정훈 본부장 앞을 뚜벅뚜벅 걸어 다녔다.

“김 본부장님, 특별히 남기실 말이 있습니까?”

“린쫑타이, 많이 변했소. 자오펑의 진화 버전을 보는 것 같소. 권력은 순간적이오. 자오펑이 사라진 이유를 알 것 같소.”

“짝!”

린쫑타이는 묶여있는 김 본부장의 뺨을 후렸다.

“린쫑타이 당신도 소모품이오. 그걸 아셔야 하오.”

“패전 장수가 말이 많군. 모두 돌려보내려고 했었는데 당신은 남겨둬야겠소.”

린쫑타이는 선내 해경을 김 본부장만 빼고 모두 추방했다. 치안 유지를 위해 해경을 추방하는 것이 유리했고, 입을 덜 수 있어서 식량 문제에 유리하다 판단했기 때문이었다. 린쫑타이는 늑대 사냥팀의 보고를 기다렸다. 선내를 뒤지던 늑대사냥팀장의 중간보고가 들어 왔다.

“현재 늑대 3마리 소탕입니다. 두 마리는 계속 쫓고 있습니다.”

“기계실로 은밀하게 옮기게.”

린쫑타이는 자경단 조직 장악을 위해 머플러를 준비했다. 머플러는 지위에 따라 붉은색, 주황색, 노란색, 청색으로 구분했다. 가장 높은 충성을 보이면 붉은색으로부터 가장 낮은 단계의 청색까지 자경단에 머플러 완장을 구분해서 지급했다.

린쫑타이는 늑대 소탕하는 동안 스위트룸에서 샤워했다. 자오펑이 그랬던 것처럼 샤워를 시작하자 주황색 머플러 여자 둘이 옷을 벗고 들어와 린쫑타이를 씻겼다. 여자는 린쫑타이와 자신의 몸에 비누칠을 잔뜩 한 다음 앞뒤에서서 몸을 비비며 거품을 냈다. 여자들의 몸은 기름칠한 생고무처럼 부드러웠고 탄력 있었다. 여자의 입에서 야릇한 신음을 나오자 린쫑타이의 몸이 반응했다. 앞쪽의 여자가 아래로 내려가서는 남자를 입에 넣었다. 스트랩온 딜도를 한 뒤쪽 여자는 엉덩이를 핥았다. 오일을 잔뜩 무친 손가락이 린쫑타이의 엉덩이를 파고들었다. 이어서 스트렙온 딜도를 밀어 넣었다.

"허억!"

린쫑타이는 가학과 피학의 세계를 동시에 오가는 독특한 섹스를 즐겼다.

기관실 기계소리가 '웅웅'거렸다. 린쫑타이가 나타나자 늑대사냥팀은 경례했다. 하나, 둘, 셋, 넷. 하나가 없었다. 마지막 하나는 도무지 종적을 알 수 없었다.

"어떻게 할까요?"

"그래도 드림호 장악을 도와준 전사들을 함부로 대할 순 없지. 세게 한방씩 놔줘!"

잡혀 온 육전대원들에게 마약을 넉넉하게 한 대씩 놨다.

약효는 젊은이답게 금방 나타났다. 몽환적 희열에 몸을 꿈틀거렸다. 린쫑타이가 눈짓을 하자 기관실 한쪽에 있던 소각장 뚜껑이 열렸다.

"행복하게 보내줘. 미련도… 흔적도 없게…."

린쫑타이는 국가안전부로부터 육전대 이탈자에 대한 제거 명령을 받았었다. 그들이 남아 있으면 국익에 도움이 되지 않는다는 것이었다. 육전대가 드림호에 탑승한 흔적을 없애야 뒤탈이 없다는 것이다.

"아악! 이것 놔!"

미처 약효가 다 퍼지지 않은 육전대원 하나가 마지막 발악을 했다.

*

중국은 한국에 회담을 요청했다. 일본을 제외한 양자 회담이었다. 중국의 의도는 분명해 보였고, 한국은 중국과의 회담에 앞서 시간이 필요했다. 중국 류타오다이 외교부장과 박주형 국토부장관이 서울에서 마주했다.

"드림호는 중국 승객이 접수한 건 아시겠죠?"

류타오다이 부장은 느긋한 승자의 표정에 협박 조 말투였다.

"중국 승객은 한국 실정법을 위반했습니다."

박주형 장관은 중국에 오판하지 말라고 경고했다.

"한새군도의 절반을 주시오. 그러면 일본을 떨쳐버리고 모든 걸 종결하는데 협조하겠소."

"그 무슨 말 같지 않은 말씀입니까? 중국 육전대가 기습 공격했다는 증거를 가지고 있습니다. 이건 명백한 침략행위입니다."

"증거가 어디 있다는 말입니까? 증거를 제시해 보세요."

류타오다이는 육전대 흔적을 지웠다고 알고 있었다. 린쫑타이가 잔류 육전대를 깨끗하게 정리했다고 보고했기 때문이었다. 린쫑타이는 마지막 남은 육전대원을 금방 잡아 소각할 줄 알았다. 우선 자신의 능력과 충성심을 보여주고 싶은 욕심으로 늑대 사냥을 완전히 종결했다고 보고했었다.

"한국 대표단이 파라다이스드림호를 방문하겠소. 중국 자경단에 협조를 지시해 주시오."

"그건 자경단이 판단할 문제요. 인민을 우리가 좌지우지할 순 없다는 뜻이오."

"그렇다면 협상이 안 될 것 같소이다. 중국과 일본이 해상 봉쇄를 하고 있어 드림호 선내에 보급품을 보낼 수도 없으니 방법이 없구려."

"해상 봉쇄는 한국이 하고 있질 않소. 그러지 말고 일본이 빠졌을 때 협상을 마무리합시다. 기회는 자주 오는 것이 아닙니다."

"도대체 뭐 하고 있는 거야! 늑대를 잡든 여우를 잡든 결정을 지으라니까!"

린쫑타이는 조급해졌다. 늑대 사냥 완료로 능력을 인정받고 있는 차였다. 금방 잡을 것 같았던 최후의 늑대 한 마리가 도통 잡히질 않았다. 생존을 위해 늑대를 포기하고 여우처럼 몸을 숨긴 것이다. 몸을 숨겼다는 건, 늑대들이 흔적도 없이 불태워진다는 걸 알고 있다는 뜻이다. 이미 깊이 숨어버린 여우를 찾는 것은 소모적이었다. 린쫑타이는 여우를 찾는 대신 불러내기로 했다. 극심한 배고픔과 죽음을 예감한 수컷은 본능적으로 자손을 남기려 한다. 맛있는 음식과 암컷의 짙은 향기는 원초적 미끼인 셈이다. 인간이기 이전에 동물이다. 린쫑타이는 인간을 사냥하는 것이 아니라 동물을 사냥하는 것이라며 애써 사냥의 잔혹성을 희석했다.

*

"슈코, 밖을 나가면 안 돼. 그리고 아야카도 마찬가지고, 사태가 어떻게 흘러갈지 모르겠어."

"알았어. 하늘도 몸조심해."

슈코는 하늘과 함께 지내고 있었다. 린쫑타이가 선내를 장악한 후로 중국 자경단의 횡포가 심해졌다. 린쫑타이도 자신에 대한 복종심을 높이기 위해 어느 정도 약탈을 눈감

아주는 분위기였다.

해상 봉쇄가 이어지자 드림호의 보급품 부족은 날로 심각해져 갔다. 가장 큰 문제는 식수였다. 식수 부족으로 샤워는 중단되었고, 식사도 1일 2식으로 줄어들었다. 승객들은 어느덧 하루에 고작 두 끼를 배급받는 사회주의 인민으로 전락하고 있었다. 선내 불만이 팽배했지만, 강압적인 중국 자경단의 횡포에 당하지 않으려 입을 닫고 있었다. 그러나 불만은 점점 커져 나갔다. 중국 자경단 붉은 머플러들만 좋은 세상을 만나 날뛸 뿐이었다.

KJK와 슈코, 아야카가 함께 모였다. 무슨 대책을 마련하지 못하면 비참한 생활은 계속되어야 했기 때문이었다.

아야카가 입을 열었다.

"룰루라는 여자 기억나? 왜 중국 로커 말이야."

슈코는 불쾌한 이미지로 기억된 룰루를 금방 떠올렸다.

"아! 가죽옷 입고 노래했던 그 여자! 그런데 걔가 왜?"

아야카는 룰루를 만났다고 했다.

"하늘을 만나겠다는 거야. 할 말이 있다고. 그래서 중국인하고는 대화하지 않는다고 딱 잘라버렸어."

"잘했어. 괜한 문제를 만들 필요 없으니까."

아야카는 고개를 갸웃거렸다.

"그런데 내가 보기에는 목소리에 풀이 잔뜩 죽어 있었고, 단순히 팬으로서 하늘을 만나고 싶어 하는 건 아닌 것 같았어."

룰루는 후드티에 선글라스 차림으로 얼굴을 가린 채 은밀히 하늘과 만났다. 그리고 입을 열었다.

"중국 자경단을 몰아내 주세요."

뜻밖이었다.

"힘도 없는 내가 어떻게 그런단 말입니까?"

"아뇨 하늘 님은 할 수 있습니다. 제가 도울게요."

중국인 룰루가 중국 자경단을 몰아 내달라는 것은 함정일 수 있었다. 하늘이라는 잠재적인 위협 요인을 없애기 위해 린쫑타이가 함정에 빠뜨릴 수도 있다는 생각이 들었다. 룰루에 대한 믿음이 없는 상태에서 다소 뜬금없는 것으로 치부했다.

룰루는 진지했고, 간절해 보이기까지 했다.

"진심입니다. 믿지 못한다는 것 잘 압니다. 하지만 우리 인민도 특히 여성이 자경단에게 무방비인 것은 다르지 않습니다. 정 믿지 못하시겠다면…."

룰루는 후드 모자와 선글라스를 벗었다.

"어떻게 이 지경으로…."

눈 주변의 멍 자국과 목덜미의 찰과상은 목줄 자국이 확연했다. 상대는 속이기 위해 만든 것은 아닌 듯 보였다. 분개했지만, 어떻게 다친 것인지는 묻지 않았다. 상대가 남자일 것이기 때문이었다.

“가오팅위라고 합니다.”

룰루가 하늘에게 데리고 온 젊은 남자는 자신을 소개했다. 가오팅위의 눈빛은 흔들렸다. 불안해 보였다. 그는 날렵하고 단단한 몸을 가졌다.

“왜 오셨는지 말씀해 보시겠습니까?”

“그건….”

룰루가 설명했다.

“제가 말씀드리지요. 가오팅위는 목숨이 위태롭습니다. 그래서 살기 위해 하늘 님을 만나려는 것입니다. 하늘 님에게는 도움이 될 겁니다.”

“무슨 일이시죠? 목숨이 위태롭다는 뜻 말입니다.”

하늘은 그의 신분을 알고는 깜짝 놀랐다. 가오팅위는 중국 육전대 소속의 마지막 생존자였다. 린쫑타이의 늑대 사냥을 당한 동료들이 소각로에서 소각되는 것을 직접 목격한 목격자이기도 했다. 가오팅위는 극도의 공포와 함께 분개심이 끓어올랐다. 국가를 위해 혹독한 훈련을 이겨내고 작전에 투입되었지만, 눈앞에 놓인 현실은 국가의 배신이었고 소각로였다.

“아무리 그래도 증거인멸을 하려고 인민을 소각로에 넣어 태운다는 것은 상상이 안 됩니다.”

KJK와 슈코, 아야카, 룰루, 가오위팅은 비밀동아리를 결성했다.

“지금 가장 심각한 건 약탈이야 특히 여성 승객들이 속

수무책으로 당하고 있다는 거지."

"맞아. 린쫑타이는 자신을 둘러싼 세력의 충성도를 높이기 위해 모르는 척 방임하고 있는 사이에 치안은 엉망이 되어버렸어."

치안과 문화 수준은 여권(女權)과 비례 했다. 수준이 높으면 여권이 신장하였지만, 낮아질수록 여권은 처참하게 무너지곤 했었다. 지금이 그랬다. 여권은 아무런 보호 장치 없이 내팽개쳐졌다. 위기는 새로운 변화를 만들어 냈다. 여성들이 서서히 움직이기 시작했다. 처음에는 한국과 일본에서 시작되었지만, 중국 여성의 피해가 늘어나자 동조 움직임이 일기 시작했다. 비밀동아리는 그 틈을 비집고 들어가려 했다. KJK는 팬들을 중심으로 세를 결집하고, 슈코와 아야카는 일본을 중심으로, 룰루와 가오위팅은 중국의 뜻을 모았다.

슈코의 고민은 여전했다. 일본의 세를 모으기 위해 자신의 신분을 드러내느냐 하는 것이었다. 신분을 드러내면 세규합에는 유리하지만, 자칫 인질이 되어 일본에 부담을 줄 수도 있었다.

"슈코, 아직은 아닌 것 같아. 상황을 지켜보며 결정해도 늦지 않을 거야."

아야카도 하늘도 신분 노출을 말렸다. 그러는 동안에도 중국 자경단의 폭력과 약탈은 계속되었다.

감금과 폭행의 트라우마 속에서도 김나경이 나섰다. 자

신이 그랬던 것처럼 자경단의 행패와 범법행위를 취재하고 자료를 모았다. 그 가운데에서도 린쫑타이의 최측근인 붉은 머플러의 악행이 두드러졌다. 취재할수록 내용은 가관이었다.

"그놈이 발기한 자기 성기에다 붉은 머플러를 걸었어요. 그리고 사정할 때까지 붉은 머플러가 바닥에 떨어지면 죽인다고 소리쳤어요. 머리에 총을 들이대고 입에는 자기 것을…."

"놈은 붉은 머플러를 내 목에 걸었어요. 강아지 목줄처럼 말이에요. 서비스가 마음에 들지 않으면 붉은 머플러로 목을 죽지 않을 만큼만 조였다 풀었다 하며 길들이고 했지요. 개새끼들. 인간은 왜 붉은색만 보면 미쳐 날뛰는 건지. 그것도 남편이 보는 앞에서…."

진술 내용에 경악하는 사람들이 늘기 시작했다. 절제되지 못한 권력이 얼마나 비윤리적이고 파괴적인지를 적나라하게 드러냈다.

*

"경고한다! 파라다이스드림호의 중국 대표 린쫑타이와 자경단에 경고한다. 더는 파라다이스드림호 안의 치안을 내버려 둘 수 없다. 오늘 오후 2시까지 자경단은 자체 해산하길 바란다. 만약 응하지 않을 때 발생할 불상사에 대해서는 한국 정부는 책임지지 않는다는 것을 분명하게 밝혀 둔다. 다시 한번 경고한다!"

한국해군은 오전부터 파라다이스드림호를 향해 경고 방송을 반복하고 있었다.

"자경단 무장 수준은 어떻습니까?"

"저희 해경 화기를 탈취 무장해서 소총 100여 정, 최루탄 350발…."

해군 특수전 부대장은 자경단 제압보다도 승객들의 안전 문제에 고민했다. 자경단과 교전이 벌어질 경우 자경단이 불리하면 승객을 방패막이 인질로 사용할 것이 예상되었다.

한국은 선전전과 함께 드림호 봉쇄로 자경단을 지치게 했다. 진압 시간이 되면 진압할 듯 모양을 갖췄다가 해제했다. 진압 시간을 2시간 간격으로 계속 바꾸면서 자경단이 긴장과 이완을 거푸 하도록 만들었다. 또한, 투항하는 자에게는 폭행죄가 없다면, 처벌하지 않겠다고 회유했다.

린쫑타이는 서서히 위기감을 느끼고 있었다. 최측근의 붉은 머플러가 도를 넘는 행동을 계속하고 있다고 판단했다. 주변에 대치한 한국군보다도 집안 단속이 시급했다. 중국 국가안전부에서는 여전히 버티라는 명령만 계속 내렸다. 이제 곧 한국 진압부대가 작전을 개시할 것 같다는 말을 하는 데도 같은 소리만 반복했다.

"대표님! 아무래도 진압을 시작할 것 같습니다. 섬과 암초에 스나이퍼를 배치했습니다."

"스나이퍼를?"

스나이퍼를 배치했다는 것은 주요인물을 저격하겠다는 뜻이었다. 그 중심에 린쫑타이 자신이 있다는 것도 알고 있었다. 린쫑타이는 올 것이 왔다고 생각했다. 붉은 머플러를 중심으로 방어를 지시했다. 그들의 방어는 인질을 활용해서 집압군의 진압을 막는 것이었다. 드림호는 그 자체가 거대한 성벽이었다. 육상으로는 탑승 계단을 통하지 않고는 사실상 침투가 불가능한 구조였다. 린쫑타이는 공중 침투를 대비해 자경단원을 배치했다.

린쫑타이는 진압 시간이 다가왔다는 걸 알아차렸다. 2시간 간격으로 공격 시간을 늦추며 교란해온 한국군에서 교란 방송을 하지 않은 지가 3시간이 지났다. 방송이 나오지 않자 오히려 불안은 증폭되었다. 폭풍전야 같은 고요함 속에서 멀리서 헬리콥터 소리가 들려왔다. 헬리콥터가 드림호 위를 지나가면서 체인건으로 위협 사격을 했다. 엄청난 체인건 소리에 자경단은 아연실색했다. 자신들의 소총과는 차원이 다른 파괴력이었다. 헬리콥터가 체인건을 퍼붓고 지나가자 자경단원은 공포에 휩싸였다.

"깡!"

"악!"

드림호 최상층 옥상에서 경계를 서던 자경단원 하나가 기겁했다. 스나이퍼가 쏜 위협 사격 실탄이 몸을 가리고 있는 철판을 맞춘 것이다.

"겁내지 마라! 한국군은 어차피 우리를 죽일 수 없다. 위협만 하는 거니까. 자리만 지키면 된다. 곧 인민해방군이 올 거다. 자리를 지켜라!"

린쫑타이는 자경단을 독려했다. 그러나 하늘에서는 헬기가 선회하며 체인건을 쏘아대고 스나이퍼 총알이 몸 옆을 지나가자 자경단원들은 잔뜩 얼이 빠졌다. 드디어 바다에는 특수부대를 태운 고속단정이 접근하기 시작했다.

그때였다. 드림호가 부르르 떨리기 시작했다. 또다시 여진이 일어나며 배 밑바닥에 암초가 부딪치는 소리가 났다. 이어서 어디서부터 인지 전혀 다른 진동이 일기 시작했다. 진동은 중국 자경단에 점점 가까워졌다. 사람들이 달리는 진동이었다. 한·중·일 연합 시위대들이 순식간에 린쫑타이 자경단을 습격했다. 한국군의 위협 사격으로 전의를 상실한 자경단이 정신을 못 차리는 사이 연합 시위대가 급습하여 무장해제 시켰다. 소총으로 무장했던 노란 머플러 자경단은 애초부터 전투 의지가 없었다. 일부 주황 머플러 자경단은 저항했지만 이길 수 없는 싸움이라는 사실에 스스로 무너졌다. 문제는 린쫑타이와 붉은 머플러 들이었다.

시위대를 지휘하던 하늘이 마지막 일전을 준비했다.

"이제부터 린쫑타이와 스물 댓 명 남짓한 붉은 머플러를 잡으러 갑니다. 지원자는 나와주세요."

희망자들이 하나둘 나오기 시작했다. 하늘은 희망자들

의 군경력을 확인했다. 한국 승객 25명과 일본 승객 2명, 중국 측은 육전대 탈영병 가오팅위와 린쫑타이의 반대파였다가 제압당했던 후시안이었다.

"그럼 지휘는 예비역 소령 출신인 조준 소령께서 맡아 주시고 1분대는 예비역 UDT 중사 출신인…."

슈코는 하늘이 위험한 토벌대에 들어가지 말았으면 했다. 그러나 하늘은 단호했다. 아이돌로서의 받은 사랑을 돌려줄 때가 왔다는 것이었다. 한편 그토록 승객을 고통스럽게 만든 장본인들을 직접 응징하고 싶었다.

"대한민국 예비역 육군 병장 이건. 임무 수행하고 돌아오겠습니다!"

하늘은 슈코에게 경례했다.

*

다무라 일본 외무대신이 한국에 회담을 요청했다. 표면적으로는 그랬다. 그러나 정작 본격 협상은 비밀리에 양국 정보수장을 통해 진행되었다. 마음이 급한 일본 타구치 정보관이 서울로 다시 날아왔다. 장관회담은 제주도에서 갖기로 하고 날짜는 이틀 뒤로 급하게 잡았다.

타구치는 일본 총리의 친서를 가지고 왔다. 박한 대통령은 친서를 받고는 회담을 마치고 귀국할 때를 기해 답을 줄 것이라 했다. 현세현 국정원장은 타구치의 동선을 숨기기 위해 서울 외곽의 안전 가옥에서 만났다.

"슈코 공주는 아직 드림호에 남아 있다면서요?"

"뜻이 워낙 완강하셔서 모셔오는 것은 아직은 아닌 것 같습니다."

"참으로 대단한 분입니다. 일본으로 보면 천황 감이고, 한국으로 보면 영부인 감입니다."

"영부인요? 허허허, 그럴듯하긴 하군요."

타구치는 일본의 수를 읽은 것이 아닌지 신경을 곤두세웠다. 하지만 지금은 일본이 갑이 될 수 없다는 현실에 충실했다. 쓸데없는 신경전에 말릴 필요가 없다는 것이다.

"정보관님, 고생이 많으신 것으로 알고 있습니다. 원래 정보기관이라는 것이 항상 긴장해야 하는 운명 아니겠습니까? 말씀해 보세요. 고충을 알아야 해결책을 찾질 않겠습니까?"

타구치는 의외라 생각한다. 정보 수장이란 정치인이 아니면서도 노회하기 이를 데 없는 인물이 아닌가? 상대를 주무르는데 이력이 난 선수들인데, 마치 자신의 패를 보란 듯이 펼치며 직진했다.

타구치는 기 싸움이 의미 없다고 판단했다. 어차피 선수들끼리 시간 낭비할 필요는 없다고 판단한다.

"원장님, 오늘 제가 온 것은 섬 플러스알파 문제로 왔습니다. 예견하셨겠지만 니시지마(한새군도), 다케시마(독도), 그리고 궁금한 건이 별도로 있긴 합니다."

"어느 것 하나 저희가 조처를 해줄 수 있는 것은 없을 것 같은데요. 먼저 가장 쉬운 것부터 처리하는 것이 좋을 것 같습니다. 별도로 궁금하신 것을 말씀해 보시지요."

타구치는 뜬금없이 한국 기업에 관해 물었다.

"JS그룹에 관해서 묻고 싶습니다."

"이웅 회장의 JS그룹 말입니까? 이웅 회장이 일본에서도 거물이 된 모양이지요."

"저희 일본은 기업인에 대해서 의미를 크게 두는 편입니다. 그런데 이웅 회장은 좀 특이한 것 같습니다."

타구치의 표정은 무덤덤했다. 한새군도 갈등 중에 JS그룹을 거론한다는 것은 의외였다.

"이웅 회장의 개인 정보 수집은 위법 사항이라서 저희도 별도 관리한 자료는 없는 줄로 알고 있습니다."

현세현은 개인정보처리법에 따라 자료 수집도 불법이지만 보관은 하지 않는다고 말했다. 타구치는 '이거 왜 그러십니까'하는 듯이 미소 짓는다. 현세현도 웃으며 '그러니까 묻지 마세요.'라는 표정을 지었다. 타구치는 질문을 계속했다.

"이러시면 오늘 회담이 되겠습니까? 협조를 부탁드립니다."

현세현은 문득 쿠릴열도를 떠올렸다.

"이웅 회장이 궁금한 것이 아니라, 쿠릴열도가 궁금하신 거죠?"

순간 타구치는 무언가 있다고 생각했다. 현 원장의 입에서 고급정보가 나올지 긴장되는 순간이다. 먼저 미끼를 던졌다.

"러시아와 개발 파트너로 일하고 있는 것은 알지만 몇 년 사이 러시아 극동지방 개발에 집중하고 있습니다. 그중에 이해할 수 없는 것은…."

타구치의 말을 현세현이 가로챘다.

"이해할 수 없는 것이 아니라 의심스러운 것이겠지요. 특히 경제적 가치가 없어 보이는 쿠릴지역 개발이 집중된다. 그 이유가 뭔가? 그리고 한국과 연관성이 있나 하는 것 아닙니까? 그럼 나도 한 가지 묻고 싶습니다. 한새군도에 있는 드림호 승객을 왜 철수하지 않는 거지요?"

현세현은 뭉툭 대화를 자르고 대화록에 되돌이표를 그려 넣듯 한새군도 얘기를 꺼냈다.

"그건 쓰나미로 철수선 마련이 어렵기도 하고 승객 개인의 의사를 존중해야 한다는 것이 일본 정부의 방침입니다."

타구치는 실망스럽다는 듯 툴툴거렸다.

"제가 듣기로는 자체 투표에서 하선 희망자가 많았다고 들었는데 아닙니까?"

"그것까지는 지금 제가 관여할 사항이 아닙니다."

현세현은 한새군도 건은 장관급 회담에서 처리할 문제이고 타구치는 JS그룹과 쿠릴에 대해 알고 싶어 온 것을 간파했다.

"정보관님 이제는 드림호에서 자국민 철수를 마무리 지어야 하지 않겠습니까? 제가 보기에는 드림호 치안에 또다시 문제가 생기면 VIP를 포함한 일본인 승객 안전은 지키기 어려울 것 같습니다만."

타구치는 현세현의 대화법에 말리고 있다고 생각이 들었다. 자칫 설왕설래만 하다 시간만 허비할 가능성이 있다고 판단했다. 현세현은 일본에서 쿠릴에 대해 신경이 곤두서 있다는 첩보는 보고 받은 적이 있었다.

"이웅 회장의 어떤 부분이 궁금하신 건가요?"

"서울에서 광고회사 CEO를 한 이후 정보는 있습니다만, 그 이전에 대해서는 정보가 없습니다. 귀화인도 아니고 이전의 정보가 전혀 없다는 것이 이해되지 않습니다."

"그렇다면 그건 우리도 마찬가지 일 겁니다. 한번 찾아보라고 지시를 내려보지요."

"저도 정부에서 드림호 건을 왜 그렇게 처리하려 하는지 알아보도록 하겠습니다."

타구치는 미야기 총리로부터 부여받은 협상을 시작해야 했다. 타구치는 선택적 녹취, 배석자 없이 둘만의 대화를 신청했다. 협상이 성립되면 대화 녹취는 유효하지만, 부결되면 녹취는 자동 삭제하는 조건이다. 향후 쌍방 간에 어떤 정보에 관해 주장할 수는 있지만, 증거물은 존재하지 않게 만드는 것이다.

"우리 일본은 한국과 평화적으로 관계를 유지하고 싶습니다."

"타구치 실장님! 우린 협상가는 아니지요? 원론적인 이야기 말고 현실적인 이야기를 나눴으면 합니다."

타구치는 기습적으로 평화지역을 거론했다.

"그렇다면 니시지마를 평화지역으로 하는 건 어떻겠습니까?"

"평화지역이란 어떤 뜻이지요?"

"일·한이 평화적으로 실효 지배를 하자는 것이지요. 예전처럼 공동으로 탐사 발굴하고 즉 공동의 자산으로 관리하자는 것입니다."

현실적으로 들어 줄 수 없는 조건이었다.

"실장님, 설마 한국에서 들어 줄 거로 생각해서 제의한 것은 아니시겠지요?"

"그 대신 일본에 조건을 제의해 주셨으면 합니다. 기브 앤 테이크 말입니다."

현세현은 환한 웃음을 지으며 조건을 제의했다.

"외람됩니다만 평화지역에 대마도도 포함시킬 수 있겠습니까?"

타구치는 깜짝 놀랐다.

"오! 그건 너무 과한 요구입니다."

"너무 과하다고만 생각하실 게 아니라, 한번 검토해볼 수도 있다고 생각합니다. 불쾌하게 듣지 마시고요. 대마도

주민들의 의견도 알아볼 필요는 있지 않겠습니까? 사실 대마도는 한국인의 관심이 많은 섬이지만 일본에서는 그다지 인기 있는 곳은 아니지 않습니까? 미래로 보면 한국에 편입되는 것을 선호하는 주민들도 많을 것으로 보이는데요. 그래서 대마도 보다는 한새군도 평화지역 카드가 더 클 수도 있지 않을까요?"

타구치는 발끈했다.

"그건 선을 넘은 발언입니다. 그 문제는 더는 거론할 가치가 없다고 생각합니다."

"마찬가지로 한새군도는 분리할 수 없습니다. 그것은 멀쩡한 아이 하나를 두 아버지의 호적에 올리는 것과 같기 때문입니다. 고대문명에나 있었던 집단혼이나 일처다부제도 아니고 말입니다. 그리고 이것 하나는 말씀드려야겠습니다."

"..."

"아직도 오키노토리시마 폭격을 한국 소행이라고 믿고 있습니까?"

타구치는 멈칫 긴장했다.

"갑자기 그런 말씀을?"

의외의 질문에 타구치는 당황했다. 어느 나라도 쉽사리 꺼내기 어려운 역린을 건드는 대담함에 침을 꼴깍 삼켰다.

"타구치 정보관님! 중국과 거래를 중단하시지요. 일본의 장래는 한국에 있습니다."

*

현세현은 오후 늦은 시간이 되어서야 대통령실로 직행했다.

박한은 집무실에서 벽에 새로 걸린 지도를 보고 있다. 한새군도가 그려진 모습이 생경했다.

"지도가 마음에 드십니까?"

"물론입니다. 지금 생각해도 이게 어떻게 가능했지? 라고 스스로 반문하곤 합니다. 하늘이 돕는다는 말 이럴 때 쓰는 것 아닌가요?"

"신통방통한 일이긴 했지요. 그런데 하늘이 도운 건 아니고 땅이 도운 일 아닙니까?"

절묘한 일이었다. 포기하려는 순간 그런 일이 벌어졌다. 박한은 맥주 한잔을 권했다.

"아직 보고 전이라서 근무 중에 술은…."

"또 왜 이러십니까? 근무 중 음주하신 적 없습니까? 근무 중이라도 이럴 때는 한잔하시는 것도 나쁘지 않습니다."

"그야 상황에 따라서는 할 수도 있겠지요."

"더러는 술을 한잔했을 때 정신이 더 또렷할 때가 있지요. 오늘이 그런 날일 것 같습니다."

현 원장은 보고를 시작했다. 박한은 일본의 의도를 알아내는 데 집중했다. 내일 있을 제주 한일장관회담에서의 이야기와 정보를 취합해보면 공통분모가 나올 것이고 이를 바탕으로 정보를 다듬을 요량이다.

"일본은 결국 미국의 그늘에서 한 치도 나갈 수 없는 거군."

일본의 고민이었다. 주변에 중국은 이미 경제 규모로서 G1이고 한국은 경제로도 일본을 위협할 수준이 되어버렸다. 한때 1980년대에 미국을 뛰어넘으려던 일본이 이렇게 정체되다니 세상은 역시 알 수 없는 일이었다.

현세현은 박한에 조심스레 물었다.

"외진 곳의 암초 하나라도 양보하실 생각은 없으십니까?"

현세현의 말에 박한은 한 줌의 땅도 양보할 수 없음을 분명히 했다. 오키노토리시마 그랬듯 작은 암초는 작은 암초 하나로 그치지만은 않는다. 대한민국의 미래로 본다면 그 가치는 셈으로 정할 수 없는 것이었다.

"하긴 일본의 오키노토리시마 집착을 보면 단번에 알 수 있는 일이긴 합니다."

박한도 오키노토리시마 뒷이야기가 궁금했던 차였다.

"생각보다는 오키노토리시마에 대해 잠잠한 것 같군요? 첩보는 없습니까?"

"묘한 첩보가 있긴 합니다."

박한은 묘한 첩보라는 말에 관심을 가졌다.

"자작극이라는 첩보가 있습니다."

박한은 깜짝 놀랐다. 일본이 자작극을 벌이는 이유가 있을까?

"오키노토리시마는 적으로부터 폭격당한 것이 아니라 스스로 폭격했다는 것이지요."

"이해가 되질 않습니다."

현세현은 설명했다. 첩보를 종합해보면 지난번 지진 때 오키노토리시마가 침하 해서 수중으로 들어가 버렸다. 섬 주장 권원이 사라진 일본은 적으로부터 폭격을 당했다는 논리로 섬이라고 계속 주장하기 위한 자작극을 벌인 것이라는 첩보였다.

"그래요. 그래서 금방 전쟁이라도 할 것처럼 사납게 달려들었던 일본이 갑자기 조용해진 것일 수 있겠군요."

"더 놀라운 첩보도 있습니다."

"더 놀라운 첩보요?"

*

박한은 부쩍 외로움을 느꼈다. 일에도 외로웠고 남자로서도 외로웠다. 대화할 상대가 필요했지만, 인간적인 유대감을 가지고 대화할 사람은 몇 되지 않았다. 외로움은 스스로 불러온 일이었다. 박한은 평소 소신대로 '내 사람'에 대한 집착은 최소화하려 애썼다. 선거 캠프에 있던 동지들은 되도록 대통령실과 직접 관련이 없는 곳에 발령을 냈었다. 대통령실에서 직접 대면하는 고급 공무원들은 가능하면 친분이나 공로가 있는 자를 쓰지 않았다. 친분과 공신들은 항상 물을 썩게 만들기 마련이었다. '처음처럼'은 거의 측근에 의해 무너진다. 그래도 내 사람, 믿을 수 있는 사람, 나의 말을 잘 따르는 사람을 쓰다 결국 무너졌다. 그것을 알고도 못 하는 것은 불안감 때문일 것이다. 무소불위의 종말은 늘 좋지 않았다. 그래서 측근을 최소화한 것이 국정원장과 경호처장이었다. 둘은 정직한 사람들이다. 하지만 자신도 모르는 사이 변하는 것이 인간이다. 아무리 맑은 사람도 자리에 오르면 주변에 이해관계를 가지는 사람들이 몰리고 혼탁해진다. 원장이나 처장에게 사람이 모이는 것을 나무랄 수는 없다. 이들도 자신처럼 외로울까.

박한의 측근 현세현 원장과 김철 처장이 함께 자리했다.

평소 김철이 꺼내던 레퍼토리를 이번엔 현세현이 꺼냈다.

"대통령님. 이런 말씀 드리기가 그렇습니다만, 이제는 영부인을 맞이하셔야 하지 않겠습니까?"

박한도 수긍했다. 공약대로 국정 지지율 70%를 넘기거나 JDZ를 해결하면 결혼하겠다고 약속했었다. 박한은 마음에 담아둔 그녀에게 프로포즈를 생각하고 있었다. 주변의 여러 신붓감에게는 미안한 일이다. 다들 능력 있고 자격이 넘쳤다. 배우자로서 훌륭한 여성들이었다. 그 가운데

오직 한 사람을 선택해야 한다. 누군가를 선택한다는 것은 다른 사람들에 상처가 될 것이다.

"두 분은 그 자리에 누가 가장 잘 어울릴 거로 생각하십니까?"

"그건… 대통령님의 마음에 있는 분이시겠지요."

모두 한바탕 웃었다.

박한은 현 원장과 김 처장을 보내고 나서 한참을 창가에서 있었다. 밤하늘엔 서울의 불빛에 묻힌 별이 흐릿하게 가물거렸다. 별은 감성을 끄집어내는 신묘한 기운을 지녔다. 별을 보면 동심이 되살아난다. 별은 과거를 품으면서도 미래를 꿈꾸는 힘이 있다. 어린 시절, 별만큼이나 풍성했던 꿈은 어디론가 사라졌다. 꿈이 사라지자 하늘을 보는 것을 잊어버렸다. 하늘을 보지 않으니 부끄러움도 두려움도 사라졌다. 사람들은 마음속에 블랙홀을 지녔다. 나이가 들면서 마음속에서 별들이 하나, 둘 사라지며 꿈도 하나둘 사라졌다.

'별 볼 일 있는 사람 되면 한번 만나주지 뭐'라고 했던 고등학교 동기 소영이가 생각났다. '난 공부 잘하고 잘생긴 남자가 좋아. 공 부 잘하는 남자'라고 하던 중학교 때 연우, 떡볶이만 계속 사주면 더 바라지 않겠다던 예나, '나는 하니랑 결혼할 거다'라며 다가와 꼭 껴안아 주던 유치원 동기 지현… 다들 잘 살겠지? 나랑 결혼하겠다며 유치원에 공공연하게 소문내고 다녔던 지현은 누구랑 결혼했을까?

자신이 했던 말을 기억이나 할까? 예나 남편은 떡볶이를 매일 사줄까? 연우는 공부 잘하고 잘생긴 남자랑 살고 있을까? 소영이는 별 볼인 있는 남자와 결혼 했을까? 어쩌면 천문대 근무하는 남자와 결혼한 건 아닐까? 생각하다 풋! 웃는다. 생각해 보면 재미있는 친구들이었다.

그 가운데 현실 속 여자는 초등학교 짝꿍이었던 민서린이었다. 돌아온 싱글이 되어 나타난 그녀. 우현 대변인은 정치적으로 무색무취다. 정세라는 정치적인 기반은 탄탄한 것이 오히려 주저하게 했다. 크세니아는 국가 간의 거래를 베이스에 깔고 있다. 국민이 외국인과의 결혼을 어떻게 생각할지 미지수다. 릴리아나는 왕세자와는 어떻게 됐을까? 릴리아나에게는 연민을 느낀다. 나를 미워할지도 모른다. 어쩌면 아빠가 돌아가시는 데 내가 일조를 했다고 생각할 수 있다. 굳이 회피할 생각은 없다. 내가 코너로 몰아간 것은 사실이다. 돌이켜 보면 나도, 미국도, 일본도 도를 넘었을지도 모른다. 어쩌면 그의 죽음은 예정된 것인지 모른다. 운명론으로 보면 그랬다. 릴리아나가 어떻게 생각할까? 그동안 무심했다. 대통령은 이사벨라와 릴리아나에게 편지를 썼다.

8

붕새와 달마의 꿈

중국은 집요했다. 육전대 작전을 실패한 뒤에도 여전히 한새군도를 노렸다. 타이완 침공 실패 화풀이를 한새군도에 하려는 듯 보였다. 정치권에서는 드림호 장악 무용론이 나오고 있었다. 이미 한국령이 된 한새군도에서 군사작전은 한계가 있고, 또다시 승객과 승무원이 죽거나 다치기라도 한다면 국제여론은 급격하게 나빠질 것이다.

상무위원들이 한새군도 처리를 위한 회의를 진행했다.

천가오린 상무위원이 입을 열었다.

"군사작전은 한 번의 실패로도 충분합니다. 이러다가 자칫 동중국해의 유전도 위태로울 수 있습니다. 한국과 적절하게 타협하는 것이 좋지 않겠습니까?"

리신 주석이 복잡한 심경을 드러냈다.

"문제는 한국이 전혀 양보할 생각이 없다는 겁니다. 오키노토리시마 건으로 일본도 돌아섰습니다. 일본과의 공동

작전은 이것으로 중단해야 합니다."

쑨샤오쿤 총리는 여전히 출구전략에 비관적이었다.

"일본을 버리고 한국과 협상한다면 이득을 얻을 수 있겠습니까?"

"한국과 접촉을 해봐야지요. 아직 일본은 예전의 기득권을 주장하고 싶겠지만 이미 배는 떠났지 않습니까."

천가오린의 주장에 리신이 덧붙였다.

"현실적으로 생각해 봅시다. 실현만 된다면 일본과 연대하는 것이 훨씬 득이 크겠지요. 하지만 이젠 가능성이 거의 없습니다. 반대로 한국과 연대하는 것은 이득은 적을지 몰라도 동중국해의 우리 자산을 지키고, 협상 결과에 따라 부가 실익도 얻을 수 있습니다."

"그럼 어떤 요구를 하실 건가요?"

"둥하이다오(한새군도) 절반 할지는 전쟁이 아니고는 이미 불가능합니다. 서남단의 섬이라도 받아놔야 한국의 영토 확장을 제어할 수 있습니다."

"또다시 지각 변동이 있을 때를 대비해서 한국령이 확장되는 것을 막자는 뜻이군요."

상무위원들은 협상에 걸리적거리는 일본을 버리고 한국과 직접 해결하는 방향으로 급선회했다. 봉새작전의 순서를 바꾸자는 것이었다. 일본과 공동 전선을 펴서 동북아시아의 맹주 겸 세계의 맹주가 되려는 것을 한국과 손을 잡고 일본을 압박하는 것으로 방향전환을 구상한 것이다.

중국은 가뜩이나 올림픽을 앞두고 분쟁을 극히 꺼리는 미국이 눈에 거슬렸다. 베이징 동계올림픽에서 미국의 처신이 밉살스러웠었다. 하지만 LA 올림픽을 대놓고 방해한다면 득보단 실이 크리라 생각했다.

*

야마시타 비서실장은 미야기 총리와 차를 마셨다. 미야기의 얼굴이 점점 노쇠해지는 모습을 지켜보면서 마음이 편치 않았다. 흰머리가 많기도 했지만, JDZ를 뺏긴 이후로 염색을 하지 않아서 더욱 나이 들어 보였다.

"염색을 한 번 하시지요?"

"너무 늙었지? 하지만 일이 이 지경인데 염색을 하면 오히려 비난받지 않을까?"

"지도자가 나이 들어 보이는 것만이 능사는 아닌 것 같습니다. 심기일전하는 모습도 보여 줄 필요가 있지 않겠습니까?"

"정치는 조삼모사지 아침엔 모두 좋아했는데 저녁엔 여기저기서 비난이 쏟아지기도 하고, 생물처럼 퍼덕거리는 게 정치야. 정치는 눈치이고 코치이기도 하지, 변하지 않는 게 있다면 죽어야 제대로 평가해준다는 거야. 그런 면에서 정치인의 죽음은 아름다울 수도 있지."

미야기는 차를 마셨다. 몸과 마음이 지친 탓인지 찻잔을 들자 손이 바르르 떨렸다. 그 모습을 지켜보는 야마시타의 눈빛에 안쓰러움이 묻어 있다. 뭔가 말하고 싶다는 듯 오물거리는 입으로 말 대신 차를 마신다. 어느 순간부터 차 마시는 눈빛이 허망했다. 하지만 그럴 때일수록 오히려 총리는 도전적인 결정을 내리곤 했었다.

"야마시타 자네가 총리라면 니시지마를 어떻게 하겠나?"

"탈환을 말씀하시는 겁니까? 아니면 출구전략을 말씀하시는 것인지요?"

"어느 쪽이든."

야마시타는 출구전략보다는 총리의 안위를 위해 탈환을 권유했다. 평소 총리의 당당한 모습으로 돌아와야 한다고 했다.

야마시타도 자신의 안위를 위해서도 미야기 자신이 건재해야 한다고 생각했다. 따라서 그렇게 조언했을 수도 있을 것이다. 어쨌든 미야기는 야마시타 두뇌를 빌리고 싶었다.

"자네를 뽑은 것은 창의력 때문일세."

야마시타를 비서실장으로 둔 것은 일본의 발목을 잡아온 매뉴얼 천국에서 돌파구를 찾을 수 있는 창의력을 가졌기 때문이었다. 언젠가는 그의 창의력을 쓰게 될 일이 있을 거라 믿었다.

"내가 자네를 등용했다면, 이젠 자네가 나를 빛내 줄 차례가 아닐까 싶네."

야마시타는 그동안 구상해왔던 작전이 있었다. 야마시

타의 의견에 총리는 동의했다. 작전 실현 가능성에 대한 검증은 별도로 시도되었다. 야마시타는 은밀하게 팀을 만들었다. 작전 검증과 실행을 위한 것이었다. 작전명은 '달마의 꿈'으로 정했다.

*

미국은 올림픽 개최가 목전에 다가오자 동북아시아에 대해 분쟁 위험을 단단히 조였다. 잔칫상에 앞에서 문제를 일으키면 철저하게 응징하겠다는 것이다. 미국항모전단 2개 전단을 배치하고 추가로 1개 전단을 동중국해 인근으로 이동시켰다. 강력한 전쟁 억제 의사 표시다. 올림픽이 끝날 때까지 꼼짝 말란 신호는 명확했다. 더는 분쟁을 용서하지 않겠다는 단호함을 보였다. 한국으로서는 한새군도 문제를 마무리하는 데 시간을 번 것이다.

일본은 불쾌했다. 일본 여론이 변하고 있었다. 문제는 주일미군사령부가 있는 요코타 공군기지, 요코스카 미 해군기지 등 본토 주둔군에 대한 반감이었다. 일본 본토에 외국 주둔군에 대한 주둔지 허용이 합당한가에 대한 국민 여론이 움직이기 시작했기 때문이다.

"시기가 참 절묘하군. 왜 하필 지금이냐는 거야. 니시지마가 생긴 것도, 올림픽이 열리는 것도, 파라다이스드림호가 좌초된 것도 말이야."

미야기 총리가 한탄했다. 일본의 국운이 다한 것인가? 총리는 마지막 도박을 걸어야 할 것인지를 고심한다. 긴급하게 올림픽 사절로 확정된 나아토 관방장관 대신 미야기 총리가 직접 참석하는 것으로 미국에 통보했다. 목적은 비공식 정상회담이었다. 펠튼 대통령과 니시지마에 대해 최종 담판을 지을 요량이었다. 총리실은 분주하게 움직였다. 개막일이 며칠 남지 않았다. 펠튼의 일정은 이미 확정되었다. 미야기 총리의 올림픽 참석은 가까스로 성사되었다. 의전, 경호, 의전 순위 등이 변경되며, 올림픽 위원회와 경호팀에서는 불만이 쉬어 나왔다. 미야기의 관심은 오로지 펠튼 대통령과의 회담이었다.

"총리님, 연락이 왔습니다."

"미국에서 말인가?"

"예! 회담하겠답니다. 올림픽 전으로 정하자는 연락입니다."

"그럼 철저하게 시나리오를 짜주게, 회담으로 확실하게 기회를 살려야지. 대통령의 발목을 잡았다고 불쾌하게 생각하진 않았는지 모르겠군."

미야기 총리는 펠튼 대통령과의 회담은 회담과 회담 사이의 자투리 시간일 것으로 생각했다. 일본 국격으로 보면 있을 수 없는 일이지만, 따질 게재는 아니었다. 회담은 성공을 기약할 수 없다. 하지만 지금은 성공 여부와 관계없이 우선 만나야 했다. 만나야 성패를 가를 수 있다. 선물을 준비해야 한다. 대통령이 거절하지 못할 만큼 깜찍한 선물을 준비시켰다.

*

중국에서도 더는 자국 인민을 희생시킬 수 없다는 여론이 들끓었다. 올림픽이 끝나면 미국이 돌변할 것이란 이야기도 들려오기 시작한다. 미국이 올림픽이라는 올가미에 걸려 소극적이지만, 올림픽이 끝나면 공세적인 모습으로 돌변할 것이란 예측이었다.

한·중·일 3국도 승객을 인질이든 볼모든 파라다이스드림호에 남겨 두는 것에 의미가 없다고 판단했다. 한·중·일 3국 대표단과 크루즈 선사는 결정을 내렸다. 드림호의 보급품 지원에도 한계에 부딪혔고, 시간이 지나자 승객들이 질병에 노출되기 시작했다. 자칫 빠른 조처를 하지 않으면 목숨을 담보로 정치를 한다는 비난을 피할 수 없다.

크루즈 선사는 공식적으로 파라다이스드림호 회수를 포기한다고 발표했다. 배 상태가 더는 크루즈 서비스가 불가능하다고 판단했기 때문이었다. 비용도 선사로서는 감당하기 어려웠고, 어차피 보험처리에 집중하는 것이 유리하다고 판단했다. 선박의 처리문제는 한국 당국과 협의 하기로 했지만, 한국에서 선박값을 지급해주리라고는 기대하지 않았다. 선박은 한국이 필요하면 사용하되 승객의 빠른 하선 조치를 요청했다.

한편 승객이 모두 하선하면 개별 보상을 논의하기로 했다. 문제는 보상 비용을 지급하는 문제가 승객들과 원만하게 해결될지는 알 수 없었다. 다만 승객을 이송하는 문제에는 여전히 이견이 생겼다. 한국은 한국의 선박을 이용해 일괄 이송하는 것을 주장했지만, 일본과 중국은 자국 승객은 자국의 선박으로 이송하지는 주장을 펼쳤다.

한국 외교부는 국방부와 회의했다. 외교부는 빠른 기간 내에 승객을 이송하려 했다. 국방부 생각은 조금 달랐다. 국방부는 각국 선박에 무엇이 실려 있는지 사실상 확인이 쉽지 않다는 것이다.

3국 회의 결과는 자국 선박으로 이송을 하되 한새군도 12해리 밖에서 자국 선박으로 이송하고 12해리까지는 한국 선박으로 이동시키는 것으로 결론 지었다. 한국은 근본적으로 한국 영해에 일본과 중국의 선박 통행을 차단한 것이다.

결국, 파라다이스드림호의 승객은 사고 23일 만에 귀가를 시작했다.

*

도쿠시마 통합막료장은 미야기 총리로부터 호출을 받았

다. 긴박한 작전 중에 총리가 부른 것이다. 미야기는 비서실장도 동반하지 않고 홀로 도쿠시마를 기다리고 있었다. 도쿠시마는 무언가 큰일이 있다고 직감한다.

"부르셨습니까?"

"어서 오세요. 통합막료장! 그리로 앉으세요."

미야기는 따끈하게 덥힌 사케 한 모금을 마셨다. 미야기가 대화하면서 사케를 마시는 건 처음 보는 일이다. 도쿠시마에게도 한잔 권했다.

"이번 작전은 통합막료장이 기획한 것이지요?"

"정확히 말하자면 해상막료장이 기획한 건입니다. 물론 참모가 제의했겠지만 말입니다."

미야기는 고개를 끄덕였다.

"그건 중요한 일은 아니오. 다만 중국에서 제의를 해왔소. 함께 니시지마 점령을 시도하는 것이 좋지 않겠느냐는 것이지요."

"그건 지금 무리입니다. 니시지마에 민간인이 없어지긴 했지만, 지금 당장 전쟁을 할 수도 없는 일 아니겠습니까? 부분점령이라면 모를까…."

"역시 무리라는 얘기군."

미야기는 지지율 회복을 위해 한새군도 점령 미련을 버리지 못하고 있었다.

*

일본 해상자위대 사세보기지에서 잠수정이 출발했다. 잠수함 킬러라 불리는 가마우지탄을 대비해 추적이 어려운 저소음 소형 잠수정을 작전에 투입한 것이다. 아이노우라 기지에서 출발한 잠수정에는 육상자위대 소속 수륙기동단 요원들이 타고 있다. 수륙기동단은 섬 탈환에 특화된 부대다. 잠수함은 한새군도를 향했다. 일본 첩보 위성에서는 한새군도의 한국군 배치 상황에 대해 수시로 자료를 보내왔다.

자위대 통합막료장은 한새군도에서 취약한 섬을 추려냈다. 한국군은 열도 전체를 하나하나 빠짐없이 주둔할 수는 없었다. 주요 섬을 중심으로 5~10㎞ 간격의 섬에 병력을 배치했다. 일본 자위대 분석으로 본대와 가장 멀리 떨어진 동북쪽 섬을 골랐다.

중국 동해함대에도 잠수정이 비슷한 시각 출발했다. 일본과 중국의 마지막 합동작전이 시작된 것이었다.

중국 육전대를 실은 잠수정은 일본과 반대편인 한새군도 남서쪽을 노렸다. 중국 작전의 관건은 은밀하게 기습하는 것이다. 잠수정의 이동이 한국군의 탐지에 걸리지 않아야 하기 때문이다.

7월 19일 오전 4시.

일본 외무성과 중국 외교부에서는 전격적으로 한북동도와 한남서도를 각각 영토로 편입했다고 발표했다. 올림픽을 이틀 앞둔 날이었고, 미야기와 펠튼의 급조된 회담이 열리기 하루 전이었다.

일본육상자위대가 수륙기동단을 보내 최북동단 '한북동도'를 기습 점령했다. 일본 어선의 안전 확보를 위해 어쩔 수 없는 선택이라고 주장했다.

중국은 동해함대 육전대를 최남서단 '한남서도'를 점령했다. 자국 선박 안전 유지를 위한 것이라는 주장을 폈다.

국가안보수석의 보고를 받은 박한 대통령은 불쾌한 표정이 역력했다.

"드디어 움직였단 말이지요?"

일본과 중국의 의도는 분명했다. 한새군도를 점령하는 것은 이미 실기했다고 판단했다. 만약을 대비해서 각각 양쪽 끝의 섬을 점령했다. 만약에 지각 활동이 이어져서 군도가 남북으로 계속 확장할 것을 대비한 것이다. 더는 바다를 내어주지 않겠다는 뜻이었다.

"그렇습니다. 예상은 하고 있었습니다만…."

"미야기 총리가 승부수를 던졌다고 봐야겠군요."

"어떻게 처리할까요?"

박한은 미야기가 펠튼을 만나서 한북동도 점령을 인정해주면, 더는 문제를 일으키지 않겠다고 협상할 거라 예상했다.

"펠튼을 만나기 전에 청소해야지요. 빠르게 정리하시지요."

대응이 적절하지 않으면 한새군도의 운명이 어떻게 변할지 모른다. 지금까지는 위협에 불과했지만, 한국령을 침범하여 영토를 강탈한 사건이다.

한국 국방부는 정오까지 퇴각하지 않으면 전쟁도 불사한다고 경고했다. 실제 그들이 점령한 곳을 섬이라 이름 붙이긴 했지만, 해수면이 살짝 올라와 있는 여와 같은 바위섬이기 때문이다. 면적이 작아 실제 주둔이 어려운 곳이기는 하지만, 이것을 지렛대로 언젠가는 한새군도를 장악하려는 교두보를 만들려는 것이다. 한국군은 그들이 주둔한 섬을 측지한 측지부대 자료를 분석했다.

한북동도(韓北東島) 면적 1866㎡, 만조 시 평균 해발 2.2m, 최고점 3.6m.

한남서도(韓南西島) 면적 3252㎡, 만조 시 평균 해발 1.5 미터. 최고점 6.3m.

해군작전사령부에서 작전 회의를 했다. 해군작전사령부의 회의 장면을 대통령실 지하 벙커에서 대통령을 비롯한 국가안전보장회의 위원들이 함께했다.

이태식 해군작전사령관은 즉각 탈환을 염두에 두었다.

"즉시 탈환하겠습니다. 명령만 내려주십시오!"

전투로서 탈환하는 것은 어렵지 않은 일이다. 하지만 그것으로 인명 피해가 발생하면, 본격적인 전쟁이 시작되는 명분을 줄 수가 있었다. 양국의 노림수도 그럴 것으로 보였다. 자국의 병력을 사지로 몰아서 전쟁의 명분을 만든다는 것이다.

허훈 안보수석도 조심스러웠다. 주둔 병력은 일개 소대 정도의 병력에 불과했다. 어차피 미끼로 던진 것이지 않은가?

신두석 국방부장관은 자칫 주저주저하다 실기할 수 있다고 생각했다.

"이 사령관, 어떤 작전을 펼칠 생각이시오?"

이태식 해군작전사령관은 한새군도 양쪽 끝으로 양국 해군 병력이 모여들 것으로 예상했다. 현재는 한국해군이 영해를 봉쇄하고 있지만, 실제 전함을 몰고 온다면 교전이 불가피했다.

"아직은 눈치를 보고 있습니다. 어쩌면 한국군이 공격해 주길 바라고 있을지도 모르고요. …그래서 이런 방법을 검토하면 어떨까 합니다."

이태식 사령관이 제의한 작전은 무리 없이 채택되었다. 대통령실 벙커에서도 신뢰를 보냈다. 박한도 합리적인 작전이라고 추켜세웠다.

"로봇기뢰를 이용할 겁니까?"

"아닙니다. 로봇기뢰는 폭발력이 높지 않아 쓰지 않을 겁니다."

"그럼 언제 실시하겠습니까?"

"당장 오늘 밤에 실시하시지요. 그리고 해병수색대 병력과 공병대, 그리고 SSU를 대기시켜 문제 없도록 하세요. 신속하게 투입해야 합니다. 아직 12해리 안으로 양국 해군과 항공기가 진입하지 않고 있어 충돌은 최소화할 수 있을 겁니다."

박한은 이태식 사령관에게 사후 문제가 없도록 주문했다.

"인명 피해가 없도록 주의해 주세요."

그 시간 미야기 총리는 펠튼을 만나고 있었다. 동중국해에 전운이 감도는 일이 발생하자 펠튼도 미야기를 기다렸었다.

펠튼은 한새군도 일부 기습 점령 소식에 불쾌감을 표현했다. 한국의 반격이 예상됐기 때문이었다. 분쟁의 불씨를 지핀 것이다.

"총리께서 이러셔도 됩니까? 회담을 앞두고 군사행동을 하시다니요!"

"고정하십시오. 일본은 올림픽을 적극 지지합니다."

"무슨 뜻입니까?"

미야기는 이미 점령한 바위 섬에 대해서는 영토를 인정해달라는 뜻을 밝혔다. 미국이 인정하고 한국을 설득한다면, 더는 한새군도에 대한 분쟁은 일으키지 않겠다는 것이다. 미야기가 미웠지만, 미국으로서는 고려해볼 만한 제안이었다. 펠튼은 일본이 섬 하나를 점령하여 영토를 만드는 것은 손해 볼 게 없지만, 중국이 점령한 섬에 대해서는 인정할 수 없었다. 중국의 태평양 진출에 교두보를 만들어 줄 수는 없었다. 하지만 중국만을 인정해주지 않는다면 중국이 분쟁을 일으킬 가능성이 크다. 결국, LA 올림픽이라는 잔치에 방해가 될 것이다.

펠튼은 장고에 들어갔다. 당장 내일 올림픽 개막을 앞두고 괘씸한 일을 일본이 만들었다. 그렇다고 모르는 척할 수도 없다. 미야기가 내건 조건은 매력적이기도 했다.

펠튼은 박한 대통령과 통화를 했다.

"박 대통령, 미국을 믿고 기다려 주시오."

한새군도에서 군사행동을 하지 말라는 경고성 부탁이었다. 올림픽 개막이 하루도 남지 않은 이 시점에서 문제를 일으키지 말라는 것이다. 박한은 펠튼의 부탁을 놓고 고뇌했다. 펠튼에게는 문제를 일으키지 않겠다고만 대답했다.

*

한남서도와 한북동도 인근 해역에서 만조를 기다리고 있던 해군 이지스함에서는 잠수함으로부터 신호가 오기를 기다렸다. 잠수함에서는 수중 추진기를 타고 간 UDT 부대 EOD팀이 일본과 중국이 점령한 섬에 은밀히 근접하여 폭약을 설치하였다. 폭탄은 부유기뢰였다. 기뢰는 일정한 간격을 두었지만 촘촘한 묶음으로 집중적인 모양으로 만들었다. 기뢰 설치가 완료되자 EOD팀은 다시 섬 해역을 벗어났다.

이지스함으로 설치 완료 보고가 들어오자 카운터다운이 시작된다.

9, 8, 7, 6, 5, 4, 3, 2, 1, 폭파!

설치했던 기뢰들이 동시에 폭발하자 '쾅!' 엄청난 굉음과 함께 바다가 뒤집혔다. 눈결 거대한 물기둥이 솟으며 거대한 파도가 만들어졌다. 쓰나미급 파도는 순식간에 중국 육전대가 점령한 한남서도와 일본 수륙기동단이 점령한 한북동도의 낮은 바위를 쓸어 버렸다.

낮은 바위섬 위에 주둔하던 양국 병력은 무방비로 바닷물에 쓸려 바다로 빠져 버렸다. 바다에 빠진 병력은 파도가 잦아들 때까지 밀려갔고, 파도가 잦아지자 이제는 구로시오해류에 쓸려 떠내려가기 시작했다. 생존을 위한 수영을 하던 육전대원과 수륙기동단원을 한국 SSU 대원들이 충격에 기절한 물고기를 건져 올리듯 보트 위쪽으로 하나둘 구조하기 시작한다. 그들이 아무런 저항도 하지 못하고 순식간에 물에 빠졌다가 구조되는 동안 이미 한국군이 섬을 점령해 버렸다. 한국은 이를 기점으로 한새군도에 주둔 병력을 증가시켰다. 그리고 인근 근해에 잠수함용 로봇 기뢰를 설치하고, 구축함에는 폭뢰와 잠항 가마우지탄을 보강하였다.

"물청소 작전 완료했습니다."

*

LA로 이동하던 일본 총리는 한새군도 소식을 듣고 황당했다. 점령지를 불과 20시간 만에 다시 빼긴 것도 그렇지만, 한국군의 탈환 방법에 대해 경악했다. 그건 단순히 군사 전문가의 사고에서 나온 작전이 아닐 것으로 생각했다. 한국군의 상상력이 무서워졌다. 적이지만 창의적이었다. 병력을 털끝 하나 건들지 않으면서 점령군을 통째로 정리하다니. 펠튼과의 약속을 지키면서도 분쟁의 빌미를 절묘하게 피해 나가는구먼….

전용기에서 니시무라 방위대신을 꾸중했다.

"더 신중하게 검토하고 준비했어야 했는데, 면목 없습니다."

"바로 그게 문제입니다. 신중하고 치밀한 사람만 있으면 전쟁에서 이길 수 없는 세상이 된 것 같지 않소? 전쟁에도 상상력과 아이디어가 필요한 시대가 온 것이오."

총리는 고민이 깊어진다. 미국이 중국에 밀리지 않으려고 하는 것처럼 일본도 한국에 밀리지 않으려고 애쓰고 있었다. 미국은 아직 중국을 누르고 있지만, 일본은 이제 한국도 벅찼다. 당장 총리 책임론이 흘러나올 것이 예상된다. 한북동도에 대한 점령은 이미 공표한 상태였다. 성급하면 일을 그르친다고 입버릇처럼 말하던 자신이 부끄러웠다. 다시 한국군이 점령했다는 사실을 숨길 수도 없었다. 한국에서 탈환했다고 공개적으로 밝힐 것이 분명하기 때문이다.

베이징에서도 허탈하기는 마찬가지였다. 대화보다 점령하자고 주장하던 매파들의 입지가 쪼그라들면서 출구전략을 써야 할 시점이 왔다고 판단했다.

*

홋카이도 아이누족의 움직임이 심상치 않다는 보고가 속속 들어 왔다. 그것은 JS그룹과 연관이 있다는 정보 분석이었다. 그들 정보를 분석한 타구치 실장은 놀랐다. 그의 촉으로는 아이누와 JS그룹이 함께 움직이고 있다는 것이었다. 타구치는 급히 아이누의 해외여행과 이민 자료를 입수한다. 역시 예상했던 대로였다. 최근 들어 해외 이민을 신청했거나 신청한 인원은 아이누의 전체 인구 중 10%에 달했다. 이것은 분명 이례적이다. 더군다나 그들의 면모로 볼 때 과거 아이누 중에서도 족장의 친인척들이 많다는 것이다. 그렇다면 이는 어떻게 해석해야 할까? 그들의 이민국은 대부분 러시아였다. 그들이 살았던 극동 러시아 그중에서도 생활 수준이 높지 않은 사할린으로 간다는 것은 어떤 의미일까? 차별은 있어도 생활 수준이 높은 일본을 등지고 간다는 것은 이해하기 어려운 대목이었다.

"총리님, 이들의 이민 허가를 중단해야 합니다."

타구치의 말에 미야기는 이유를 물었다.

"그럴만한 근거를 말해보시게."

"우선 그들이 집단으로 이주한다는 건 무언가를 획책하고 있다는 것이고, 두 번째는 아이누가 일본에서 사라지게 되면 북방영토 회복이라는 근거 마련이 미약해져서 국토 회복에 문제가 생길 가능성이 큽니다."

"그래도 아직 90%의 아이누가 남아 있는 데 그리 큰 문제가 되겠소? 어차피 지금도 아이누는 쿠릴에도 있고 사할린에도 있지 않소?"

"그건 그렇긴 합니다만 지금처럼 계속해서 이주를 시작한다는 것은 간과할 수 없는 일입니다. 그리고 JS그룹이 꾸미고 있는 일도 석연찮고요."

미야기는 한동안 추적하던 이웅이 궁금했다.

"그나저나 JS그룹에 대해서는 파악이 된 게요?"

"그게 말입니다. 이웅 회장이 조선과 관계가 있더군요. 조선의 고종 즉 대한제국 고종의 직계 후손이라는 설이 있긴 합니다."

미야기는 화들짝 놀랐다. 미야기가 버럭 화를 냈다.

"그걸 왜 아직 보고하지 않았소!"

타구치는 아직 확인을 마친 것은 아니라고 변명했다.

그동안 이웅 회장의 미국 생활과 그 이전 기록을 찾지 못했다. 미국 생활부터 그 이전 자료가 세탁한 듯 깨끗했다. 흔적은 뜻밖의 곳에서 찾았다. 이웅의 행적을 역추적하다 조선 왕실과 관련된 전주이씨 종약원의 황사손으로 활동하고 있다는 첩보를 입수했다.

미야기는 섬뜩한 기운을 느꼈다. 황사손, 그룹 총수, 예닌 대통령, 아이누….

"그게 사실이라면 조선의 황실 직계 후손이 재벌그룹을 운영하고, 아이누와 함께 움직이고 있다면 일본에 대해 우호적이지는 않을 것 아니오?"

"아직 구체적인 것은 확인하고 있습니다. 다만 예감은 좋지 않습니다. 러시아반에서 보내온 것은 예닌 대통령과 이웅 회장과의 관계는 마치 형제의 연이라도 맺은 것처럼 친근하다는 겁니다. '따바리쉬(Товарищ)'라고 호칭하는 걸 크렘린 요원이 들었다는군요."

"'따바리쉬?' 무슨 뜻이지?"

"동지라는 뜻입니다. 예닌이 아무에게나 쓸 용어는 아니라는 거지요."

"그렇다면 예닌, 이웅, 아이누로 이어지는 무언가가 있다는 것 아닌가?"

"이른 시일 안에 분석 보고드리겠습니다."

미야기의 머릿속을 스쳐 지나가는 것이 있었다.

'그래 쿠릴! 쿠릴이야.'

미야기는 사태가 예사롭지 않다고 판단했다. 생각보다 판이 크다는 걸 직감했다. 미야기 총리는 긴급 국가안보회의를 소집했다. 그나마 만신창이가 된 한새군도를 이득도 없이 겨우 봉합했는데, 숨 쉴 겨를도 없이 쿠릴 건이 꿈틀거렸다.

러시아는 쿠릴에 일본과 미국을 겨냥한 지대함 미사일 기지를 설치해왔었다. 처음엔 일본과의 협상에서 우위를 점하기 위한 포석으로 생각했지만, 시간이 갈수록 일본과의 협상이 아니라 영구 점령을 하겠다는 뜻으로 읽혔다. 북방영토의 반환 의지가 없어 보이는 것은 쿠릴의 대대적인 개발로도 이미 예견된 바 있었다.

'그렇다면 쿠릴의 원주민인 아이누족을 이주시켜 영구히 러시아 영토로 편입하겠다는 것 아닌가?'

9

세계미래지도자

정혁 총리의 꿈은 마지막 오르막에서 장애를 만났다. 대통령실 비서실장을 거쳐 조세붕을 제거하고 국무총리가 되었지만, 마지막 정상에 오르기에는 박한의 존재감이 너무 컸다. 이대로라면 치명적인 사건이 터지지 않는 한 박한이 차기 대통령 선거까지 가볍게 건너뛰어 연임에 성공할 게 확실했다. 4년 중임의 개헌 첫 수혜자가 되는 것이다. 그러는 동안 자신은 노인이 될 테고, 새로운 정치세력이 가만 둘리 없다. 기회는 다시 오지 않을 것이다.

그러던 중 치명적인 사건이 정혁에게 터졌다. 4년마다 치르는 이른바 '세계미래지도자' 인터넷 투표에서 박한이 2028년 '세계미래지도자'로 당선되었다. '세계미래지도자'는 상징적인 자리이기는 했다. 그것은 차세대 세계 정치를 이끄는 지도자에 뽑혔다는 뜻이다. 미국이 주도하는 세계기구인 유엔을 견제한다는 속뜻도 담겨있었다. 유엔이 국가 간의 조직이라면, 이것은 전 인류 개개인이 직접 참여하는 조직이었다.

2024년부터 생겨난 온라인 투표는 독특했다. '세계미래지도자협의회'라는 단체에서 세계 각국의 전 현직 지도자를 대상으로 1차 투표를 하여 3명을 최종후보로 한 뒤 결선 투표를 하는 방식이었다. 초대 '세계미래지도자' 심사는 퇴임한 앙겔라 메르켈 전 독일 총리가 선정위원장을 맡아 권위를 높였다. 초대 '세계미래지도자'는 44세의 프랑스의 에두아르 대통령이 초대 세계미래지도자로 당선되었다. 젊고 차세대를 끌고 나갈 능력이 탁월하다는 것이 중평이었다. 비록 인터넷 투표이기는 했지만, 상징성이 확대되고 있었다.

2028년 두 번째 투표에서는 박한 대통령이 당선되었다. 나이와 경륜을 정치의 기본 덕목으로 여기는 동북아시아에서 특이하게도 38세의 젊은 대통령이 당선된 것과 세계의 중심이 될 지역에 새로운 정치 패러다임을 만들고 이끌 인재라는 것이다. 투표에는 한국 아이돌의 영향도 컸다. 한국의 유명 아이돌들이 일제히 박한 지지를 선언하자 젊은 층에 팬덤이 형성되었고, 적극 지지층이 되어 투표에 참여하면서 당선에 일조하게 되었다.

"세계미래지도자상은 어떤 상이라고 하던가?"

정혁 총리가 박한이 당선되었다는 보고가 올라오자 샘오에게 물었다.

“처음엔 젊은 친구들이 재미 삼아 시작한 일인데 생각보다 영향력이 있는 것으로 알려졌습니다.”

“어떤 식으로 영향력이 있다는 것이지?”

“진정한 의미의 지구촌을 대표할 수 있는 지도자라는 것이지요. 나라가 아니라 지구인들이 지구의 미래를 위해 가장 적합한 인물을 뽑는다는 것인데, 사실상 미국에 의해 좌지우지되는 유엔사무총장에 빗대서 대항마 의미가 들어 있습니다. 영향력도 영향력이지만, 상금도 어마어마합니다.”

“상금? 무슨 재원으로 준다는 건가?”

박한은 ‘세계미래지도자’ 선정에 따른 어마어마한 상금에 놀라워했다.

“상금이 그리도 많단 말입니까? 부담스럽습니다.”

“초대보다 상금이 급상승해서 더욱 그렇습니다.”

박한이 받은 상금은 1억 200만 달러였다. 에두아르 대통령이 받은 1500만 달러에 비하면 액수가 급상승했다. 그것은 협의회에서 정한 룰 때문이었다. 협의회 상금 지급 규칙은 세계미래지도자협의회 회원 가입 시 1년 치 회비 10달러를 내야 세계의 지도자 투표를 비롯한 각종 투표자격이 주어진다. 이번 참가자는 1억 명이 조금 넘었다. 그리고 당해 모금 액수의 10%는 수상자에게 지급하고, 나머지는 운영경비와 상대적인 빈곤국과 계층에 지원사업을 하게 되어있다.

박한은 상금을 고심했다. 머릿속에 떠오르는 것은 세계적인 정치 아카데미를 만드는 일이었다. 좋은 정치가 배운다고 될 수 있는 것은 아니지만, 적어도 좋은 정치를 하려는 인재를 키울 수 있는 것이 상금의 취지에도 잘 맞고, 평소 박한의 생각도 그러했다.

'지구촌 정치 아카데미'를 위한 재단 준비작업에 들어가자 야당에서는 의심의 눈길을 보냈다. 정치적으로 자신의 입지를 구축하고, 아카데미에서 국가 지도자를 계속 배출한다면, 사실상 수렴청정으로 장기 집권을 하기 위한 프로젝트가 아닌가 하는 의심이었다.

정혁 총리의 눈빛은 사뭇 섬뜩해졌다. '지구촌 정치 아카데미'가 자신의 꿈을 좌절시킬 개연성이 크다는 이유에서였다. 박한이라는 벽을 넘을 수 없는 것인가.

정혁은 초조해졌다. 대통령 장인도 대통령도 멀어져갔다. 박한의 마음은 알 수 없다. 헛물을 켜고 있을지도 모른다. 그동안 진행해온 부원군 프로젝트를 접을 것인가? 그러므로 딸의 행복마저도 자신의 정치적인 야심으로 지워버리는 비정한 아버지가 될 것인가? 어차피 둘은 양립하기 어렵다. 선택의 시간은 어물쩍 눈앞에 다가왔다.

정혁은 제아무리 발버둥 쳐도 박한의 지지율을 어찌할 수 없었다. 한새군도 점령으로 국민적 평가는 팬덤 수준이었다. 이대로 라면 대통령 연임은 누구도 제지할 수 없을 것이다.

불행인지 다행인지 세라와 박한과의 사이에도 무언가 장애가 생긴 것 같았다. 김 여사의 적극적인 지지에도 불구하고 박한의 눈길이 예전 같지 않았다. 정혁은 생각이 깊어졌다. 남들은 '꽃놀이패'라고 했었다. 그 꽃놀이패는 대통령의 장인이 되느냐, 스스로 대통령이 되느냐를 마음대로 선택할 수 있을 것 같은 시간이었다. 모든 것은 한새군도와 세계미래지도자상으로 뒤집혔다.

샘오의 능력을 빌릴 때가 되었다.

정혁은 샘오를 찾았다.

*

정철 경찰청장은 초조한 모습으로 대통령 집무실로 들어왔다.

박한은 정철을 자리에 앉게 하고는 차를 끓였다. 포트에서 물이 끓자 정철의 긴장도 함께 끓어 올랐다. 마음속으로 보고할 순서를 되뇌었다.

정철은 재조사 보고를 올렸다.

박한은 가라앉은 목소리로 말했다.

"여전히 자살이라는 거군요?"

정철은 긴장한 목소리로 대답했다.

"그렇습니다. 타살이라는 증거는 발견되지 않았습니다."

"자살이라는 증거도 충분치는 않다면서요?"

정철은 움찔했다. 재조사 지시는 받았을 때 이미 위기가 왔다는 걸 직감했다.

"신혜윤 즉 가을 사건 때 서울지방청장을 하셨지요?"

헉! 허가 찔린 듯 들숨을 쉬다 사레가 들었다. 쿨룩!

박한이 신혜리에게 건넸던 것처럼 따듯한 물을 건넨다. 정철은 여전히 쿨럭거렸다.

"사건 지휘 최고위직이셨더군요."

"그렇습니다."

박한은 정철에게 서류를 내밀었다. 정철은 박한의 눈치를 살폈다. 신중한 대통령이 서류를 꺼냈을 때는 결정적인 무엇인가를 제시했다는 뜻이다.

서류는 눈에 익었다. '수사보고서'

"읽어봐도 되겠습니까?"

"그전에 묻겠습니다. 신혜윤 즉 가을의 사인이 자살이라는 데엔 변함이 없으십니까?"

"예…."

"다시 수사해도 같은 결론이 나온다는 뜻이군요."

"그건…."

*

도쿄에서 공연이 시작되었다. KJK 공연 '사랑하는 이에게'라는 제목을 붙여 사랑 이야기를 써 내려가는 뮤직 포엠으로 구성했다. 구성은 '가족의 사랑-나의 사랑-또다시 가족 사랑'이라는 스토리를 풀어갔다. 어린 시절을 회상하기 좋은 음악 공연인 1부가 끝나자 2부에서는 무도회 가면을 쓴 여성 객원 싱어가 나타났다. 하늘거리는 롱스커트에 기품있어 보이는 걸음으로 걸어와 의자에 앉았다. KJK의 스타일과는 사뭇 다른 모습이다. 관객들 모두 여성 보컬에 관심이 쏠렸다.

"2부에 모신 분은 여러분에게 사랑을 받고 싶기도 하지만, 그보다 여러분에게 사랑을 나눠주고 싶어 하는 분입니다. 처음엔 전문 보컬이 아니어서 출연을 거부했습니다. 하지만! 하지만 KJK의 부탁을 뿌리치지 못하고 이렇게 나오셨습니다. 왜냐하면, 사랑이 충만하신 분이기 때문입니다."

객원 보컬은 KJK와 노래하기 시작했다. 떨리는 목소리가 담백하게 느껴졌다. 객원 싱어의 풋풋한 음색에는 감정이 묘하게 녹아 있었다. 노래는 뭉근하게 가슴에 와 닿았다. 하늘과 화음을 맞추자 관객들은 열광하기 시작한다.

"앙코르! 앙코르! 브라바! 브라보! 브라비!"

차분하기로 소문난 일본 공연에서 좀체 보기 어려운 반응이다.

"죄송합니다. 객원 싱어가 준비한 곡이 이 딱 한 곡이라서요."

"안돼요. 한 곡 더! 한 곡 더! 한 곡 더!"

"안되면, 가면 벗어봐! 벗어봐! 벗어봐!"

관객 호응이 커지자 하늘은 결정을 내린다. 여성 보컬을 의자에 앉혀 놓은 채 하늘이 주변을 돌며 '너를 만나'를 부르기 시작했다. 조용하지만 달콤한 노래가 시작되자 객원 싱어는 어리둥절한 모습이다.

1절이 끝났을 때 관객들이 웅성거렸다.

하늘이 갑자기 공연장에서 객원 싱어에게 프러포즈를 했다. 객원 싱어는 한동안 멍하니 서 있었다. 감동한 듯 두 손을 모았다. 청혼은 수락했다. 반지가 객원 싱어의 손가락에 끼워졌다. 두 손으로 얼굴을 감싸고 감격하자, 반지가 조명에 반짝였다. 객석에서 함성 속을 비집고 고함이 들려온다. '내 반지! 내 반지!', 내 반지!', '뽀뽀해! 뽀뽀해!' 객원 싱어는 울컥했는지 하늘에 와락 안겼다.

다음날 신문과 방송에서는 하늘이 프러포즈한 여인에 관한 관심을 쏟아냈다. '하늘이 프러포즈하다.'라는 제목으로 마치 하늘에서 점지해준 여인처럼 객원 싱어를 표현했다.

하늘은 서울에서 KJK의 마지막 공연을 했다. 공연을 끝으로 KJK는 해체되고, 미누와 무토는 중국인 새 멤버 룰루를 받아 혼성 아이돌 KJC로 재탄생할 예정이다.

마지막 기자회견에서 탈퇴한 이유를 묻자 아버지와의 약속을 지키기 위해서라 답했다. 그리고 사랑하는 여자와 결혼을 하기 위해서라 했다. 아버지와의 약속은 결국 밝히지 않았지만, 사랑하는 여자는 그때의 그 객원 싱어가 맞다고 시인했다. 그러나 곧 알게 된다고만 할 뿐 그녀가 누군지는 말하지 않았다. 그에 대한 비밀은 미누도 무토도 지켜주었다.

마지막 공연에 슈코는 오지 않았다. 아야카만 나타나서 슈코가 부탁한 꽃다발과 편지 한 통을 건네주었다. 하늘은 앤딩곡으로 그동안 자신이 만든 곡을 부르기로 했다. 슈코는 오지 않았지만 슈코에게 바치는 헌정곡 '꽃이 피다'를 불렀다. 제목은 슈코(秀子)의 '秀'를 의미했다. 발라드곡 '꽃이 피다'는 애잔하게 시작해서 절규하며 마무리되었다. 공연이 끝날 무렵 하늘의 얼굴은 땀 반 눈물 반이었다. 앙코르곡은 5곡이나 계속되었다. 팬들은 KJK의 마지막 공연을 쉽게 놓아 주려 하지 않았다.

하늘은 숙소로 돌아와서 침대 위에 쓰러졌다. 11년의 아이돌 생활이 사무쳤다. 마지막이라는 사실이 가슴을 뭉그러뜨렸다. 어둠을 머금은 외로움이 밀려들었다. 열광하는 팬의 환호 속에서 느꼈던 외로움과는 다른 외로움이었다.

슈코가 보내온 편지를 열었다.

하늘에게

마지막 공연에 가지 못해 미안해

하늘은 너무 크고 넓어서 내가 안을 수 없나 봐. 하늘은 늘 나를 지켜봐 주겠지? 나는 지금 '기다림' 수업 중이야. 나에겐 사랑하는 두 개의 하늘이 있어. …나를 낳아주고 사랑해 주시는 두 분 폐하가 결혼을 허락해 줄 때까지 기다릴 거야. 하늘이 내게 용기를 주었으면 해. 사실 두렵고 먹먹해 앞일이 어떻게 될지….

나는 사랑의 용기와 힘을 믿고 싶어. 그리고 하늘이 있기에 믿음을 의심하지 않기로 했어. 보고 싶다. 하늘….

하늘과 영원히 함께할 슈코

*

하늘은 슈코가 어떤 어려움을 겪고 있을지 잘 알고 있었다. '어소의 하늘'인 세이히토 천황은 하늘이 한국인이고 평민 가수라는 사실을 알고 있었다. 하쓰코 황후는 이루어질 수 없는 사랑앓이를 하다가 말 것으로 생각했다. 사랑앓이가 한순간 바람처럼 불고 지나가는 것이 아니라는 것을 체감한 것은 슈코가 쓰러진 뒤였다. 하늘과 강제 이별을 한 뒤부터 우울증세를 보였다. 식사를 거부하다가 결국, 쓰러졌다. 하쓰코는 슈코를 크루즈 여행에 보낸 것을 후회했지만 이미 지나간 일이었다. 하지만 시간이 지나면서 슈코가 겪고 있는 열병이 간단치가 않다는 것을 알게 되었다. 슈코는 여전히 첫사랑에서 쉽게 헤어 나오지 못했다.

하쓰코는 슈코의 모습에서 젊은 시절 자신을 발견했다. 황실은 들어오기도 나가기도 힘든 곳이었다.

"슈코. 넌 천황이 되지 않으련? 황실이 원하고 국가가 원한다면?"

"전 천황이 되고 싶진 않아요. 겉치레보다는 행복한 하루하루를 살고 싶어요."

"사랑하는 사람과 결혼한다고 해서 평생 행복하게 산다고 생각해서는 안 된다. 이혼하고 원수가 된 사람도 한때는 모두 사랑했던 사람들이다."

슈코는 그렇다 하더라도 천황이 되기보다는 사랑을 찾아가겠다는 고집을 꺾지 않았다. 그리고 하늘이 보내온 편지 속의 맹세를 믿었다.

하쓰코는 세이히토 천황의 반대에도 슈코에게 마지막일지도 모를 자유 여행을 선물하고 싶었었다. 다만 그곳에서 크루즈선이 좌초하면서 슈코에게 새로운 세상이 열린 것이다. 하늘이라는 아이돌 가수를 만났다. 운명을 믿는다면 어차피 슈코와 하늘은 만나야 할 사이였을지도 모른다. 다만 자연스레 만났듯이 자연스레 헤어지면 될 일이었다. 슈코에게 행복한 추억으로 남으면 되었다. 그러나 슈코는 여전히 사춘기 소녀처럼 가슴앓이하고 있다.

사랑하는 슈코에게

슈코! 크루즈에서의 사랑은 진심일까? 생각해 봤어.

슈코가 공주라서 사랑하는 것일까? 라고도 말이야.

진심을 의심하는 것도 공주라서 사랑하는 것도 어림없다고 생각했어. 우린 생사고락을 같이한 동지잖아. 여자로서의 아름다움과 동지로서의 숭고함. 어차피 평민하고 결혼하면 공주 신분은 잃어버린다지? 내가 슈코를 평민으로 만들게 된다면 어쩌지 하는 걱정도 해봤어. 하지만 슈코를 잃을 수 없다고 생각했어….

마지막 공연을 끝냈어. 내가 KJK를 탈퇴하는 것은 슈코와의 결혼 약속을 지키기 위해서야. 음악하는 철부지가 아닌 슈코를 책임지는 당당한 남자가 되어서 폐하를 알현할 거야. 그때까지 기다려 줄래? 이제는 건강을 지켜줬으면 해. 통통해진 볼살을 당겨 볼 수 있도록 말이야.

곧 갈게….

슈코는 하늘이 어떻게 아버지 천황을 알현하려는 건지 알 수 없지만 믿기로 했다. 믿을 수밖에 없었다. 마지막 남자로 하늘을 정했기 때문이었다. 세이히토 천황의 고민도 깊어갔다. 하나뿐인 혈육이자 천황 계승자가 될지도 모를 슈코가 스스로 평민의 세상으로 내려가려 한다는 것에 자괴감이 들었다. 황실의 적통을 잇지 못하고 스스로 무너진다는 생각에 대한 박탈감이 몰려왔다.

하쓰코는 세이히토 천황과 마주 앉아 식사했다. 슈코의 건강 걱정에 하쓰코는 입맛이 없었다. 식사를 하는 둥 마는 둥 끝냈다. 세이히토 천황도 입맛이 없기는 마찬가지였다.

하쓰코는 정원이 보이는 '작은 방'에 차를 준비했다. 다른 사람들로부터 아무런 방해를 받지 않는 사생활이 철저하게 보장된 작은 방이었다. 두 사람은 중대하거나 은밀한 주제가 있을 때면 늘 이곳에서 대화를 나누었다.

세이히토의 얼굴에 하쓰코를 바라보는 미안함이 묻어 있었다. 하쓰코도 부쩍 수척해진 세이히토의 얼굴에서 슈코의 얼굴이 떠올랐다.

"여보, 나는 여기가 제일 좋아요. 근엄한 눈빛 대신 사랑스러운 당신의 표정, 다정스러운 말씨가 그립곤 했답니다. 그것은 답답했던 황궁 생활에서 한 줄기 빛이었고, 우울감을 떨치는 약이 되곤 했어요."

"나도 하쓰코와 함께 있을 때가 가장 행복해. 아무런 방해도 없이 이야기 나누다 보면 젊은 시절 소녀 하쓰코를 발견하곤 하지, 발랄했고 구김이 없는 소녀의 모습. 하필이면 내가 반해버려서… 평생 고생을 시켰지. 규범은 익숙해지면 안정적이기는 하지만, 옥죄는 답답함을 떨칠 수는 없었겠지."

“그래서 말인데, 슈코를 어떻게든 일으켜 세워야 하지 않겠어요?”

“하쓰코 나도 슈코의 애비지 않소. 그것도 하나뿐인 딸이 저렇게 고통스러워하는데, 괴롭고 힘든 건 사실이야. 천황이라는 것이 이럴 때 고통스러워. 애비와 천황 중에 늘 선택은 천황일 수밖에 없다는 것 말이오.”

둘은 잠시 말이 끊겼다. 그리고 창 가까운 곳에 있는 소나무 분재를 바라보았다. 하쓰코가 시집올 때 친정아버지가 선물로 준 것이다. 분재는 수령이 100년이 넘은 것이지만 크기는 50㎝ 남짓한 높이로 굽고 휜 모습은 아름답다 못해 기괴하기까지 했다. 친정아버지는 황실에 들어가는 딸에게 분재를 선물한 데에는 이유가 있었다. 분재의 아름다움은 자유로움보다는 철저하게 통제되고 절제된 데다 왜곡까지 더한 결과물이다. 황후의 삶이 그렇더라도 품위를 지키라는 뜻이다.

“여보, 슈코를 놓아 줍시다.”

“아직….”

하쓰코의 얼굴에 눈물이 흘러내렸다. 세이히토는 그녀가 흘리는 눈물의 의미를 잘 알고 있었다. 하쓰코는 황궁 생활을 힘들어했었다. 딸에게도 그 힘든 생활을 하도록 하고 싶지 않았다. 적절한 정도의 화족 가문의 청년을 부마로 맞이하면 될 일지만, 슈코의 마음은 이미 정해졌다. 아야카를 불러 슈코의 마음을 돌려 보려 했지만, 소용없었다. 그렇다고 하늘에게서 빠져나오도록 기다리기에는 건강이 얼마나 버틸지 장담할 수 없었다.

세이히토는 조용히 말을 이었다.

"하늘인가 하는 그 아이와 결혼 한다면 반발이 심할게요. 언론과 황실이 들썩일 게고…."

"그럴 테지요. 그렇다고 언론과 황실이 죽어가는 슈코를 살려주지는 않겠지요."

하쓰코는 그동안 가슴에 쌓인 회한의 응어리를 드러냈다.

*

하늘이 도쿄로 날아왔다.

도쿄에 있는 동안 슈코와 만나기 위해 아야카를 통해 연락했지만 슈코는 이미 궁 밖 출입이 차단된 상태였다. 아야카는 하쓰코를 설득했다. 건강에 한계에 다다른 슈코에게 마지막이라는 조건으로 하늘과 만나게 해주면 어떻겠냐는 것이었다.

하쓰코는 세이히토에게 말하는 것은 오히려 일이 꼬일 것으로 생각했다. 하쓰코는 고심 끝에 결단을 내렸다. 하쓰코는 우울해하는 슈코를 데리고 쇼핑하러 다녀오겠다며 궁을 나섰다.

"슈코, 쇼핑에서 뭘 살 거냐?"

"…"

"말해 보거라. 내가 사줄 테니."

슈코는 기운 없이 대꾸했다.

"직접 고르겠어요."

하쓰코는 슈코와 눈을 마주쳤다.

"아니다. 넌, 쇼핑하러 가지 않을 거다."

슈코는 잠깐 생각에 잠겼다.

혹시? … 하쓰코를 쳐다봤다. 하쓰코가 고개를 끄덕이자 울먹울먹 늘키기 시작했다. 차 안에서 마지막이라는 맹세를 받고 또 받았다. 하쓰코도 남녀의 사랑이란 뗀다고 쉽게 뗄 수 없다는 걸 잘 알고 있기 때문이다.

힐튼호텔 지하 주차장에서 하쓰코와 슈코가 내렸다. 하쓰코는 방송이나 뉴스에서 많이 봐왔던 하늘이지만 결혼이 성사되든 아니든 한번은 봐야겠다고 생각했다. 하쓰코 일행은 일반인의 눈을 피해 은밀하게 33층으로 올라갔다. 슈코는 벌써 울먹거리기 시작했다. 아주 조금씩 울음을 삼켰다.

객실의 문이 살짝 열리고 빼꼼히 서로를 바라본다. 슈코의 수척한 얼굴은 이미 눈물범벅이었다. 하늘도 울컥 눈물이 터졌다. 둘은 서로를 끌어안았다.

"들어가도 되겠는가?"

하늘의 눈앞에 서 있는 품위 있는 중년 여인을 보았다. 하늘은 그녀가 하쓰코임을 직감했다. 수만 명의 열광과 함성 속에서도 담담했던 하늘이었지만, 단 한 명의 중년 여성 앞에서는 그렇지 않았다.

하쓰코는 테이블을 사이에 두고 맞은편에 앉아있는 하늘을 유심히 뜯어봤다.

"그래요, 나는 슈코의 엄마라오."

"하늘이라고 합니다. 폐하! 심려 끼쳐서 죄송합니다."

하늘은 엉겁결에 황실 호칭이 튀어 나왔다.

"한국인이라면서요?"

"예! 태어나기는 미국 뉴욕에서 태어났지만, 한국인입니다."

뉴욕이라는 말에 하쓰코는 눈이 조금 커졌다. 반갑다는 뜻이다.

"뉴욕 어디에 살았는가? 나도 뉴욕에서 10년 정도 살았었는데."

"센트럴파크 미국자연사박물관 인근에 살았었습니다."

"그래. 그럼 아주 가까운 곳에서 살았었네. 부모님은 계시고?"

"예! 아버지는 사업을 하시고, 어머니는 로스앤젤레스에 사십니다."

하쓰코의 눈에는 하늘이 생각보다 안정감이 있어 보였다. 뮤지션들에서 흔히 볼 수 있는 자유분방함을 누르고, 스스로 잘 통제하고 있다고 생각했다. 격식 있는 자리에도 튀지 않고 잘 소화할 수 있는 인격도 엿보였다. 무언가 어릴 때부터 교육을 제대로 받은 느낌이 들었다.

“아참! 내가 너무 시간을 빼앗았군. 오늘 이 자리는 쇼핑하러 나온 거라오. 그래서 시간은 그리 많지 않아요. 두 시간 뒤에 슈코를 데리러 올 거요. 그리고 혹시 한국으로 사람이 찾아오게 된다면 시키는 대로 하면 되오.”

“만약 시키는 대로 하지 않으면 어떻게 되는 겁니까?”

“슈코와의 인연은 오늘까지이겠지. 그럼.”

하쓰코는 호텔을 빠져나갔다.

세이히토는 하쓰코와 슈코가 쇼핑하러 간 것이 아니라는 것을 알고 있었다. 창가에서 만감이 교차했다. 때마침 어소로 돌아온 슈코의 얼굴에서 생기를 느꼈다. 나갈 때와는 완전히 달라진 모습이었다.

“어땠소?”

“우울할 땐 쇼핑이 최고지요.”

“쇼핑 말고 하늘인가 하는 아이 말이오?”

세이히토의 질문에 하쓰코는 화들짝 놀랐다.

“그걸 어떻게?….”

“미행을 시킨 건 아니오. 이미 쇼핑하러 간다고 할 때부터 알고 있었소.”

“신분 문제만 없으면 생각보다 괜찮은 아이더군요. 품위도 믿음도 있어 보였어요.”

“슈코는 그 녀석을 도저히 포기할 수 없겠지요?”

하쓰코는 고개를 끄덕였다. 세이히토는 결심했다는 표정으로 슈코를 불렀다.

오랜만에 어소의 작은방에 세 가족이 모두 모였다. 슈코는 작은방을 행복의 방이라고 불렀다. 어릴 때 슈코는 숨바꼭질을 하면 자주 숨곤 했던 곳이기도 했다. 근엄했던 부녀관계였지만 그 가운데에서도 장난치고 깔깔거리기 좋았던 공간이다. 그 작은방에 들어오면 기분이 좋아지고 마음이 열렸다. 여전히 작은방에는 특이한 냄새가 났다.

"슈코! 그 한국 청년과 결혼할 생각이냐?"

세이히토의 갑작스러운 질문에 슈코는 멍하니 바라보았다.

"슈코와 잘 어울린다고 생각하느냐는 말이다."

"예."

"나는 둘 사이의 결혼을 반대한다. 단, 그 하늘이란 아이가 너와 잘 어울리는 남자가 된다면 생각을 달리해보겠다. 그 녀석을 그렇게 만들어 볼 생각인데 너는 어떠냐?"

슈코는 세이히토 천황이 하나뿐인 공주를 평민에게 결혼시키는 것만은 하고 싶지 않았다는 걸 알고 있었다. 비록 황실 외의 남자와의 결혼 즉 근친결혼을 하지 않는다면 어차피 공주의 신분은 박탈되겠지만, 그래도 남편은 평민이 아닌 화족이었으면 하는 바람이 있었다.

*

이웅이 서울로 돌아왔다. 이건은 공항에서 아버지를 직접 마중했다. JS그룹 의전비서는 공항에 나가겠다고 했지만, 이건은 오랜만에 아들 구실을 하고 싶었다. 이건은 전직 아이돌을 숨기기 위해 선글라스에 마스크를 하고 모자까지 눌러쓰며 대학생처럼 꾸몄다. 다행으로 알아보는 사람은 없었다. 혹시 하는 마음으로 주변을 기웃거리는 여자 팬들이 있기는 했지만, 이건은 적절하게 따돌렸다. 이웅은 오랜만에 집으로 돌아온 큰아들을 힘껏 안았다.

“살을 뺀 거냐? 날씬해진 것 같은데?”

“예, 조금 빠졌습니다.”

“쉬는 것이 적응이 안 돼서 그럴지도 모르지, 곤은 아직 홋카이도에 있다더냐?”

“조금 전 치토세에서 출발한다고 하더군요.”

“어서 가자. 우리 세 부자가 다 모이는 건 한 2년쯤 된 것 같구나.”

“곤이 올 때까지 기다리는 건 어떻겠어요. 30분 정도면 도착할 것 같은데요.”

“그래 그게 좋겠구나.”

이웅 회장은 이건의 얼굴을 요리조리 뜯어봤다. 함께 있으면 갈등이 이어지는 불편한 관계였던 아들이었지만, 집으로 돌아온 것이 마냥 좋은 모양이었다.

곧 이곤이 도착했다. 이건은 곤과 활짝 웃는 모습으로 포옹했다.

"부라더 덩치가 더 커진 것 같아?"

"형! 오랜만에 생얼 보네? 매일 분장한 얼굴을 사진과 동영상으로 봤는데."

"마스크 쓰고 선글라스 썼는데도 그게 보이냐?"

"그럼! 우린 부라더니까."

서둘러 입국장을 벗어났다. 누군가 하늘을 알아보기라도 한다면, 한참 소란을 떨어야 했기 때문이었다. 이건은 만감이 교차하는 얼굴이다. 환호에 익숙한 자신이 이렇게 조용히 공항을 나가는 건 낯선 풍경이었다.

세 가족이 다 모인 것은 이웅이 가족회의를 소집했기 때문이었다. 이웅은 자기 생각을 말해야 할 때가 되었다고 생각했다.

그 시간 타구치 정보관은 세이히토 천황을 알현하고 있었다.

"그래 말해보게. 마땅한 가문을 찾았소?"

"조선의 이제극이라는 자작 가문을 찾았습니다. 조선총독부 중추원 고문을 지낸 인물인데, 자식이 귀해서 아들과 손자가 하나뿐인 가문입니다. 이제극의 손자인 이종휘가 한국동란 때 어린 자식과 함께 실종되었다고 하더군요. 그래서 대가 끊긴 이종휘의 증손자로 하늘을 끼워 넣는 방법은 있습니다."

"뒤에라도 탈이 나지는 않겠소?"

"그건 서로 입을 열어봐야 아무 소득이 없다는 걸 잘 알고 있기에 문제는 없을 겁니다. 진행할까요?"

"일단 알겠네. 내 며칠 생각해 보겠네. 수고했소. 정보관! 내 편이 되어줘서 고맙네."

천황은 이렇게라도 슈코와 하늘을 결혼시켜야 하는지 자신에게 반문했다. 일본의 지존이자 자존심인 천황이 사윗감에게 거짓 작호를 만들어 화족과 결혼 한다는 대국민 사기극을 벌여야 한다는 말인가? 아무리 생각해도 내키지 않는 일이다.

하쓰코는 천황의 말에 깜짝 놀랐다. 권위만을 우선하던 세이히토 천황이 슈코와 함께 아파하고 있었다. 세이히토는 하쓰코에게 슈코에 대한 생각을 이야기했다. 평민이기는 하지만 세계적인 인지도를 가진 가수와 혼인을 시키거나, 조선 이제극 자작의 후손으로 신분 세탁한 화족 하늘로 혼인시키는 것이다.

하쓰코는 의외로 한국 화족과의 결혼을 반대했다.

"여보, 당신은 일본의 자존심이고, 완전한 인격체입니다. 그리고 하늘의 집에서 신분을 그렇게 세탁하는 데 동의하겠습니까?"

"내 생각도 그렇긴 하오."

10

핫 플레이스

이건은 아버지와의 껄끄러운 감정을 누그러뜨리려 애썼다. 아버지의 사업 일선을 뛰고 있는 이곤에 비해 이건은 자유로운 영혼이었다. 이웅은 후계자로 내심 이곤을 생각하고 있었다. 그런데 이건이 달라졌다. 자유로운 영혼에서 건실한 청년으로 바뀌고 있었다. 슈코를 만나고 난 뒤부터 다시 태어나는 중이었다. 이웅은 자식들의 여자친구에게 관심을 보였다.

“기사를 보니 여자친구가 있더구나. 한번 볼 수 있을까?”

“시간을 만들어 보겠습니다. 차차….”

선뜻 대답했지만, 시간이 필요했다.

“형, 프러포즈했다고 하던데… 공연장에서 직접 했다고 들었어.”

“응. 그랬지. 결혼하고 싶었거든….”

무언가 일이 잘 풀지 않고 있다는 눈치였다. 이웅은 머쓱한 분위기를 오래 끌 것은 아니라고 판단했다.

"곤은 여자친구하고 잘 지내냐?"

"여자친구 있는지는 어떻게 아십니까?"

"넘겨짚은 게지, 젊고 건강하고 멋있기까지 한 내 아들에게 여자친구가 없다는 건 가문의 치욕 아니겠냐?"

"저도 시간 봐서 인사드리겠습니다."

"아무튼, 우리 아들들의 성적 취향은 이성에 있다는 걸 확인했고, 내가 너희들과 자리를 만든 것은 앞으로의 우리 가족이 가야 할 길에 관해 이야기를 나눠보고 싶어서다."

이웅은 조심스레 쿠릴열도 개발에 대해 말을 꺼냈다. 쿠릴열도 개발은 극동 러시아 개발을 원했던 러시아와 JS그룹이 시작한 일이었다. 이웅의 꿈과 예닌의 꿈이 함께했다. 예닌의 원대한 꿈은 이웅을 만나면서 싹트기 시작했고, 그 속에서 이웅의 꿈도 함께 키워냈다. 러시아는 세계 최대의 영토를 가진 국가였다. 하지만 한 번도 세계 최고의 나라가 되어 본 적은 없었다. 추운 날씨와 동토는 적으로부터 방어에는 유리했지만, 발전하기에는 한계가 있었다. 예닌은 러시아를 세계 최고의 국가를 만들고 싶었다. 그 대가로 장기 연임 대통령이나 종신 대통령이 되고 싶었다. 그 해법을 제시한 것은 이웅이었다. 예닌의 꿈을 현실화시키는 데 앞장선 사람이 이웅인 것이다. 예닌은 이웅과 러시아 미래를 책임질 로드맵이자 모델하우스를 만들려 했다. '나비의 꿈Ⅱ'는 그렇게 탄생 되었다.

예닌은 동쪽 끝 쿠릴을 시작으로 우랄산맥이나 예나강 동쪽까지를 개발하기로 마음먹었다. 예닌은 국가의 패러다임이 바뀌어야 한다고 생각했다. 온라인 세상이 되면서 막대한 부를 축적한 글로벌 기업들이 속속 탄생했다. 단일 기업 한곳의 시가총액이 세계 10위권 경제 대국보다 큰 경우도 낯설지 않았다. 그것은 글로벌 기업을 보유하지 못한 국가는 경제적 위기에 빠진다는 것을 의미했다. 국가는 기업을 원하지만, 기업은 국가의 간섭과 규제에서 벗어나려 했다. 머지않아 국가를 능가하는 기업이 속출할 것이다. 그들은 시시때때로 간섭하고 착취하는 정치에서 벗어나려 할 것이다. 그런 기업을 맞이할 준비가 필요했다. '나비의 꿈Ⅱ'는 예닌과 이웅 그리고 글로벌 기업 모두의 꿈일지 모른다.

*

이건은 결혼하려는 여자가 슈코라고 했다. 처음엔 일본인이란 것에 께름칙하게 생각했던 터였다. 슈코의 사진을 이리저리 보던 이웅은 관심이 있어 보였다.

"슈코? 어디서 들어 본듯하구나. 성씨는 뭐더냐?"

"성씨는 없습니다."

이웅은 순간적으로 이건을 쳐다봤다. 아직도 아비에게

꽁한 감정이 남아 있는지를 본 것이다. 그런 불퉁한 감정은 보이지 않았다.

"성씨가 없다니?"

"성은 없고 이름만 슈코입니다."

이웅은 순간적으로 묘한 기운을 느꼈다. 성이 없는 일본인은? 문득 떠오르는 가문이 있었다. 설마?

"성씨가 없다면 일왕 가문이라도 된다는 것이냐?"

이건은 잠깐 멈칫했다. 그리고는 고개를 끄덕였다.

"세이히토 천황의 딸 슈코 공주입니다."

설마! 이웅의 심장이 바닥으로 툭 떨어졌다.

"안된다! 일왕 가문은 안돼!"

이웅은 사업가이기 이전에 대한제국의 황족이었고, 황사손이었다. 대한제국을 망하게 만든 일왕 가문과의 혼인은 생각해 볼 가치도 없었다. 이건은 잔뜩 흥분한 이웅과의 대화를 포기했다. 마음을 추스르고 나면 그때 다시 말하는 것이 옳다고 생각했다.

이웅은 아무리 생각해도 일왕 가문의 공주를 며느리로 삼을 수는 없었다. 조상에 대한 예의도 아니었고, '나비의 꿈Ⅱ'와도 서로 맞지 않았다. 며느리 문제는 후계 구도와도 관계될 수 있었다. 건도 곤도 쉽지 않은 문제를 가졌다. 이건이 일본 공주 슈코를 선택했는가 하면, 이곤은 아이누족 히카리를 선택했다. 아비로서 둘 다 허락하기 어려운 혼처였다. 이웅은 이건과 이곤 중에 누구 하나는 크세니아와 인연을 맺었으면 했었다. 서로 간의 관계도 나쁘지 않아 보였다. 예닌도 굳이 반대하지는 않을 터였다. 동생과 딸 모두를 이웅 가문과 결혼시킨다는 것이 생경하기는 했지만, 나쁘지 않은 선택이라는 걸 알고 있었다.

*

쿠릴의 여름이 한창이었다. 이웅 가족은 남쿠릴열도에서 가장 큰 섬인 이투루프에 도착했다. 이투루프에는 비행장과 항만 그리고 원자력발전소가 막바지 공사 중이었다.

먼저 도착한 이고르 가족이 이웅 가족을 반겼다.

"어서 오게나, 형제!"

이웅도 반갑게 인사를 건넸다.

"오랜만에 모이니 가족이 다 모인 것 같구먼."

"가족? 그렇지. 같은 이씨 집안 아닌가."

"또 쿠릴 이씨 이고르 이야기인가?"

"그렇지! 전주이씨와 쿠릴 이씨! 자 그럼 소개하지 이 이고르, 이 나탈리아, 이 엘레나."

이고르는 장난스레 이씨 성을 달아 가족을 소개했다. 이고르 가족과 이웅 가족은 오랜만에 만났다. 나탈리아도 엘레나도 반갑게 볼 인사를 했다. 이고르의 딸 엘레나는 중학교 4학년 때 보고는 처음 보았다. 말괄량이 같았던 소녀의 모습 대신 밝고 예의 바른 모습으로 변했다. 엘레나의 눈은 건과 곤을 향했다. 젊고 건강한 남자를 바라보는 눈빛이다. 중학생 때에도 건과 곤을 잘 따랐던 엘레나였다.

"엘레나도 쿠릴에 올 거니?"

"오빠들이 오길 바란다면 그럴 생각이기는 해."

엘레나는 9월부터 모스크바 외교부에 인턴으로 출근해야 했다. 엘레나의 눈길은 이곤에게로 향한다. 그 모습을 이웅과 이고르 부부가 지켜보고 있다. 그러다가 이웅과 이고르 부부의 눈이 마주친다. '얘들 웬일이래?' 하는 표정이다. 이고르는 예전부터 엘레나가 건이나 곤과 연이 이어졌으면 했다. 엘레나가 선택할 일이기는 했지만, 마음엔 그랬다. 이웅의 생각은 엘레나를 집안의 예쁜 딸 정도로 생각하고 있었다.

"올가 부인도 왔으면 좋았을 텐데."

"올가는 비행장 확장 개통 때 오기로 했어. 1호 착륙 자가 되겠지."

"올가 얘기는 했는가? 아들들이 뭐라고 하든가?"

"애들은 축하한다고 했어. 그리 마음이 내키지 않더라도 그렇게 얘기해 주는 게 고맙지. 그래서 모레 상트페테르부르크에서 같이 만나기로 했지."

이웅의 눈에 엘레나가 자꾸 들어왔다. 슈코와 히카리, 크세니아와 엘레나가 중첩되면서 생각이 많아졌다. 한국 며느리와는 인연이 없는 걸까? 이웅은 스스로 묻고 있었다.

*

상트페테르부르크 인근 저택에서 올가가 환한 웃음으로 이웅 부자를 맞이했다. 올가의 환한 웃음에는 긴장감이 느껴졌다. 가족이 될 아들들을 만난다는 것에 대한 반응이었다. 긴장하기는 건과 곤도 마찬가지였다. 새로운 가족 이 될 아버지의 여자를 만난다는 것에 생모의 기억이 뒤섞였다.

그리고 올가의 뒤에 젊은 여인이 서 있었다. 크세니아였다. 크세니아는 몇 년 전 모스크바 공연 때 하늘과 개인적으로 잠깐 만난 적이 있었다. 그때는 그냥 러시아 팬으로만 생각했었다가 예닌 대통령의 딸이라는 것을 알고 화들짝 놀랐었다. 두 번째는 박한 대통령 취임식에서 공연하는 하늘과 만난 적이 있었다. 그런 크세니아가 올가 고모 저택에서 세 부자를 맞이한 것이었다.

"오시느라 수고하셨어요. 여긴 제 조카 크세니아 의원입니다."

크세니아가 유럽식으로 인사했다.

"크세니아 의원 반가워요. 직접 만나보니 정말 미인이시군요."

"과찬이십니다. 회장님."

인사를 나누는 중에서도 올가와 크세니아의 눈은 이건과 이곤을 향해있었다.

"참! 여긴 제 아들입니다. 이쪽이 큰아들 이건. 보통은 하늘이라고 알려져 있죠. 그리고 둘째 이곤은 잘 알 테고."

이웅이 이건을 소개하자 크세니아는 팬심을 드러냈다.

"하늘 님은 모스크바 공연 때 하고 서울에서 대통령 취임식 때 만난 적이 있는데 기억하시겠어요?"

하늘은 선명한 기억을 떠올렸다.

"당연하지요. 강력한 악수에 포옹까지…."

크세니아는 의외로 쑥스러워했다.

"제가 팬심이 너무 강해서… 호호, 죄송해요."

이웅은 머쓱했다. 아들을 소개했지만, 정작 크세니아를 처음 만난 사람은 자기 자신이었다.

저녁 식사를 끝낸 하늘은 베란다에 나와 완전한 어둠에 묻힌 자작나무 숲을 바라봤다.

"여기서는 하늘을 보세요. 하늘 님! 숲은 어둠에 묻히면 아무것도 볼 수 없답니다."

크세니아가 차를 들고 와서 하늘에게 건넨다.

"밤하늘은 별이 있어 아름답지요. 이 베란다에는 크세니아가 있어 아름답고요."

이건은 자신을 뽐내듯 조크를 던지는 크세니아를 향해 맞장구쳤다.

"제가 함께해서 더욱 그런 것 같지요?"

둘은 서로 마주 보고 유쾌하게 웃었다.

"그렇게 웃으시니까 좋네요. 우울해 보였어요. 무엇이

하늘 님을 우울하게 만들었을까요? …공주님이신가요? 슈코 공주….”

크세니아가 슈코를 불쑥 꺼내자 이건은 깜짝 놀랐다.

“슈코 공주 좋은 분이에요. 명석하고 품위 있고….”

“슈코 공주를 아세요?”

“그럼요. 친구인걸요. 황궁에서 하쓰코 황후와 함께 만난 적이 있거든요. 그때 슈코 공주하고 친구가 되었지요. 결혼할 때 서로 들러리를 서주기로 약속도 한걸요.”

“서로 들러리를요?”

크세니아와 이건은 한참을 이야기했다. 동양적인 슈코와 서구적인 크세니아는 색깔이 선명했다. 확연한 차이로도 친구가 될 수 있다는 것이 세상의 이치 같았다.

*

쿠릴로 다국적 취재진과 요인들이 몰려들었다. 언론의 관심은 세계 자산 순위 10위권 CEO들 대부분이 쿠릴로 몰려왔다는 것이었다. 취재진과 방송 장비를 실은 항공기, 선박이 이투로프(웅도)로 몰려들었다. 역사 이래로 섬이 생기고 이렇게 많은 사람과 관심의 중심이 되어 본 적이 없었다.

쿠릴 비행장 인근에 마련된 행사장에 경호원들이 깔리기 시작했다. 전투기 편대의 호위를 받은 소형 항공기 한 대가 상공을 선회하다 착륙한다. 경호원들이 항공기 사방을 둘러쌌다. 항공기에서는 항공복을 입은 남자들이 내렸다. 그들은 정장으로 옷을 갈아입었다. 예닌 대통령과 이웅 회장이었다. 그 모습은 방송을 통해 전 세계에 실시간으로 중계되었다. 두 사람은 마치 '신의 아들' 같은 존재감을 강렬하게 심어주는 대단한 퍼포먼스를 한 셈이었다.

행사장은 술렁였다. 러시아와 JS그룹의 역작인 쿠릴 국제산업자유지역이긴 했지만, 예닌 대통령이 직접 비행기를 몰고 오리라고는 예상하지 못했다. 예닌의 등장은 국제산업자유지역에 대한 러시아의 관심을 엿볼 수 있었다.

축하 공연에 이어 예닌의 축사가 이어졌다.

"여러분, 러시아 대통령 유리 예닌입니다."

예닌은 쿠릴에서 러시아의 미래를 찾았다고 했다. 러시아를 세계 최고의 국가를 만들고, 가장 잘 사는 인민들로 가득한 나라를 만들겠다고 선언했다. 최고 인민의 나라를 만들겠다는 선언은 미국과 중국, 일본을 자극했다. 예닌의 허세이고 정치인의 발언이라고 평가 절하하기도 했지만, 힘이 실리는 분위기였다. 예닌은 그 예로 행사장에 참석한 세계적인 CEO들을 들었다. 곧 막대한 자본투자로 첨단산업이 활성화될 것이라고 했다. 사업을 위한 지원 또한 부족함이 없도록 할 것이라고 결연한 의지를 보였다.

예닌에 이어 JS그룹 이웅 회장의 인사말도 있었다.

쿠릴은 세계에서 가장 기업 하기 좋은 곳이 될 것이다.

규제와 세금을 최소화하여 투자 기업에는 막대한 이익을, 노동자와 거주민에게는 윤택한 삶을 살 수 있도록 할 것이다. 쿠릴은 러시아 발전의 모델하우스이자 드림랜드가 될 것이다. 쿠릴은 능력 있고, 성실한 사람들의 이민과 정착을 돕는다. 언제라도 문은 열려 있으니 관심을 가져달라….

일본은 쿠릴의 국제산업자유지역 개발을 충격적으로 받아들였다. 쿠릴은 단순하게 낙후지역 개발의 차원을 넘어선 것이다. 낙후지역 개발이 아니라 첨단산업단지 개발이었고, 러시아가 심혈을 기울였다. 미야기는 북방영토 문제가 불거질 것을 대비해야 했다. 쿠릴에 일본 자본을 투입하여 후일을 모색하는 방법을 떠 올렸다. 하지만 세계 최상위의 기업들이 투자한다면 일본의 자본력으로는 한계가 있다. 그렇다고 조그만 쿠릴을 얻으려고 막대한 자본을 투자하는 것도 마뜩잖았다. 오키노토리시마는 침몰했고, 솟아오른 한새군도는 한국이 차지해버렸다. 이제는 북방영토마저 손을 델 수 없을 형국이 되어갔다.

예닌과 이웅은 어떤 약속을 했을까?

11

웅의 시간

일본은 발칵 뒤집혔다.

'쿠릴 독립국 선언!'

쿠릴이 전격적으로 독립국 선언을 한다는 정보가 들어왔다. 미야기는 허겁지겁 사실확인을 지시했다.

"사실인 것 같습니다."

타구치는 쿠릴 독립이 사실이라 판단했다.

"이럴 수가!"

21세기에 신생국가가 독립한다는 것은 이해할 수 없었다. 가능한 일인지도 의문스러웠다. 애초 쿠릴 개발부터가 이례적이었다. 러시아에서 대규모 국가산업단지를 조성하는 것으로만 생각했던 것은 상상력 부족이었다. 세계적 기업을 유치하는 것도 그런 차원으로 생각했었다. 산업단지 개발로 쿠릴 북방영토 반환이 늦어질지 모른다는 불안감에 매몰되었다. 몰입이라는 미시적 집중력이 '쿠릴 독립'이라는 거시적 사건을 놓친 것이다.

미야기 총리는 급한 대로 쿠릴 해상 봉쇄를 논의했다.

이에 맞서 포키노의 러시아 태평양함대가 해상 훈련을 한다며 쿠릴을 향해 출항했다. 내심 일본 해상자위대를 찍어누르기 위한 사전 포석이었다.

미야기 총리는 담화문 발표를 준비시켰다. 아무런 반대의사도 표하지 않는 것은 직무 유기로 몰릴 게 자명했기 때문이다.

"쿠릴 독립에 대해서 정보가 들어왔소?"

"예! 역시 이웅 회장이었습니다."

국호는 '쿠릴대한'이었다. 수도는 웅도(이프루프 섬)의 쿠릴스크로 정했다. 러시아 예닌과 맺은 비밀 조약에 의해 국가로 독립한 것이다. 국방은 완전 독립 때까지 러시아에서 대행하는 것으로 확인되었다.

"러시아가 쿠릴 독립으로 극동지역의 상대적 빈곤을 해결하려는 것으로 보입니다. 한편으로는 쿠릴 국방 용역 수익을 올려 막대한 군사력을 유지하는 데도 도움이 될 것 같습니다."

미야기는 CIRO의 방만한 운영을 나무랐다. 때늦은 질책이었다. 이미 쿠릴대한의 독립은 돌이킬 수 없는 상수가 되었다. 일본이 어떻게 대응하느냐를 고민하며, 이웅의 등장을 지켜볼 수밖에 없었다.

*

이웅 회장이 연설대로 걸어 나왔다. 이웅은 대한제국의 신식 의복과 비슷한 복장을 하였다. 그의 걸음걸이는 당당해 보였다. 그 뒤로는 올가가 걸어 나왔고, 이어서 이건과 이곤이 나왔다.

연설대에 선 이웅은 국가 선언을 했다.

"오늘부터 쿠릴대한이 자주 독립국임을 선언합니다!"

이웅은 1910년 8월 29일에 경술국치로 나라를 빼앗긴 이후 118년 만에 다시 대한제국의 후신인 쿠릴대한을 건국했다. 개국일은 패망일인 8월 29일에 맞췄다.

"존경하는 쿠릴대한 국민 여러분 그리고 세계인 여러분! 나 이웅은 조선의 27대 국왕 이시자 대한제국의 초대 황제 이신 고종 할아버지의 3대손으로 여기 쿠릴에 나라를 세웠음을 선포합니다. 나는 나라를 세우면서 이런 나라를 만들려 합니다.

첫째, 정치는 입헌군주제로 하겠습니다. 나는 황제로서 정치에는 직접 참여 하지 않을 것입니다. 나라는 총리를 중심으로 행정조직을 만들 것이며 선출로 뽑을 것입니다. 최초 선거일은 1년 뒤로 정했습니다. 그동안은 부득이 저의 지명으로 국가 행정조직을 갖추겠습니다.

둘째, 경제는 자본주의로 하겠습니다. 국민을 위한 사회보장제도는 합리적인 수준으로 실행하겠습니다.

셋째, 문화는 인종과 국가의 다양성을 모두 수용하는 복합 문화국으로 만들겠습니다. 열린 국가, 열린 문화로 새로운 국가를 이끌겠습니다.

넷째, 외교는 선린외교를 하도록 하겠습니다. 대한민국, 일본, 중국, 러시아 등의 이웃 국가와 따뜻한 이웃이 되었으면 합니다. 그래서 이 자리를 빌려 일본에 제의합니다. 지난 서로의 불편함을 뛰어넘어 서로에게 도움이 될 수 있는 관계회복을 원합니다.

다섯째, 국방은 쿠릴을 관리했던 러시아가 계속 협력하기로 했습니다. 오늘 쿠릴-러 상호 보호조약을 맺을 겁니다. 어느 국가가 외세로부터 침략을 받으면 자동 군사 개입을 하기로 하는 조약입니다.

여섯째, 사회는 다인종 국가를 만들고자 합니다. 피부색이 다르고 종교가 다르고 종족이 달라도 모두 수용하려 합니다. 먼저 원주민이었던 아이누에게는 이에 걸맞은 대우를 하도록 하겠습니다. 더는 박해 받고 버림받아 눈물 흘리는 일이 없도록 하겠습니다.

일곱째, 국토 활용입니다. 먼저 쿠나시리는 세계 자유경제 지역으로 선포합니다. 누구든 기업을 운영하면 됩니다. 쿠나시리는 메타버스, 스타트업 첨단 구역과 생산시설을 갖춘 생산구역, 업무를 위한 집중업무구역을 갖춥니다. 그리고 생활 위락시설 인프라를 갖춥니다. 쿠나시리에서는 궁극적으로는 외국자본에 대해서는 세금 10%에 도전하겠습니다. 시작부터 10%를 넘기지 않을 것이며 약속은 끝까지 지키겠습니다. 거기에 추가 완공될 공항과 항만을 이용한다면 최고의 경쟁력을 갖춘 기업이 될 것입니다.

여덟째, 국민에게 일정 크기의 토지를 나눠 주도록 하겠습니다. 2029년 1월 1일 이후 이민자에 대해서는 최소가격으로 토지를 제공할 생각입니다.

아홉째, 법과 치안이 조화로운 나라를 만들겠습니다. 법은 명확하고 치안이 안전한 국가를 만들겠습니다.

열 번째는 국어는 한국어로 하고 공용어로는 러시아어와 일본어로 하겠습니다. 국민 여러분 중 이 3개 국어 중 한 가지 이상은 사용하시는 데 불편함이 없으신 줄로 알고 있습니다. 전 국민에게는 초소형 통역 블루투스를 지급하며 원하시는 분에게는 칩 이식으로 도와드립니다.…

다음은 1년 동안 쿠릴대한을 이끌어갈 초대 내각 총리를 소개합니다. 초대 내각 총리 이고르입니다."

이고르 활짝 웃는 모습으로 연단에 올랐다. 정치가 몸에 밴 탓으로 움직임이 화려하고 경쾌하다. 연단 앞으로 다가오면서 두 주먹을 치켜들며 연호를 외치자 군중들이 함께 외친다.

"쿠릴대한! 쿠릴대한! 쿠릴대한!"

개국을 축하하는 자리에서 외신이 놀라는 것은 이웅도 이고르도 아닌 이건이었다. 이건은 줄곧 이웅 황제의 뒷줄에 이곤과 함께 나란히 앉아있었다. 그런데 우연히 얼굴이 클로즈업되면서 혹시나 하는 분위기가 일었었다. 외신은 KJK 하늘과 동일 인물인지를 확인하느라 분주했다. 결국, 이건이 KJK 하늘로 확인되자 온통 난리가 났다. KJK의 하늘이 쿠릴대한의 황태자 우선 순위자가 되었다는 사실에 중계 중심이 급격하게 이웅에서 이건으로 옮겨갔다. '벌써 양위라도 한 분위기군' 아이돌 하늘이 태자라는 것은 충격적인 반전이었다.

*

그 누구보다도 놀란 것은 하쓰코 그리고 세이히토 천황이었다. 슈코가 결혼하겠다던 그 남자가 쿠릴대한 태자라는 사실과 조선 고종의 4대손이라는 사실에 아연실색했다. 평민 연예인라고 생각했던 하늘은 황족이었고, 현실 속의 태자였다.

"슈코! 왜 진작 말을 하지 않았느냐?"

식음을 전폐하고 있는 슈코에게 하쓰코가 던진 말이었다.

"무엇을 말씀이세요?"

슈코는 아직 하늘이 쿠릴대한의 황태자 후보라는 걸 모르고 있었다.

"하늘이 말이다."

"하늘?"

슈코는 하쓰코의 말에 어안이 벙벙했다. 하늘이 쿠릴대한의 태자였다니! 눈물이 핑 돌았다. 하쓰코를 보며 울기 시작했다.

세이히토는 충격에 휩싸였다. 북방영토가 사라졌다. 이제는 일본이 전쟁이 아니고서는 가져올 수 없는 땅이 되어버렸다. 개국자인 JS그룹의 이웅 회장이 조선의 왕이자 대한제국의 초대 황제인 고종의 적통이라는 사실은 더 충격이었다. 그 적통의 장자 하늘과 슈코가 서로 사랑한다는 건 인정할 수 없는 일이었다. 과거 속국의 왕의 후손, 그것도 흔적도 없이 사라진 황가와 일본의 천황가가 혼인으로 엮이는 것은 다른 차원의 문제였다.

하쓰코도 놀라기는 마찬가지였다. 하쓰코가 하늘에서 느꼈던 기품이 이유가 있었다고 생각했다. 하늘을 자작 가문으로 만들 이유는 사라졌다. 자작이 아니라 황족이라는 것이 오히려 충격이자 또 다른 걱정거리가 되었다.

작은방에 천황 부부가 다시 자리했다.

"슈코를 어찌할 생각입니까?"

"생각을 해봐야겠어요."

"결혼을 반대하실 겁니까?"

"나도 모르겠소? 평민과의 결혼을 반대했다가 황족이라는 사실로 또다시 반대한다는 건 이율배반적이기는 하지만, 간단한 문제가 아니지 않습니까."

세이히토는 만약 결혼하게 한다면 명분이 있어야 한다고

생각했다. 명분을 찾아야 한다. 명분을 찾지 못하면 결혼은 허락할 수 없었다. 일본 내각과 국민이 동의할만한 명분은 무엇일까? 천황은 타구치를 불렀다. 명분을 찾으려는 방안 중의 하나가 타구치의 머리를 빌리는 것이다. 타구치는 세이히토가 슈코를 이웅 가문에 보낼 생각이 있음을 알고 있었다. 천황으로서 결정하기 어려운 일임에도 그런 뜻을 지니고 있다는 것에 내심 놀랐다.

"두 사람의 결혼을 성사시키려는 방안으로 신사 참배를 시키는 건 어떻겠습니까?"

"신사 참배를 하려 하진 않을걸세."

"그래도 일본 여론을 잠재울 수 있는 것은 그것뿐입니다."

"그걸 이웅 회장이나 하늘이 따를 리가 없소. 그동안 참아왔던 자존심의 상처만 하더라도 클게요. 당치 않소."

야스쿠니 신사에 참배하면 공주의 배필로 인정해주겠다고 하는 것은 애초부터 통할 리 없었다. 타구치도 머쓱했다. 일본 여론을 주도하려는 시도는 좋았지만, 이웅이 받아들일 수 없는 카드였다. 세이히토도 슈코와 결혼시키기 위해서는 명분을 만들어야 했다.

세이히토는 대립의 역사를 정리하고 싶은 생각이 있었다. 과거의 피해자와 가해자가 만나 사과하고 화해하는 것이다. 그것도 양국의 국가적인 혼례로 풀 수 있다면 최상의 효과를 낼 수 있다고 생각했다. 그래서 슈코와 하늘의 혼례로 양국의 앙금 풀기를 상상했었다. 그런데 엉뚱하게도 일본과 한국의 화해가 아니라 일본 황실과 조선 황실이 화해해야 하는 상황으로 변했다.

이는 단지 두 가문의 문제가 아니라 황실과 황실과의 문제이자 일본과 한국 그리고 쿠릴 대한의 문제이기도 했다. 일본에서는 과거 지배했던 조선의 황실이자 북방영토를 약탈해간 이웅 가문과 혼인을 맺는 것은 치욕적이라는 반대 여론이 높아질 것이 분명해 보였다.

예상한 대로 일본 여론은 냉랭했다. 국회 앞 분신자 구출 건과 파라다이스드림호에서의 희생정신이 알려지면서 슈코를 천황으로 만들자는 여론이 들끓었지만, 하늘과의 결혼 문제가 불거지자 일시에 여론이 돌아섰다. 일본의 상징인 천황가 공주가 과거 식민지였던 조선의 황손이자 쿠릴대한의 태자와 결혼한다는 것을 받아들일 수 없었다.

*

이고르 초대 총리는 내각을 발표했다. 미래산업부장관 아스파르, 국가융합부장관 쿠우카르쿠르, 국가기획부장관 이곤… 여느 나라와는 사뭇 다른 내각을 발표했다. 이고르 총리는 쿠릴대한의 미래를 위한 행정부를 꾸렸다는 것과 세간의 힐난을 의식해 황제는 국정에 참여하지 않는다는 것을 다시 한번 강조했다.

미래산업부장관 아스파르는 러시아 유대인 자치구 비로비잔 출신의 유대인이다. 첨단산업에 유대인의 투자를 대비한 포석이다. 국가융합부장관 쿠루카르쿠르는 아이누족 출신으로 인종 완전 개방국인 쿠릴대한의 국민통합을 위한 것이었다. 건국기획부장관 이곤은 30대 초반의 태자지만 건국에 관한 깊은 이해와 경험으로 쿠릴대한의 미래는 물론 러시아의 미래를 함께 발전시킬 중요한 일을 맡았다.

언론은 황제 대관식에 쏠렸다. 이고르 총리는 이웅 황제 대관식을 10월 28일에 한다고 공표했다. 언론은 이미 정해진 황제보다 황태자 자리에 주목했다. K팝으로 세계의 팝 왕자에 등극했던 이건이 황태자에 오를 것인지를 두고 예측 기사가 나오기 시작했다.

이를 지켜보는 일본의 마음은 편치 않았다. 신흥 소국이지만 국력은 땅 크기와 상관이 없었다. 국력은 땅의 크기가 아니라, 부의 크기인 시대가 되었다. 당장은 인구 3만 명 수준이라지만 이민과 난민을 적극적으로 수용하면, 이른 시간에 국가의 틀이 완성될 것이다. 그보다 더 큰 놀라운 것은 출발부터 국민소득이 세계 최고 국이 될 가능성이 크다는 것이다.

일본 극우파들은 벌써 쿠릴을 정복하여 강제 복속시켜야 한다는 주장을 하기 시작했다. 그렇지 않으면 얼마 있지 않아 일본의 존망에 크나큰 영향을 미치리라는 것이다.

쿠릴대한이 일본 국민의 선망 대상이 되는 날 일본은 요동칠 것이다. 가벼운 새는 쉽게 난다. 붕새가 되고 싶은 중국은 멀리는 갈 수 있지만 날아오르는 데는 무구한 시간이 필요하다. 극우파들은 쿠릴 대한이 가볍게 날기 전에 조치해야 한다고 주장했다.

미야기 총리는 무언가 의사 표시를 하지 않을 수 없었다. 무능한 총리라는 비난은 이미 받을 대로 받았다. 미야기는 사임할 때가 왔다고 생각했다. 총리 사임은 당에서 반대하고 있다. 사임으로 총리는 부담을 내려놓겠지만, 총리를 향했던 비난은 오롯이 당으로 쏠릴 게 뻔했다. 당에서는 미야기가 비난의 화살을 온몸으로 막아내며 장렬히 전사하길 원했다. 한 몸 바쳐 당을 살려야 한다는 것이다. 사임하려면 한새군도가 생겼을 때 해야 했다. 이미 실기했다. JDZ와 함께 한새군도는 한국에 뺏겼다. 그리고 북방영토는 러시아와 협상에서 과욕으로 인해 쿠릴대한에 넘어갔다. 지금으로서는 전쟁을 통하지 않고서는 어느 것도 되찾을 수 없었다.

"쿠릴대한과 한국은 어떤 관계로 보시오?"

미야기는 궁금했지만, 타구치는 즉답을 하지 못했다. 쿠릴대한은 대한민국의 다른 이름인지 러시아의 다른 이름인지 알 수가 없었다. 당장 전쟁을 하려면 러시아를 상대해야 한다. 일본으로서는 러시아를 상대하긴 역부족이다.

*

쿠릴열도 하보마이군도 인근 해역에서 시체가 한 구 떠올랐다. 신원은 일본인이었다. 시체를 부검한 일본 경찰은 타살되었다고 발표했고, 5일 전 실종되었던 홋카이도 거주 야마시타라는 45세 남자 어부라고 발표했다. 일본은 야마시타의 몸에서 타살 흔적이 발견되었다고 밝혔다. 폐에서는 하보마이에서만 자생하는 해조류 일부가 발견되었다. 경찰은 하보마이에서 린치를 당한 뒤 의식이 없는 상태에서 해변에 버려진 것으로 발표했다. 일본 정부는 조사를 위해서는 하보마이를 들어가야 했다.

"하보마이에 들어갈 수 없다니요?"

미야기는 그제야 외교적인 문제를 발견했다. 일본은 쿠릴조선을 국가로 인정하지 않았다. 국교가 없으니 하보마이를 들어가겠다는 허락을 받을 곳이 없었다. 허락을 요청하는 것은 쿠릴대한을 국가로 인정하는 것이 되어버린다. 미야기는 하보마이 해역에서 쿠릴대한을 압박하고 있는 북부방면대 병력을 사용할지를 고민했다.

결국, 자국 어민의 안전을 위한 조치라며 하보마이 최남단 섬을 점령하기로 했다. 어떤 반응을 보일지 떠볼 겸 하보마이 중 스이쇼섬(탄필레바섬)을 점령하기로 한 것이다. 섬이 크기는 작지만, 연안 경비부대가 주둔하고 있는 점을 들어 최소한의 위험은 감수해야 했다. 우선 위성을 통해

상황을 살피고 군사적인 충돌을 피해 점령할 수 있도록 작전을 세웠다.

한새군도에 이어 쿠릴마저 무기력하게 넘겨주고 그것으로 끝낸다면 일본 내각의 존재 이유가 사라질 것이다. 내각에서는 쿠릴을 공격해서 탈환해야 한다는 주장이 점점 드세졌다. 온건파는 쿠릴은 이미 러시아가 군사용역을 제공하는 점을 주시했다. 결국은 러시아와 충돌을 해야 하는데 현실적이지 않다는 주장이다. 미야기는 하야 전 마지막 승부수가 필요했다. 하보마이 점령에 앞서 모스크바로 다무라 외무대신을 특사로 보냈다. 다무라는 예닌 대통령을 만나기 위해 모스크바에 왔지만, 예닌은 건강상의 이유로 다무라와의 면담은 피했다.

미야기 총리는 난세의 총리가 되었다. 난세에는 영웅도 나오지만, 패주도 나온다. 영웅이 될 것인가? 패주가 될 것인가? 이제는 일본의 유구한 역사를 만들어 낸 가미카제(神風)도 불어오지 않는다는 것인가.

하보마이 점령을 놓고 문제가 제기되었다. 일본 헌법 제9조에 따라면 외국 침략은 허용되지 않는다. 강경파는 남쿠릴은 외국이 아니라고 주장했다. 돌려받아야 할 땅. 즉, 일본의 땅이라는 논리였다. 외국이라면 최고재판소의 판결과 의회의 승인. 그리고 국민의 호응도 얻어야 했다.

내각은 쿠릴대한을 침공할 명분이 필요했다. 1853년 일본이 강화도에서 트집거리를 만든 운요호사건과 비슷한 갈등이 필요했다. 때마침 일본 어부의 변사체 발견은 좋은 명분이었다.

그 시간 총리는 결단을 위한 마지막 점검을 하고 있었다. 가장 큰 난제는 러시아였다. 쿠릴대한과 러시아의 관계로 러시아가 개입할 경우를 대비해야 했다.

"도쿠시마 통합막료장. 쿠릴의 국방은 러시아가 책임지는 것이 의무사항이라지요? 러시아가 개입하면 전쟁의 승패가 어찌 될 것으로 판단하오?"

"전면전이라면 러시아를 이길 수는 없습니다. 다만…"

"다만? 말해 보시오."

"러시아가 과연 쿠릴대한에 대해 전면전까지 불사할지는 미지수입니다."

도쿠시마 통합막료장도 확신하지 못했다. 국지전으로 끝난다면 하보마이의 기습 점령으로 타협점을 찾을 수 있지만, 확전될 가능성도 여전했다. 쿠릴대한과 러시아의 관계는 한 몸인 듯 아닌 듯 모호했다. 러시아가 강력하게 대응할 가능성이 있었다. 나비의 꿈Ⅱ 모델하우스 격인 쿠릴대한이 일본에 속절없이 공격당하면, 분양 사업은 중단될 것이고, 쿠릴대한으로 유입된 자본은 빠져나갈 것이다. 자본이 빠져버리면 결국 쿠릴대한은 국가 존망 위기에 놓일 것이다.

“그걸 노려야 합니다. 쿠릴대한이 고립되어야 북방영토를 회복할 수 있습니다.”

“그렇게 되도록 러시아가 그걸 가만히 놔두진 않을 겁니다. 그들의 미래가 걸려있기 때문입니다. 거기다가 한국까지 쿠릴대한과 함께 한다면, 우리 일본은 러시아, 중국, 한국, 북한, 쿠릴까지 모두 적으로 둘러싸이게 되는데 이건 아니지 않습니까?”

회의는 치열했고 팽팽했다. 결론을 내기 위해서는 미야기 총리의 결단이 필요했다. 미야기는 고심 끝에 결단을 내렸다. 이왕 점령하려던 스이쇼섬 뿐만 아니라 하보마이 주요 섬 점령을 결심했다.

북부방면대는 즉시 기존의 하보마이 침공 계획을 현실에 맞게 수정했다. 침공은 요란하게 할 것인가? 아니면 은밀하게 진행할 것인가? 하보마이 군도 점령이 목적이라면 은밀하게 전격적인 점령을 해야 하고, 쿠릴대한에 불안감을 주기 위해서는 요란하게 소문을 내야 했기 때문이다. 도쿠시마 통합막료장은 하보마이라도 제대로 점령하려면 은밀하게 진행해야 한다고 판단했다.

하보마이 군도는 작은 섬 10개로 이루어져 있다. 북부방면대는 비교적 규모가 있는 4개 섬만 점령하기로 했다. 다쿠라섬(폴론스코고섬), 시보쓰섬(젤레니섬), 유리섬, 스이쇼섬(탄필레바섬)을 점령하기 위한 훈련에 들어갔다. 1905년 러시아 발트함대를 쓰시마에서 무찌른 일본 해군이었지만, 지금은 상황이 달라졌다. 러시아와 벌이는 해전 중 최초의 패전이 될 가능성도 있었다.

10월 10일 오후, 북부방면대 사령부는 마지막 작전 개시 명령을 기다리고 있었다. 오미나토지방대 하코다테에서는 상륙기동단 대원들이 완전 무장으로 상륙함에 승선했다. 대원들은 이상한 낌새를 차리고 있었다. 분위기가 예전 같지 않았다. 홋카이도 훈련치고는 장비가 과했다. 기사라즈 나나시노 기지로부터 날아온 제1공정단은 2사단 아사히카와 육상자위대 기지에서 작전 대기 중이었다.

그 시간 주일미군사령부에서는 일본의 해상자위대와 육상자위대의 움직임을 눈치챘다. 일본자위대에 대한 군사행동은 즉각 워싱턴에 보고되었다. 미국은 계산이 복잡해졌다. 쿠릴열도가 쿠릴대한의 땅이 된 것에는 아쉬움이 있지만, 그렇다고 일본이 타국의 국토를 점령한다는 것은 탐탁지 않았기 때문이었다. 일본이 아무런 문제 없이 쿠릴을 복속한다면 미국으로서는 최고의 결과겠지만, 자칫 일본과 러시아의 전쟁 소용돌이 속에 빨려 들어갈 수도 있었다. 워싱턴은 일본의 자제를 시도하려 했다. 가뜩이나 중국을 상대하기에도 버거운 상황에서 러시아까지 상대하는 상황은 피하고 싶었다.

미야기 총리의 태도는 강경했다. 쿠릴은 타국이 아닌 일본의 영토라는 주장을 펴면서 미국의 자제 권고 의견을 내

정 간섭으로 슬쩍 밀어버렸다. 일본은 시간이 갈수록 미국의 무게추가 한국 쪽으로 옮겨가고 있다고 판단했다. 노회한 미야기 총리가 미국의 태도에 경고장을 날린 셈이다. 미국은 한국의 전작권처럼 일본을 통제할 수 있는 장치가 마땅찮았다. 그렇다고 우방에 경제제재 카드를 쓸 수도 없었다.

*

"도쿠시마 통합막료장, 작전을 실행하시오!"

미야기 총리는 해상 안개가 심하다는 보고에도 작전 실행을 명령했다. 러시아를 속이기 위해 북부방면대 최고의 전력 7사단은 삿포로에서 움직이지 않았다. 먼저 하코다테에서 상륙선이 야음을 틈타 기지를 벗어났다.

기지를 벗어나자 상륙선은 곧 해미 속으로 사라졌다.

마루야마 상륙기동단장은 작전을 설명했다.

"지금 여러분은 작전을 수행하러 가고 있다. 훈련이 아니라 실제 작전임을 명심하기 바란다."

분위기가 숙연해졌다. 실제 작전에 대한 반응은 제각각이었다. 두려움에 몸을 움츠린 대원이 있는가 하면 이때를 기다렸다는 듯한 반응도 있었다. 그렇게 잠깐 혼란스러운 침묵이 흐르고 있는 가운데 누군가 자리에서 일어나서 소리치기 시작했다.

"가자 하보마이로!"

선창이 시작되자 서서히 전체가 구호를 외치고 있었다.

"가자, 하보마이로!"

"가자, 우리 땅을 찾으러!"

"가자, 우리 땅을 찾으러!"

상륙선 안은 열기가 고조되었다. 마루야마 단장은 흐뭇한 표정으로 흥분을 끌어 올려 긴장을 팽팽하게 유지 시켰다. 그러다 결국 83년 동안 잊힌 구호가 다시 등장했다.

"덴노 헤이카 반자이!"

"덴노 헤이카 반자이!"

상륙선 안에는 '천황폐하 만세'를 외치는 구호로 가득 찼다. 광기가 광기를 부르며 분위기가 요동치기 시작했다.

도쿠시마 통합막료장은 이상한 기운을 감지했다. 쿠릴에 주둔 중인 러시아군에서 아무런 움직임이 포착되지 않았다. 러시아군이 일본군의 움직임에 따라 대응 기동을 해야 마땅한데 어쩐 일인지 경고도 대응 기동도 전혀 보이지 않는 것이다. 밤안개가 짙어지면서 제1공정단의 육상 헬기 침투 작전은 취소되었고, 기동상륙단만 함정으로 이동 중이었다.

"현재 위치는?"

"하보마이군도 시보스섬 13.5㎞까지 접근 중입니다."

하보마이 군도의 최대 섬인 시보스섬에 근접해서도 여

전히 반응이 없다는 것은 어떤 의미일까? 진지를 구축하고 정면충돌하려는 것일까? 러시아에서 그렇게 긁어 부스럼을 만들 필요는 없을 것이다.

그때였다.

"통합막료장님! 총리께서 작전을 중단하랍니다."

"총리께서? 이유가 뭐라던가?"

"저도 중단하고 철수하라는 것만…."

이미 방송에서는 자막과 함께 긴급 뉴스가 흘러나왔다.

'쿠릴대한 하보마이군도 세계공유 재산으로'

멘트가 이어졌다.

'쿠릴대한의 이웅 황제는 이 시간부터 하보마이군도 10개 섬을 세계의 공유재산으로 기부한다고 발표했다. 앞으로 하보마이군도는 어느 특정 국가 소유가 될 수 없다. 국가가 세계를 위해 섬을 기부한 첫 사례인 만큼 긍정적인 결과를 만들기를 기대한다고 밝혔다.'

도쿠시마 통합막료장은 털썩 주저앉았다. 하보마이 점령을 한참 진행하는 동안 쿠릴대한에서 성명을 발표한 것이다. 하보마이는 국제적인 무국적 자유지역으로 선언되었다. 어느 국가에 속하지 않고 누구도 활동 가능한 지역으로 선포한 것이다. 이것은 세계 최초의 사건으로 인류에게 군도를 통째로 기부한 사건이었다.

일본의 입장이 모호해졌다. 점령한다면 비난받을 것이다. 전 세계의 누구라도 자유로이 사용할 수 있는 국제 자유지역을 일본이 점령했다는 것은 조롱거리가 될 것이다. 내각은 다시 복잡한 셈법에 빠져들었다.

“점령이 아니고 국토 회복입니다. 국제적인 자유지역은 쿠릴대한의 의사일 뿐이지, 지금은 일본이 회복해야 할 국토일 뿐입니다.”

미야기 총리의 강한 어조에 내각은 잠깐 숙연한 분위기다. 하지만 고심하던 아마쿠사 국토대신이 조심스레 반대 의견을 꺼냈다.

“얘기가 그렇게 간단하지 않습니다. 러시아는 제 살을 떼어 국가의 미래를 밝혔다. 러시아로부터 몸을 받은 쿠릴대한은 또 그 몸 중에 살점을 떼어 하보마이군도를 무국적 자유지역으로 인류에 기부채납했다. 그런데 세계 공동 재산인 하보마이군도를 일본이 덥석 물어 채갔다. 라고 한다면 일본은 세계인을 상대로 재산을 약탈한 약탈자가 된다는 겁니다.”

“그런 논리로 지금 국민의 불만을 잠재울 수 있겠습니까?”

미야기 총리는 순수히 물러날 생각이 없었다. 특히나 아마쿠사도 자신의 자리를 노리는 경쟁자 중의 하나였다. 그러자 또 다른 경쟁자인 나아토 관방장관이 총리를 거들고 나섰다.

“그렇습니다. 일본의 영토가 하나, 둘 떨어져 나가고 있다는 걸 보고만 있을 순 없습니다. 설령 국토 회복을 하지 못하더라도 행동은 해야 합니다. 수세에 몰리게 되면 당장 류큐가 독립하겠다는 목소리가 커질 것입니다. 그리고 인정하기 어렵지만, 한국의 경제력이 일본을 앞지르면 곧 쓰시마에 대한 국토문제가 불거질 가능성이 있습니다. 쓰시마 도민이 한국에 편입하려는 움직임이 본격화될 수도 있다는 것입니다. 이미 일본화되었다고 방심하면 안 됩니다."

미야기 총리와 나아토 관방은 서로 밀약이라도 한 듯이 하보마이 군도 점령을 적극적으로 주장했다.

"일본은 동양의 영국입니다. 대륙의 강력한 힘에도 절대 쓰러지지 않는 저력을 가진 나라란 말입니다. 외세에 대해 철통같은 방어력은 가진 나라 천황 폐하의 영이 서린 나라입니다. 지금 잠깐 위기가 왔다고 해서 위축되어서는 안 됩니다."

아마쿠사 국토대신은 부질없는 일이라고 생각했다.

"문제는 이미 기부채납 선언을 했다는 것입니다. 세계적인 비난을 감수하더라도 러시아의 태도가 변했다는 겁니다. 다무라 외무대신도 모스크바에 갔지만 예닌 대통령은 만나지도 못했습니다."

*

“폐하! 공주 전하의 혼사를 통촉해 주셔야 합니다.”

“총리. 국민이 반대한다고 하지 않으셨소? 인제 와서 무슨 말이시오?”

미야기 총리는 처지가 난처했지만, 난제를 해결하지 않으면 안 된다는 것을 강조했다. 불과 1년 사이에 봄 사쿠라가 시들 듯 일본이 급격히 시들었다. 한새군도는 한국 영토로 편입되었고, 북방영토에서는 쿠릴대한이 독립했다. 오키노토리시마는 바다 아래로 가라앉았다. 거기다가 쿠릴대한 건국으로 오키나와에서 류큐 독립운동이 다시 꿈틀거렸다.

“결국, 일본의 국토 회복은 어렵다는 뜻이 됩니다. 이때 쿠릴대한 만이라도 여지를 남겨 두어야 쿠릴도 사할린도 후일을 도모할 수 있습니다.”

쿠릴을 도모하기 위해 슈코 공주를 이건과 결혼시키자는 미야기의 제언에 세이히토 천황은 버럭 화를 냈다.

“총리! 슈코 공주를 소모성 카드로 생각하시오! 국가의 미래를 책임지는 것은 황실의 자세이기는 하지만, 그렇게 손바닥 뒤집듯이 공주의 미래를 바꾸는 것은 무례한 일이오!”

평소 온화했던 천황은 불쾌한 감정을 감추지 않았다. 미야기 총리는 각오하고 왔다는 표정으로 몸을 조아리면서도 주장은 계속 이어나갔다.

"돌아가시오! 더는 말하고 싶지 않소. 공주를 협상의 도구로 취급하는 무례는 용서할 수 없소!"

미야기 총리는 돌아갔고, 세이히토 천황은 하쓰코를 보며 잔잔한 미소를 보냈다. 하쓰코 또한 천황의 보며 미소로 답례했다. 미야기 총리도 빌미가 필요했을 것이다. '천황의 반대에도 불구하고 국가의 미래를 위해 총리가 천황 앞에서 수모를 당해가면 간언했다.' 이 명분이 총리의 정치적 해법이었다. 총리 또한 돌아가는 발걸음이 가벼워 보였다.

세이히토 천황은 쿠릴대한의 이건 대신 박한을 떠올렸다. 일본의 미래를 위해 박한을 선택하는 것도 나쁘지 않은 카드라고 생각했다. 박한 대통령 취임식을 다녀왔을 때였다. 슈코는 젊은 대통령에게 관심을 가졌다. 젊고 스마트한 용모와 말씨에 호감을 느꼈다. 세이히토는 그런 딸에게 '한국에 시집 보내야겠군.' 농담을 던졌었다. 슈코는 '박한 대통령이라면 폐하의 말에 따르겠습니다.' 하고는 까르륵거렸었다. 그 후 은밀하게 혼인 의사를 물었었다.

그러던 중 슈코는 크루즈 여행 중에 이건을 만났다.

"궁내청장관을 불러주게."

세이히토는 결심한 듯 궁내청장관을 불렀다.

12

위기의 남녀

2028년 10월 17일 경복궁.

박한의 결혼식 저격 직후, 경복궁 뒤쪽에서 기와 담벼락 위로 헬리콥터가 날아올랐다. 헬리콥터는 거칠게 날아올라 자세를 잡자 최단 거리로 남쪽을 향했다.

그 안에는 피를 흘리며 의식이 가물거리는 박한 대통령이 있다. 신부는 이미 의식이 없다. 박한의 손에는 신부의 손이 꼭 잡혀있다. 박한은 피범벅이 된 턱시도 차림이다. 신부가 입은 하얀 드레스에 붉은 피가 선명하게 물들어가고 있다. 의료진은 긴급 수혈과 지혈을 동시에 진행한다. 지난밤에 먹은 아스피린으로 지혈에 어려움을 겪고 있다. 산소마스크를 쓴 박한은 이미 자생력을 잃은 모습이다. 산소마스크 안에서 입이 새물거린다. 새물거리던 입에서 나온 소리는 프로펠러의 굉음에 묻히며 시나브로 힘을 잃어간다. 의식이 점점 희미해지자 의료진의 손놀림은 더욱 다급하게 움직인다.

"에크모 확인!"

"대통령님! 조금만 더 버티어 주셔야 합니다. 조금만요!"

김철 경호처장은 대통령의 의식이 가물거리자 연신 소리쳤다.

경복궁 근정전 마당은 아수라장이었다. 이리저리 뛰어다니는 경호처 요원들과 우왕좌왕 갈 곳 헤매는 사람들이 난전처럼 소리 지르며 어지러이 뒤 섞였다.

외곽 경호처 요원과 서울경찰청 특공대가 저격범 수색을 시작했다. 도로에는 경찰이 시민들의 이동을 통제했다. 저격범을 잡기 위해 촘촘하게 그물을 치듯 체포망을 치기 시작한다.

"뭣! 해킹."

경호처는 드론 영상이 실시간 해킹당했다는 것을 알아차렸다. 김철 처장은 헬기 안에서 해커를 추적하라 지시한다.

"해킹한 놈도 저격한 놈도 모두 잡아야 해!"

김철은 오 처장에게 신속하게 움직일 것을 독려했다.

"해킹은 추적 중입니다. 스나이퍼도 쫓고 있습니다."

"오 처장. 나는 VIP를 모시니까 경호실에서 중심을 잡아 주시오."

김철은 여전히 대통령 부부의 상태를 살폈다.

박한은 마지막을 꿈꾸듯 기억을 떠올린다. 너무 오래 건조되어 바스러질 것 같은 기억. 추억은 꼬깃꼬깃 구겨지고 눌어붙은 사진 같다. 그 사진 속 빛바랜 기억을 하나씩 떼어낸다. 기억은 아주 빠르게 돌아가는 영화처럼 압축적이다. 초등학교 때 물에 빠졌다가 익사 직전에 느꼈던 초인적 기억. 도시의 어느 거리에서 아이스크림을 사달라고 조르던 기억. 아빠! 아빠의 모습이 보인다. 초등학교 3학년을 마지막으로 영영 이별했던 아빠는 팔짱을 낀 채 웃고 있다. 학비를 버느라 편의점 아르바이트하다 취객에게 모멸당했던 기억. 퇴근길 어두운 골목에서 성추행범과 격투를 벌여 경찰청으로부터 의로운 시민상을 받았지만, 다친 팔 때문에 아르바이트 자리를 잃었던 기억. 먼발치에서 콩닥거리던 가슴으로 바라만 볼 뿐 감히 가까이하질 못했던 여학생 서린. 그 서린을 오픈카에 태워 보란 듯이 학교를 휘젓고 다니던 선글라스를 썼던 그놈. 가난하지만 표정이 밝았던 연극배우 이단아와 단둘이 갔던 한강공원. 그 앞을 가로지르는 유람선을 보며 언젠가 같이 타자했던 지키지 못한 약속… 어두운 공원, 짙게 선팅한 차 안에서 떨떨 떨리던 첫 키스, 부드럽고 따듯한 입술 감촉….

누군가 오라고 손짓한다. 뿌옇다. 익숙한 실루엣이다. 아빠!….

기억은 끊어졌다.

혈압이 떨어지고 맥박이 느려진다.

근정전 앞은 여전히 아비규환이었다.

급작스러운 상황에 얼이 빠진 듯 넋 놓고 있는 정혁 국무총리에게 고달후 비서실장이 외쳤다.

"이러실 때가 아닙니다! 국정을 지휘하셔야지요! 이렇게 넋 놓고 계시면 안 됩니다!"

정혁 국무총리는 비명이 난무하는 혼란 속에서 정신이 번쩍 났다.

"다들 광화문청사로 갑시다! 아니오, 용산으로 갑시다. 비서진과 각료들은 모두 참석시키세요. 그리고 경호처장은 어디 있소? 국정원장도 찾아보시오."

정혁은 NSC(국가안전보장회의) 개최를 지시했다.

"경호처장은 지금 VIP와 함께 분당에 갔습니다. 국정원장은 확인해 보겠습니다."

"경호처장도 분당 일을 정리하는 대로 회의에 참석하라 하세요."

정혁 국무총리는 급한 대로 지시를 내렸다. 회의실로 걸음을 옮기면서 심호흡을 거푸 했다. 무엇을 지시할지를 궁리했지만, 분비된 아드레날린이 생각을 단순화시켰다.

"그럼 우선 오늘 참석자 모두 외부로 나가는 걸 막아주세요. 대책을 세우기 전에 소문부터 퍼지면 안 됩니다."

정혁은 권력 공백을 겉으로 드러내면 안 된다는 뜻을 분명히 밝혔다. 갑작스러운 대통령의 저격에도 순발력 있게 중심을 잡았다.

"총리님! 전군에 비상 경계령을 발동해야 하지 않겠습니까?"

신두석 국방부장관이 사태 수습을 주문했다.

"그래요. 국방장관! 그래 어느 단계를 발령해야 하지요."

"당장은 데프콘[7]과 워치콘[8] 각각 3단계로 발령하는 것이 좋겠습니다."

"즉시 발동합시다."

"데프콘 3단계부터는 한미연합사에서 발령해야 합니다."

"그럼 그렇게 하세요. 아… 그리고 진돗개[9]와 갑호비상[10]도 발령하시오."

---

7) 데프콘(Defense Readiness Condition/DEFCON): 방어준비태세를 가리킨다. 위성, 정찰기, 전자전기 등으로 수집된 정보를 바탕으로 작성되는 워치콘(Watch Condition) 상태를 참고해 전군에 발령되는데 총 5단계가 있다.

8) 워치콘(Watch Condition): 북한의 군사 활동을 추적하는 정보감시태세로서 평상시부터 전쟁 발발 직전까지를 5단계로 나누어 발령한다.

9) 진돗개: 한국군에게 국지적 위협 상황이 일어났을 시에 발령되는 경보 조치를 뜻하는 공식 용어.

10) 갑호비상: 대간첩, 테러 및 대규모 재난 등의 '비상 상황' 발생 또는 발생 징후가 있을 때 이에 효율적으로 대응하기 위한 경찰의 활동 체계 중 최고 단계.

결혼식에 참석했던 각료들이 하나둘 허겁지겁 회의실에 도착했다. 대부분 놀란 가슴에 가쁜 숨을 몰아쉬느라 헐떡였다. 거친 호흡 속에서 당혹스러운 침묵이 이어진다. 정혁 총리도 심호흡을 거푸 하며 마음을 가다듬었다.

"고 실장! 참석하지 못한 장관은 누가 있으시오?"

"외교부장관만 참석하지 못했습니다. 세계외교장관 회의와 대통령님의 세계미래지도자상 수상 준비로 영국 런던에 체류 중으로 알고 있습니다."

"그럼 회의를 시작합시다. 우선 시급한 것부터 처리합시다. 난 이번 사태로 발생할 위험을 먼저 막아야 한다고 생각합니다. 우선 국방력을 강화해서 적이 오판하지 않도록 해야 한다고 생각합니다. 국방부장관과 행안부장관은 비상발령을 했습니까?"

"예, 긴급발령했습니다."

"잘하셨습니다. 그리고 대통령 소식은 온 게 있습니까?"

고달후 실장이 김철 처장에게서 들었던 상황을 알렸다.

"방금 수원에 도착하셨고, 긴급 수술에 들어갔다고 합니다."

"수원에요? 분당이 아니라 수원에는 왜요!"

정혁 국무총리는 대통령 헬기가 수원으로 갔다는 보고에 자신도 모르게 소리쳤다.

"경호처에서 그리 정했답니다."

"그럼 김철 처장이…."

정혁은 고개를 주억거린다. 김철이 분당 국군수도병원으로 가지 않고, 수원종합병원으로 갔다는 것이 마음에 걸렸다.

"의외군… 상태는 어떠시다 하던가요?"

"그건 아직, 다만 위중하신 것만 확인되었습니다."

"삼청동 국군서울지구병원으로 모셔야 하는 걸 멀리까지 모신 건지 잘 모르겠군요."

정혁이 내키지 않아 하자, 고달후 실장이 잘된 일이라고 거들었다.

"긴급하기도 하지만 대수술이 필요한 일이라 총상 전문인 수원종합병원이 나을 겁니다. 잘하신 선택이라 생각합니다."

정혁 국무총리는 대국민 담화를 준비했다. 수많은 외신과 국내 언론이 보는 앞에서 벌어진 일이었다. 국민이 동요하기 전에 신속하게 움직여야 했다. 비서실은 담화 준비에 들어갔다.

"범인은 추적하고 있습니까? 국정원장과 경찰청장, 기무사령관과 연결해서 당분간 대통령실에 상주 요원을 파견하라 하세요? 즉시 보고를 받을 수 있게 말입니다. 그리고 경호처장은 아직 연락 안 됐소? 어서 오시라고 하세요."

정혁 국무총리는 허훈 국가안보실장과 신두석 국방부장관을 불렀다.

"신 장관, 비상상황인데 계엄을 선포해야 하오. 국가 위기상황이질 않소."

"위기상황은 맞습니다만, 공공의 안녕·질서 파괴나 북한의 소행이라는 근거가 마땅치 않습니다. 이 상황에서 계엄은 무리라고 보입니다. 그리고 계엄으로 불편해하는 국민을 생각해 신중하셔야 합니다."

신두석 장관의 신중한 태도에 정혁은 짜증스레 반응했다.

"북한의 소행이 아니라는 증거도 없질 않소. 북한 개입이 아니라도 사회적 혼란이 극심해질 수 있으니까 대비하자는 것이지요."

'한국 박한 대통령 피격.'

국내외 언론들은 한국 대통령의 피격 긴급 보도를 시작했다. 대통령실은 결혼식장 녹화 중계로 시간을 번 만큼 피격 보도 엠바고(한시적 보도 유예)를 걸었었다. 특종은 엠바고를 뚫고 순식간에 퍼져나갔다. 대통령실은 엠바고 대신 대통령에 대한 정보 관리에 들어갔다.

*

그 시간 주한미국대사관과 주한미군사령부에 비상이 걸렸다. 리치몬드 주한미군사령관은 구본준 한국군사령관에게 사실 확인을 요청했다. 구본준 사령관도 대통령의 생사에 관해서는 확인해 주지 못했다. 에이든 주한미국 대사는 CIA에 긴급 첩보 입수를 요청했다.

펠튼 미국 대통령도 워싱턴 시각 밤 10시가 넘어 백악관 벙커로 향했다.

"아직 한국 대통령의 생사는 확인되지 않은 거요?"

펠튼은 맥클레인 비서실장에게 현황을 물었다.

"위중하다는 것만 알려진 상태입니다."

"결국은 일이 이렇게 된 거군. 고집 센 사람이 겪어야 할 숙명이라고나 할까."

펠튼은 혼잣말로 중얼거렸다. 그에게 한국 대통령 박한은 껄끄러운 상대였다. 젊고 고집스러운 리더는 북한 '킴' 하나로 충분했다.

벙커에는 먼저 온 셀레나 DNI 국가정보장이 기다리고 있었다. 펠튼이 자리에 앉았다. 회의실 대형 멀티모니터에는 여러 채널을 통해 들어오고 있는 현장 소식이 시시각각 비치고 있었다.

"한국 군부의 움직임은 어떻습니까?"

셀레나 DNI 정보장은 별일 없다는 표정으로 대답했다.

"군부 움직임은 없습니다. 군부가 함부로 움직일 수는 없을 겁니다."

펠튼은 희비가 구분되지 않는 표정으로 말을 이었다.

"북한과 중국의 움직임은 파악된 것 있습니까?"

"현재 분석 중인데, 북한은 전군 비상령이 내린 것으로 파악되었습니다. 중국도 북부전구의 움직임이 일부 감지됩니다. 통상적인 훈련인지 긴급 대응인지 여부는 확인하고 있습니다."

펠튼은 패터슨 합참의장을 불렀다.

한국 사태를 어떻게 하는 것이 좋을지 의견을 물었다. 합참의장은 주한미군 비상령 발동을 확인했다. 대응은 사태를 보면서 결정하는 것이 좋겠다는 의견이었다.

"자, 그럼 한국 사태에 대해 회의를 진행해 봅시다. 먼저 셀레나 정보장이 정보 보고부터 해보세요."

셀레나는 낮지만 명료한 톤으로 보고를 시작했다.

"현재 박한 대통령의 생사는 알 수 없습니다. 긴급 수술에 들어간 거로만 알고 있습니다. 생사 판단을 하기에는 아직 이르다고 합니다. 한국 경호처와 국정원에서 사건에 대한 수사와 스나이퍼를 쫓고 있는 것으로 알려졌습니다. CIA 현지 요원 정보로는 한국 경찰과 국정원에서 스나이퍼를 고립시킨 상태라고 합니다. 곧 체포 여부는 확인될 것으로 보입니다. 그리고 국정은 정혁 국무총리가 행정부를 장악하고 집무를 시작했다고 합니다. 생각보다 아주 빠르게 교통정리를 했다는 것이 조금 놀랍기는 합니다."

펠튼의 무덤덤한 표정 속에서 수심이 비쳐 나왔다. 미국 대통령 선거를 앞둔 탓이다. 우드버거가 이번 한국 사태를 빌미로 치고 나올 가능성이 컸기 때문이었다. 벌써 한국 저격사태에 대한 청문회 의견이 의회를 중심으로 흘러나오기 시작했다. 박한 대통령의 저격에 미국의 개입이 있는지를 집중으로 거론할 것이다. 1979년 박정희 대통령 저격사건 때 의회 청문 요구가 데자뷔 되었다. 펠튼은 우드버거가 중국과 함께 움직인다는 것에 신경을 곤두세웠다.

"주변국들의 추가 움직임은 파악된 것이 있습니까?"

"일본은 총리가 긴급회의를 소집했습니다. 한국 대통령의 피격에 대해 아주 우려스럽다는 대변인 논평이 있었습니다."

"진심일까?"

"내각 분위기는 나쁘지 않은 것으로 보고되고 있습니다."

"앓던 이가 반쯤 빠졌다는 뜻이군."

"평가는 조금 기다렸다가 하는 것이 좋을 듯합니다. 그리고 중국은 침묵 중입니다. 아직 아무런 반응을 보이지 않습니다. 손익계산이 쉽지 않은 모양입니다."

중국이 호기를 잡았다고 기뻐할 줄 알았는데 의외였다. 중국도 박한 저격의 배후로 당당히 순위에 올라있다. 그래서 침묵하고 있을지도 모른다.

펠튼은 CIA의 핵 보고서를 떠 올렸다. 한국의 핵 개발 첩보가 중국을 자극했을 수도 있다. 타이완과 공동개발을 추진한다는 첩보였다. 한국과 타이완이 경제력, 특히 반도체 시장 장악을 무기로 핵 제재를 뚫어버리려는 전략을 짜고 있다는 것이다. 한국과 타이완이 핵을 가진다면, 어느 나라도 이들과 전면전을 벌일 수는 없다. 중국몽은 그것으로 끝이다. 타이완 하나도 통일하지 못하는 굴기라는 조롱을 받게 될 것이다. 만약 핵 개발이 진행 중이라면 몇 달 정도 소요될 것이다. 핵을 제어하려면 타이완 총통보다는 한국 대통령을 저격하는 것이 꼬리 자르기에 유리하다. 총통을 저격하면 배후가 중국이라는 것이 자명한 일이기 때문이었다. 박한의 핵 개발 고집을 꺾는 방법은 하야시키거나 제거하는 것뿐이었다.

"저격 배후는 알아냈소?"

"아직 확인된 것은 없습니다. 정혁 국무총리는 즉각 계엄령을 선포하려 했지만, 북한이 연관되었다는 증거는 어디에도 없습니다. 북한에서도 곧 발표가 있을 거라 봅니다."

펠튼은 걱정스럽다는 듯 말을 뱉었다.

"저격의 주체가 불확실한 게 문제구먼. 북한, 일본, 중국 그리고 어쩌면 우리 미국도 의심받을 수 있는 상황이라 봐야겠군."

셀레나는 고개를 끄덕였다.

"그렇습니다."

"극단적 상상이 현실이 될 수도 있다는 뜻이오?"

"3차 세계대전의 불씨가 될 수도 있습니다. 그리고 지금 중요한 건."

펠튼은 셀레나를 힐금 쳐다봤다.

“미국이 박한 대통령을 못마땅하게 본다는 소문이 있었습니다. 미국이 한국의 핵 개발을 막으려 작전을 펼 것이라는 소문입니다. 자칫 의심받을 수 있으니 조심해야 할 겁니다.”

펠튼도 잘 알고 있다는 듯 목소리를 키웠다.

“정혁 총리를 잘 다뤄 보시오!”

“에이든 대사가 움직여 줄 겁니다.”

펠튼은 소문에서 벗어날 출구전략이 필요했다. 대선이 끝날 때까지 조용하게 지나길 바랐다. 바람은 늘 마가 끼게 마련이다. 운명처럼 피하고 싶었던 일과 맞닥뜨렸다.

“가장 합리적이며 평화적으로 끝날 시나리오가 필요할지도 모르겠군.”

셀레나는 재빨리 펠튼의 의중을 읽었다.

“한국 내 누군가가 대통령 저격을 사주한 사건으로 정리되는 것이 가장 좋겠지요.”

셀레나는 펠튼과 의미심장한 눈빛을 주고받았다.

펠튼은 신중할 것을 주문했다. 한국은 손아귀의 모래 같았다. 어르듯 쥐면 잡을 수 있지만, 힘을 주면 빠져나가 버리고 만다. 펠튼은 동북아 전략 변화를 구상하고 있었다. 한국은 이미 일본을 넘어설 만큼 실질적 국력 증강이 된 나라였다. 중국을 견제하기 위한 첨병으로서 재평가 논의는 이미 있었다. 그때마다 위원들의 의견이 갈렸다. 동아시아

패권 주 파트너를 한국으로 갈아타야 한다고 하는 주장과 그래도 일본과의 파트너 관계를 유지해야 한다는 의견이다. 이런 와중에 얄궂게도 한국에서 대통령 저격이라는 사건이 터졌다. 저격 의심으로 벗어날 확실한 방법은 하나뿐이었다. 그렇다고 그 카드를 쓸 수는 없지 않은가?

펠튼은 중국이 찜찜했다. 중국이 박한 저격의 배후가 미국이라는 이간계를 펼 가능성 때문이었다.

“중국의 공작이 성공한다면 미국은 동아시아에서 영향력이 쪼그라들 것이고, 중국은 패권을 잡을 마지막 기회를 얻게 될 거요. 뭔가 중국에 대한 강력한 메시지가 필요하지 않겠소. 동아시아에서 미국은 여전히 굳건하다는 것을 확실하게 보여 줄 필요가 있소.”

셀레나 정보장의 의견도 비슷했다.

“중국은 이미 LA 올림픽을 미국이 G1으로 치렀던 마지막 올림픽이었다고 공공연하게 홍보하고 있습니다. ‘이제부터는 세계 G1은 중화인민공화국이다.’라고 말입니다. 강력한 대응이 필요한 시점이긴 합니다.”

펠튼은 조용히 입을 열었다.

“중국몽은 꿈일 뿐이라는 걸 확실하게 보여줘야지.”

*

베이징 근정전. 집무실을 리신(李信) 국가주석이 턱에 손을 괴고 바장였다. 그러다 우뚝 창가에 섰다. 난하이(南海)의 윤슬이 눈부셨다.

"주석님, 부르셨습니까?"

"어서 오시오, 마룽 부장"

마룽 국가안전부장에게 리신은 차를 권했다.

"미국도 당황했다는 게 사실이오?"

"당황하기는 일본도 마찬가지입니다."

"공교롭게도 두 나라가 모두 당황했단 말이지?"

미국, 일본 모두 박한 저격에 당황했다는 사실에 리신은 집중했다. 개연성을 의심했다. 박한의 부재로 반사이익을 얻는 쪽은 어디일까?

"박한 대통령에 대한 첩보는 들어왔소?"

"수술 중입니다. 중태구요."

"그럼 우리도 준비해야겠군."

리신은 즉각 반응했다. 마룽은 리신의 냉혹한 판단에 주춤했다. 정치는 인간사가 아니다. 정치는 정치일 뿐이다. 리신은 늘 그렇게 말해 왔다. 남의 불행이 누군가에겐 행복이다. 행복과 불행은 총량이 한결같다. 그래서 누군가 불행하면 누군가는 그만큼 행복을 챙겨야 한다. 그것이 숭고한 정치 총량의 법칙을 따르는 것이다.

"준비해 주시오."

"알겠습니다."

리신은 중앙군사위원회를 소집했다.

“그리고 티베트와 신장웨이우얼은 좀 어떻소?”

리신은 독립요구와 시위가 격해지고 있던 지역이 골칫거리였다. 중국은 역사적으로 구심력보다는 원심력이 늘 작용했던 국가였다. 한족과 이민족의 이질적인 결합은 분란의 역사를 만들었다. 한족이 통일한 중국은 유약했고, 이민족이 통일한 국가는 강력했다. 변방이 항상 불안한 것은 당연했다. 그 변방이 다시 불안해지기 시작했다.

“미국에서 움직이고 있습니다. 빈부 격차를 충동질하는 세력을 확인했습니다.”

“배후가 미국이라는 근거는 있는 거요?”

“홍콩에 암약 중인 요원들이 있습니다. 그들이 다시 티베트와 신장웨이우얼을 움직이고 있는 것으로 보고 있습니다.”

“여차하면 반정부 폭동을 획책한다는 것 아니오? 미국에 대들지 마라! 라는 경고.”

“그렇습니다.”

리신은 반정부 운동이 일어나기 전에 타이완을 정리할 필요가 있다고 생각했다. 타이완이 핵이라도 가지게 되면 하나의 중국은 이루어질 수 없는 사랑의 세레나데로 만족해야 한다. 가뜩이나 한국 대통령 저격으로 뒤숭숭할 때 미국을 타고 넘어 볼 요량이었다.

“그럼 이번 한국 사태를 활용해서 타이완을 다시 가져야겠소. 준비시키시오. 얼마나 걸리겠소?”

"보고 드리겠습니다."

리신은 저격 사건의 타깃을 미국으로 정했다. 두 발 이상의 총알 주인이 각각 다를 수 있다. 그렇다면 미국을 제압할 좋은 빌미를 만들 수 있다.

'자중지란'

*

한국 급변사태에 대해 가장 먼저 성명을 발표한 곳은 북한이었다. 북한은 정찰총국 명의로 성명을 긴급 발표했다.

'오늘 있었던 남조선 대통령 저격사태에 깊은 안타까움을 표한다. 이번 사건은 조선민주주의인민공화국과는 아무런 관계가 없다는 것을 밝힌다. 공화국은 남조선 최고 통수권자의 목숨을 노리는 자들의 야만적인 행동에 분노하며 규탄한다. 이에 북남 간의 불필요한 긴장과 대결을 원치 않기에 즉각 성명을 발표한다.'

국가정보원은 북한 성명서의 진의를 확인했다. 북한은 대통령 저격의 혐의를 완전히 벗은 것은 아니지만 동기 또한 미약했다. 잠재적으로 일본일 가능성에 대한 의구심이 높았지만, 그 또한, 국가 지도자를 저격할 만큼은 아니었다. 중국이나 미국도 마찬가지였다. 의심은 가지만 무턱대고 지명할 수는 없었다.

현세현 국가정보원장은 조심스레 국내 문제일 가능성도

염두 했다. 전쟁 중이지도 않은 상태에서 상대국의 지도자를 제거할 만큼의 위험 부담을 감당할만한 나라는 그동안 북한밖에 없었다. 그러나 북한은 즉각 성명서를 냈다. 그대로 믿을 수는 없지만, 뉘앙스로 볼 때 저격 가능성은 적어 보였다.

"스나이퍼를 놓치면 아무것도 알아내지 못할 수도 있어."

현세현은 스나이퍼 추적 상황을 확인했다. 배후를 알 수 있는 실마리는 스나이퍼 뿐이었다.

*

김철 경호처장은 수원종합병원에 머물렀다. 정혁 총리의 부름을 받았지만, 가지 않았다. 대통령의 안위가 우선이었다.

김철은 경호처 오 차장에게 총격 당시 음향을 분석하라 지시했었다. 현장에서는 축포 소리와 잔향이 섞여 총소리가 1발인지 2발인지가 불명확했다.

박한이 수술하는 동안 김철은 잠깐 쉬었다. 한숨 돌리자 자괴감이 몰려왔다. 대통령이 저격당한 것은 변명의 여지가 없다. 철저하게 실패한 경호다. 심한 죄책감과 함께 구토감이 몰려왔다. 헛구역질을 거푸 하자 눈이 붉게 충혈되었다. 머리의 압박감은 두통이 되었다. 잠깐의 휴식은 오히려 고통스러웠다.

"처장님, 오 차장입니다. 통신이 계속 끊겨서 좀 늦었습니다."

"재밍 때문일 거야. 그래 어떻게 되었나?"

"음향 분석 결과 총은 세 번 발사되었습니다. 그런데 발사된 지점은 한 곳이 아닙니다."

"세 곳이나 된다고?"

세 곳이라면 철저하게 계획된 저격이다. 실패를 대비해 이중 삼중으로 대비했다는 뜻이다. 그 정도 준비라면 배후가 의외로 만만치 않을 수도 있다. 흔적을 지우기보다는 저격 성공을 위해 집중했다는 뜻이다. 흔적을 남기더라도 완벽한 저격을 노린 상대는 누굴까?

"예! 광화문과 인왕산 방향입니다."

"또 한 발은?"

"경호실 저격 드론에서 발사된 것으로 의심됩니다."

하필 한 곳은 경호실 드론이었다. 김철은 느낌이 좋지 않았다.

"그렇다면 최소 두 곳 이상 스나이퍼가 있었다는 것 아니오? 추적하고 있소? 꼭 잡아야 하오. 오 차장 아시겠소! 그리고 드론은 어찌 된 것이지? 그렇다면 해킹당했다는 것 아니오!"

"곧 보고 올리겠습니다."

김철은 정보 관리가 필요하다고 생각했다. 경호실 드론

에서 발사되었다면, 김철 자신도 연류되었다는 혐의를 받을 가능성이 크기 때문이었다.

"아, 이걸 또 누가 알고 있지?"

"총리실에는 경찰청에서 보고한 것으로 알고 있습니다."

"역시 정철 청장이…."

정철 경찰청장이 정보를 장악하고 정혁 국무총리에게 곧바로 보고했다. 당연한 보고이긴 하지만 개운치 않았다.

경호실 드론은 누가 해킹했을까? 경호실을 모함할 음모일까?

전화를 끊자 이명과 함께 다시 두통이 시작됐다. 세 곳에서 세 발이 발사되었고 그중에 어느 탄환이 대통령과 신부의 몸을 관통했다.

'도대체 배후가 누구란 말인가? 이렇게 대범한 일을 벌일 수 있는 것은 국가일까? 아니면 정치적인 조직일까? 국가라면 전쟁도 불사할 사건이다. 대통령 저격이라는 위험한 도박을 할 만큼 이득을 얻을 수 있는 상대는 누구란 말인가?'

김 처장은 그제야 박한 대통령의 말을 떠올렸다.

'문제가 발생하면 국정원장과 협의하세요.'

현세현 국정원장은 그 시간 국정원으로 가고 있었다. 결혼식장에서 박한 대통령이 피격당하자 비상소집에 응하지 않고 국정원으로 돌아갔다. 전체적인 정보 컨트롤이 필요했다. 정혁 국무총리는 거푸 대통령실로 들어올 것을 통보했다. 현세현은 비상 회의보다는 대통령의 저격에 대한 배후와 정치적인 의도를 알아내는 것이 더 중요했다.

"원장님 어디십니까?"

통화는 불안정하게 툭툭 끊겼다. 대통령 경호를 위해 병원 일대에 재밍을 설정했기 때문이었다.

"국정원에 가는 중입니다. 처장님은 어디세요?"

"대통령님을 모시고 있습니다."

"상태는 어떠십니까?"

"위중하십니다. 방금 긴급 수술에 들어갔습니다."

"처장님! 자리를 비우시면 안 됩니다. 정혁 총리가 부르더라도 지금은 대통령을 모신다고 회의 참석 못 한다고 하세요. 병상을 지키는 것이 중요합니다. 다른 사람에게 병상을 맡기셔도 안 됩니다. 그리고 대통령실 일은 비서실장과 보조를 맞추시면 됩니다."

현세현은 여러 가능성에 대비했다.

"알겠습니다. 이번 건에 대해서 집히는 것이 있으십니까?"

"아직은 말씀드릴 수 없습니다. 다만, 모든 가능성에 대해 의심해야 합니다."

"혹시 국내 문제로 보시는 겁니까?"

김철 경호처장은 대통령 병실 경호를 강조하는 현세현 국정원장의 말에 권력다툼의 뉘앙스를 느꼈다.

“저격은 세 군데에서 일어났습니다. 저격 성공을 위해 치밀하게 준비한 것 같습니다.”

“그건 의뢰인이 한 명이라는 전제에서는 그렇겠지요.”

현세현 국정원장의 던지듯 내뱉는 말에 소름이 돋았다.

“그렇다면?”

의뢰인이 최대 세 명일 수도 있다는 뜻이다. 가능한 일인가? 세 그룹이 동시에 대통령의 결혼식을 노렸다? 그렇다면 충격적인 일이다. 신부를 피격한 것은 우연의 일치인가? 어쩔 수 없는 선택이었을까? 처음부터 신부까지 노린 것은 아닌가? 김철 경호처장은 결혼식 상황을 다시 찬찬히 떠올렸다. 경호처로부터 받은 자료와 자신의 기억으로 사건 얼개를 만들기 시작한다.

*

박한은 신혼여행을 겸한 유럽순방에다 세계미래지도자상 수상을 앞두고 있었다. 김철은 경호를 위해 유럽순방에 동행하게 되었다. 때문에 결혼식장 경호 지휘는 오종문 차장에게 맡겼다.

그리고 일이 터졌다.

결혼식장은 아수라장이 되었다. 대통령과 신부가 쓰러지는 모습을 보았다. 본능적으로 자리에서 일어났다.

“경호팀! 위치로!”

본능적으로 대통령에게 달려갔다.

"대통령님! 정신 차리십시오! 대통령님!"

대통령은 의식이 있지만, 몸은 이미 축 늘어지기 시작했다. 대통령은 자신의 팔을 잡았다. 그리고는 작은 목소리로 중얼거렸다.

"이게 어떻게 된 거지요? 어머니는? 신부는요?"

돌아보니 대통령의 생모 김 여사는 바들바들 몸을 주체하지 못하다. 혼절했다.

"제가 두 분 모시겠습니다. 걱정하지 마시고 정신 놓으시면 안 됩니다. 여기 의료 헬기! 의료 헬기!"

경호팀은 즉각 대통령 부부를 헬기로 옮겼다.

아드레날린이 호흡을 가쁘게 만들었다. 심장 박동이 요동친다, 머리로 솟구친 혈액이 혈압을 올리면서 머릿속은 오히려 꽉 찬, 사고의 공백이 생긴다. 마음을 다잡으며 인이어를 다시 점검했다.

"VIP 상태를 확인하라! 위장 앰뷸런스 이동하고, 축하객 안전 확보하고, 상황 확인 보고하라!"

대통령 부부는 긴급하게 수원종합병원에 이송되었다.

'누굴까? 대통령 저격을 사주한 자가 누구란 말인가?'

*

한 달 전, 국혼위원회에서 결혼식장을 두고 설왕설래했었다. 애초 명동성당으로 정하려 했었지만, 박한 대통령은 꺼렸다. 국가수반이 특정 종교에 편향된 느낌을 주는 것을 탐탁지 않아 했다. 대통령은 종교를 초월해야 한다는 것이 지론이었다. 경호처에서 추천한 실내 공간은 박한 대통령이 거부했고, 녹지원은 국혼위원장인 정혁 총리가 반대했다. 이미 떠나온 청와대를 떠올리게 하는 건 자칫 정치적으로 실이 된다는 것이었다. 정혁 총리는 경복궁 근정전을 추천했고, 무리 없이 채택되었다.

김철 경호처장은 국혼위원장 정혁 총리의 의견에 따라 경호를 준비했다. 결혼식장에 대해서는 당일 아침까지 보안을 유지하기로 했다. 일부 위원들은 국가 행사를 너무 소심하게 축소한다고 지적했다. 특히 외교 라인에서 그랬다. 대통령 결혼식을 한국의 위상을 올리는 모멘텀으로 활용해야 한다는 주장이 있었다.

경호처는 현장을 수차례 답사했다. 결혼식은 경복궁 휴궁일인 화요일로 정했다. 무대는 드라마 세트라고 알리고 출입을 통제시켰다.

그런 가운데 경호처장은 국정원장으로부터 불길한 이야기를 들었다. 국정원과 대통령실에 해킹이 한차례 있었다. 기존의 중국에 서버를 둔 북한 해커들의 루틴과는 다른 해킹 시도 흔적이 발견된 것이다.

김철 경호처장은 결혼식의 특성상 정지 동작이 많다는 것이 마음 쓰였다. 정지된 동작이 길어질수록 쉬운 표적이 되기 때문이었다.

대통령 경호 시스템을 뚫는다는 것은 쉽지 않았다. 저격은 조력자 없이는 불가능한 일이었다. 그렇다면 경호 시스템을 뚫고 들어 올 만한 자가 누구란 말인가? 해킹과 연관성이 있는 자일까?

*

정혁 권한대행은 총리공관에서 경호처장을 기다리는 동안 창밖을 내다보고 있었다. 그의 두뇌는 두 가지 연상 기능을 수행하기 시작한다. 복잡하게 얽힌 현안의 해법을 찾는 동시에 자신의 입지에 대한 경우의 수를 따진다. 그리고 들릴 듯 말 듯 입안에서 웅얼거렸다.

'돌아올 수 있을까? 돌아온다면 괴물이 될 것이다. 아무도 감당할 수 없는 정치적 괴물'

정혁은 권한대행으로서 자신의 입지를 단단히 굳혀야 한다고 판단했다. 그러기 위해서는 박한 대통령의 메모 패드를 확보해야 한다고 생각했다. 평소 국정 운영에 대해 메모를 했던 패드가 어딘가 있을 것이다. 그 패드를 찾아야 대통령의 비밀을 알 수 있다. 하지만 아무도 대통령의 패드가 어디 있는지 알지 못했다. 집무실은 경호처장이 폐쇄 명령을 내린 후라 당장 확인할 수 없었다. 신혼여행 개인용 짐 속에 있을지도 모르지만, 그 짐의 행방은 모친인 김순애 여사만이 알 뿐이다.

김철 처장은 여전히 수원종합병원에 머물렀다. 권한대행의 계속된 대통령실 복귀 연락에도 박한 대통령 곁을 지켰다. 대통령 곁을 지키면서 충격에서 서서히 벗어나기 시작했다.

대통령실은 정혁 권한대행이 장악할 것이다. 정혁의 평소 행적에 의구심이 있었었다. 그가 야심가라고 느낀 것은 비서실장을 할 때부터였다. 지금은 권한대행이지만 대통령이 깨어나지 못한다면 정혁의 세상이 열릴지도 모를 일이다. 하지만 지금은 누구도 어떤 꿈을 꿀지 알 수 없다. 정치인이라면 남의 슬픔은 나의 기회가 될 것이다. 그렇다면 박한 대통령을 위해 내가 할 일이 무엇인가?

'그래 패드! 패드를 확보해야 해.'

김철 처장은 경호처에 대통령 집무실 출입 불가를 재확인했다. 박한 대통령의 형 박헌에게는 대통령 여행 가방을 은밀하게 보관하라 일러두었다.

*

그 시간 현 원장은 국정원에 도착했다. 상황실에서 실시간 정보를 모으고 있던 1차장이 즉시 보고를 시작했다.

“스나이퍼는 어찌 됐소?”

“인왕산 쪽 스나이퍼는 드론으로 사살했습니다. 스포터 여성 1명은 체포했는데 한국 국적은 아닙니다. 체포 당시 스나이퍼 주검 위에서 자해하고 쓰러져 있었습니다. 현재 과다출혈로 중태입니다. 광화문 쪽 저격수는 경찰특공대와 대치하고 있습니다. 현재 투항을 권하고 있지만, 대치 중으로 1차 진압 작전은 강력한 저항으로 실패했습니다. 특공대 1명은 총상으로 중태입니다.”

“현장에 누가 나가 있소?”

“현장은 경찰이 통제하고 있어서 저희 요원 2명은 현장에서 조금 떨어진 곳에서 작전 수행 중입니다. 직접 개입을 할까요?”

“감시 드론으로 한번 봅시다.”

드론은 광화빌딩 25층을 비추고 있었다. 드론은 경찰 드론과 함께 상공을 선회하고 있었고, 창문 안쪽에서 대치 중인 남자 스나이퍼와 여자 스포터의 모습이 어렴풋이 보였다.

드론이 망원렌즈로 스나이퍼의 얼굴을 확대했다. 스나이퍼는 복면을 한 상태에서 저항을 계속했다. 경찰은 주변의 통신을 두절시켰다. 통신이 살아있을 경우 의뢰인으로부터 연락을 주고받게 되면, 경찰이 원치 않을 상황이 발생할 수 있기 때문이었다. 그러나 스나이퍼는 어딘가와 통신을 했다. 아마도 군사용 통화기를 가진 것 같았다. 경찰은 주파수를 추적하기 시작했다. 스나이퍼는 창문 쪽에서 자신을 감시하고 있는 정지 드론을 향해 사격했다. 드론은 박살이 나며 추락했다. 그리고 창문의 차양을 내려 버렸다. 경찰의 시야에서 스나이퍼의 모습이 사라지자 열추적 촬영 모드로 스나이퍼를 감시하기 시작했다.

현세현 국정원장은 정철 경찰청장과 연락을 했다.

"꼭 생포해야 합니다."

"노력하고 있습니다. 저항이 심해서 특공대 피해가 우려됩니다."

현 원장은 정철 경찰청장의 의지를 의심했다. 정혁 권한대행의 사촌인 그의 노림수가 있을 것으로 생각했다. 정철은 특공대 진입을 미적거렸다.

그 시간 스나이퍼의 모습이 열 감지로 관측되었다. 스나이퍼는 신발을 벗었다. 그리고 양말을 벗어 신발과 함께 가지런히 정돈했다. 스나이퍼와 감적수는 옷을 벗고는 서로 끌어안았다. 그리고 절정을 향해 미친 듯이 달려가듯 격렬해지기 시작했다. 상황실은 당혹스러워했다. 열추적 영상 포르노를 지켜봐야 하는 상황이다. 남녀가 사랑을 나누는 현장을 덮치려는 작전은 주춤거렸다. 상대는 대통령의 저격범이었다. 동물이 가장 취약한 순간은 짝짓기 순간이다. 무장해제되었을 때 제압해야 한다.

정철은 더는 버틸 수 없다고 판단했다.

"진입 조 즉시 진입하라! 생포하라!"

진입 조가 잠겨진 문을 부수기 위해 장비를 동원해 문을 부순다. 남녀는 섹스에 도취한 듯 개의치 않는다. 그렇게 문이 부서지려 할 즈음, 남자는 라이플 총구를 끌어안은 여자의 목덜미와 자신의 목이 관통하도록 겨누고 몸을 비스듬히 눕혔다. 맨발의 엄지발가락을 방아쇠에 걸고는 눈을 감는다. 남녀는 더욱 격렬해졌다. 절정의 순간. 경찰특공대가 다급하게 들이닥쳤다.

"탕!"

"탕!"

광화문에서 두 발의 총소리가 울렸다.

13

남겨진 시간

박한 대통령의 의식불명으로 정혁 총리는 대통령 권한대행으로 취임했다. 정혁 총리 정치세력들이 일제히 모여들었다. 정혁 권한대행은 국정을 위해 인사 단행을 고심했다. 우선 주요 국정 요인들은 만나서 사전 작업을 벌였다. 권한대행의 비선 조직은 이미 가동되고 있었다. 그 중심에 샘오가 있었다. 샘오는 섀도 캐비닛을 정혁에게 건넸다. 명단을 받은 정혁은 고심했다.

"장관을 손대면 저항이 심할 텐데."

정혁은 샘오의 파격 인사안을 손에 쥐고는 갈등했다. 전례를 찾을 수 없을 만큼 혁신적이었다. 이렇게만 된다면 더 바랄 게 없지만, 정치권의 반발을 이겨내야 하는 숙제가 생겼다.

"대행님, 그래도 이대로 가야 후일을 도모할 수 있습니다. 기회는 다시 오지 않습니다."

"그건 그렇지. 하지만 분석을 한 번 해보게, 문제는 VIP가 깨어날 경우와 사망할 경우 대응이 달라야 하지 않겠냐는 것이지. VIP 상태에 대한 보고가 들어 왔소?"

박한이 깨어날지 그렇지 않을지는 아무도 예단하지 못했다. 정혁은 신중했고, 샘오는 과감했다.

"여전히 혼수상태랍니다. 의식을 회복할지는 계속 확인할 수밖에 없다는군요."

"좋은 생각 없나?"

"방법이 있긴 합니다만 치밀한 준비가 필요한 것이라…."

정혁 대행은 샘오의 눈빛과 마주쳤다. 눈빛에서 얼음 칼처럼 냉철한 날카로움이 느껴졌다. 박한의 운명을 하늘에 맡기는 것이 아니라, 정혁 권한대행의 뜻에 맡기겠다는 걸 의미했다. 정혁은 살포시 웃었다. 벌써 대통령 놀이를 시작한 것이다.

정혁 권한대행은 입법부 수장 김재권 국회의장과 사법부의 수장인 이신념 대법원장을 만났다. 대행의 명분 쌓기는 계속되었다. 여야 대표 회동에서 대승적인 협조를 당부했다. 정춘석 여당 대표도 협조를 약속했다. 정혁은 은밀히 노장언과 별도 회동을 했다.

"계엄령을 선포하면 대표께서 찬성의견을 내주셔야 합니다."

노장언은 한 발 빼며 거리를 두었다.

"반대 의견이 만만찮을 겁니다."

"그러니까 대표님을 뵙는 것 아니겠습니까?"

"정 대행! 계엄 다음은 어떻게 하실 생각이오?"

"대표님 의견을 참고할 생각입니다. 말씀해주시지요."

정혁 권한대행은 노장언에 미끼를 던졌다. 노회한 노장언이 미끼를 물어줄지는 미지수였다.

"그래도 나는 야권대표인데 계엄에 무턱대고 찬성하기란 어렵지 않겠소? 여권과 야합했다고 소문나면 내 자리 지키기도 쉽지 않을 텐데?"

"대승적으로 국가 미래를 위해 여권과 함께 가기로 했다면 될 것 아닙니까?"

"그야 국민은 박수를 보내겠지만, 정치판에서 굴러먹은 친구들이 그렇게 해석해 줄까요? 짜고 치는 고스톱 정도로 해석할 텐데. 그리고 계엄을 선포하면 미국과의 관계정리도 필요하지 않겠소?"

노장언은 여전히 거리두기를 했다.

정혁은 빅딜을 제의했다. 계엄을 찬성하는 대신 자리를 보장하기로 했다.

"뜻을 이루시면 나에게 자리 몇 개는 약속하시겠소? 국무총리, 국정원장, 대법원장, 선거관리위원장 이렇게 네 개만 넘겨주시면 되오."

노장언의 노골적 요구에 정혁은 당황했다.

"그건 너무 과하십니다. 사실상 허수아비가 되란 뜻 아닙니까?"

"무슨 소립니까? 막강한 기재부, 법무부, 검찰, 경찰, 감사원, 국세청 등등 얼마나 대단한 자리가 많이 남아 있는데 말입니다. 내키지 않으시다면 없었던 거로 하십시다."

정혁 대행은 한발 물러섰다. 권력을 장악하기 위해서는 야당의 협조가 절대적이었다. 야당이 반대하면 계엄 해제와, 탄핵이라는 비수를 맞을 수도 있었다.

노장언은 정혁을 바람막이로 생각했다. 정혁 권한대행을 잘 활용하는 것이 직접 권력을 뒤집는 것보다 낫다고 생각했다. 대통령 생사가 불확실한 상황에서 자칫 욕심을 내며 전면에 나섰다가 역풍을 맞을 수도 있기 때문이었다.

노 대표와의 밀약은 일단락되었다. 국무위원 물갈이는 노장언이 협조하기로 했다. 대통령 권한대행이 국무위원을 임명하는 것이 합법적인가 아닌가에 대한 논의와 다툼은 늘 있었다. 노 대표의 역할이 없으면 불가능한 일이다.

노 대표는 국정원장에게 전화했다.

"현 원장, 만났으면 하는데 시간이 언제가 좋겠소? 시국이 시국인지라 다른 사람 눈에 안 띄게 봅시다."

둘은 경복궁 근처 통인동 안가에서 만났다. 노 대표는 먼저 운을 뗐다.

"원장님! 예상하셨겠지만, 권한대행을 어떻게 생각하시오?"

"저는 생각하고 평가하는 사람이 아니라 정보를 수집하고 분석하는 사람입니다."

"이러지 맙시다. 나도 대통령이 걱정돼서 묻는 겁니다. 박한 대통령이 걱정돼서. 특히나 원장의 안위도 포함되고 말입니다."

노장언의 진의는 무엇일까를 생각했다.

"대표님께서 지켜주리라 생각하고 있습니다. 권한대행이 행정부 수장과 주요 요직을 새로 구성하듯 인사 조처하는 예는 없었지 않습니까?"

그새 현세현이 정혁이 내각 개편을 준비한다는 첩보를 가지고 있는데 놀랐다.

"그야 그렇지만 강행할 경우. 바로잡기 위해서는 소모적인 힘을 쏟아야 한다는 것이겠지요. 물론 야당에서 강력히 반대하면 일단 제동은 걸리겠지만, 워낙 의지가 강하면 그것도 한계가 있습니다."

현 원장은 노 대표가 가지고 온 노림수가 있을 거로 생각했다. 그 노림수는 아마도 서로 협력하자는 뜻일 수도 있고, 정혁의 약점을 잡고 있을 수도 있다. 야욕을 드러내고 있는 권한대행의 비위를 국정원에서 알고 있을 테니 서로 윈윈하자는 뜻일 수도 있다.

노회한 노 대표는 먼저 자신을 드러내지 않았다.

"스나이퍼 배후는 좀 나온 게 있소?"

"계속 확인하고 있습니다만, 아직 명확하게 나온 건 없습니다."

"그 말은 어느 정도 나온 것은 있다는 뜻이구먼. 그렇지 않소?"

"허허허, 대표님 너무 추궁하듯 그러지 마십시오. 곧 말씀드리겠습니다."

현세현은 대통령의 공백이 마치 춘추전국시대처럼 군웅할거의 시대가 된 것으로 생각 했다. 권력의 공백이 위험을 초래하는 것은 역사적 사실이다. 한국의 정치권이 요동치고 있다. 그 정점에 정혁이 있고, 노장언이 뒤집기 한판 기술로 도전장을 내놓겠다는 뜻이다. 사경을 오가는 젊은 대통령이 누워있는 동안 나잇살 먹은 정치인들이 마지막 노욕을 부리고 있다. 그리고 그를 따르는 노욕의 희생자들이 나름의 꿈을 꾸는 세상이 되었다. 차라리 꾸지 않았으면 좋았을 꿈을 꾸는 셈이다.

*

대통령 부부는 수술이 끝나자 국군수도병원으로 옮겼다. 박한은 여전히 차도가 없었다. 김철은 경호에 촉각을 곤두세웠다. 민간 병원보다 군 병원이 더 위험할 수 있다고 판단했다. 군대의 일사불란한 움직임이 마음에 걸렸다. 누군가의 잘못된 명령에 일사불란하게 움직이기라도 한다면 제어하기가 어렵다는 점에서였다.

현세현 국정원장이 찾아왔다. 김철 처장이 자리를 비울 수 없자 직접 찾아온 것이다.

"일이 매우 급하게 돌아가고 있어서 왔습니다."

"권한대행 때문이시죠?"

현 원장은 고개를 끄덕였다.

"대통령실 안에서도 예사롭지 않은 분위기가 돌고 있습니다. 새로운 줄을 잡을 것인가 말 것인가에 대한 묘한 분위기입니다."

"저도 걱정스럽습니다."

"문제는 대행이 단순히 자기 사람을 만드는 것이 아니라 대통령실과 내각의 전면 물갈이를 기획하고 있다는 정보입니다. 그렇게 되면 사실상 국정을 완전히 장악하겠다는 것인데, 대통령이 아직 의식이 돌아 오지 않은 상태에서 이건 쿠데타입니다."

"그렇습니다. 권한대행이 왠지 오래전부터 이럴 때가 올 걸 예상이라도 한 사람처럼 빠르게 움직이고 있습니다."

두 사람의 눈이 마주쳤다. 정혁의 의도대로 두고 볼 수만은 없다는 것이었다.

"야당 노 대표와도 밀약한 것 같습니다. 이미 여러 번 비밀 회동을 했다는 첩보가 있습니다. 정확한 대화 내용은 알 수 없지만 두 노회한 정치인이 모여서 국가 안전과 발전을 위해 대화했다고는 기대할 수 없습니다."

두 사람은 대책을 고심했다. 먼저 박한 대통령의 경호를 강화했다. 정국이 어지러워질수록 대통령에 어떤 위해를 가할지도 모른다는 것 때문이었다.

현세현은 노장언과의 만남에서 있었던 일을 끄집어냈다. 노장언의 입을 빌리자면 경호처가 물갈이될 가능성이 농후했다. 대통령 경호 책임을 물어 물갈이한다는 것이다. 전례 없는 일이기는 하지만 대통령 권한 대행이 장관급까지 대대적인 인사를 할지도 모른다는 첩보에 단단히 대비해야 한다고 했다.

김철은 문득 머리를 스치고 지나가는 싸늘함을 느꼈다.

“경호처를 물갈이한다면 대통령의 병실 경호에 문제가 생길 수 있습니다. 정 권한대행의 속도는 단순히 대행으로서의 행보가 아니라 국정을 장악하고 스스로 대통령이 되겠다는 뜻이 아닙니까? 그렇다면….”

“국정원에서 빠르게 움직여야겠지요. 대행과 샘오의 행적에 대한 보고서를 준비하라 해 놓았습니다.”

두 사람은 대통령의 회복이 쉽지 않다는 것에 고심이 컸다. 시간이 장기화할수록 권한대행의 정권 장악은 더욱 공고해질 것이기 때문이다. 만약 저격의 배후가 정혁이라면 모든 증거를 인멸하려 들 것이다. 정혁 권한대행은 언제부터 대통령 꿈을 꾸었을까? 대통령과 자신의 딸을 엮어 보려고 그렇게 읍소하고 다니던 정혁이 아니었던가. 그렇다면 처음부터 대통령이 되려고 하지는 않았을지 모른다. 그런데 무엇이 그를 대통령에 집착하게 했을까?

*

현 원장은 애초부터 몇몇 요인들을 의심했다. 대통령의 저격 사주 세력을 밝히는 것은 어려워졌다. 스나이퍼는 이미 입을 열 수 없는 상황이 되었다. 스나이퍼가 맞은 총알은 부검으로 밝혀졌지만, 그것만으로 단서를 잡을 수가 없었다. 인왕산 스나이퍼는 드론에 저격당했고, 광화문 스나이퍼는 경찰과 대치 중 피격당했다. 처음엔 스나이퍼가 발가락으로 방아쇠를 당겨 자살한 것으로 알려졌으나, 누군가에 의해 저격당했다. 진입한 특공대가 발사한 총은 아니었다는 것은 밝혀졌다. 누가 스나이퍼를 저격했는지는 여전히 알 수 없다. 다만 유일한 생존자인 인왕산 감적수는 중태다. 감적수는 일단 한국인은 아닌 것으로 밝혀졌다.

"감적수는 아직도 혼수상태요?"

"예. 그렇습니다."

"국적은 알아냈소?"

"입국자 자료를 가지고 대조 작업 중입니다만 아직 알아내지는 못했습니다. 최근 입국자는 아닙니다. 오래전 입국했거나, 밀입국자가 아닌가 합니다."

"감적수는 24시간 감시를 해야 하오. 타 기관에서 접근하는 것도 막아야 합니다. 저격 건이 국내의 누군가와 연관된 것이라면 감적수를 그냥 놔두지는 않을 거니까."

"덫을 놓는 건 어떻겠습니까?"

"한번 재주껏 잡아보세요."

현세현은 범인이 주변에 있다는 걸 느끼고 있었다. 가장 가능성이 큰 인물 중 하나가 정혁 권한대행이었다. 권력을 장악하는 속도가 훈련받은 사람처럼 날랬다. 그동안의 첩보를 분석해도 결과는 비슷했다. 다만 정혁은 자신의 정치적 야욕을 채우기 위해 대통령을 제거할 정도의 대범한 인물은 아니었다. 그렇다면 아직은 존재감을 드러내고 있지는 않지만, 오히려 샘오가 연관될 가능성이 있다고 판단했다. 샘오의 최근 근황에서도 의심스러운 점이 여럿 발견되었다. 그렇다면 샘오는 무엇을 노리는 것일까? 박한 대통령이 깨어나지 못한다면 우선은 정 권한대행이 국정을 장악하고, 서거라도 한다면 보궐선거를 치러야 한다. 대통령 후보로 정혁이 출마하더라도 당선은 보장할 수 없다. 샘오는 무엇을 노리고 있을까? 박한이 돌아오면 샘오의 꿈은 사라지는 것일까?

얼마 전 올라온 보고서가 문득 떠올랐다. 2025년 두 사람이 화악산에서 실종되어 소방헬기로 구조된 일이었다. 그 이후로 두 사람은 공동 운명체처럼 움직였고, 무엇엔가 힘을 받은 듯이 행동했다. 세평에서 그들이 종교적인 연관성을 언급했다. 마치 무슨 계시라도 받은 것처럼 주변 사람에게 행동했다는 것이다. 등산 전과 후에 특히 정혁은 예전과 다른 모습을 보였다고 했다.

*

정혁 대행은 신속하게 대통령 보좌를 문제 삼아 비서실장을 교체했다. 새로운 비서실장은 박강희 홍보수석이었다. 이와는 별도로 정혁 대행은 '국가비상대책위원회'를 신설했다. 대통령의 부재를 국가 위기로 보고 이에 신속하게 대처해야 한다는 것이다. 위원장은 당연직으로 정혁 대행이 맡았다. 간사는 전혀 예상치 못한 인물이었다. 간사는 오세오 즉 샘오였다. 정혁 대행은 당초 샘오와 갈등을 빚었었다.

시작은 샘오가 비서실장을 원하면서 시작되었다. 정혁은 만류했다. 욕심과는 달리 인사청문회에서 만신창이 될 것이 확연했다. 정혁은 청문회 통과에 문제가 없는 박강희 수석을 지명했다.

그러자 샘오는 계엄 대신 국가비상대책위원회를 거론했다. 정혁은 솔깃했다. 정국을 장악하면서도 장관을 비롯한 요직 인사 반발을 막을 묘수라 생각했다. 국가비대위를 만들어 전권을 장악하면 권한대행의 장관급 인사 잡음을 일시에 해소할 수 있었다. 그리고 국가비대위의 실세인 간사를 샘오가 차지하면 될 일이었다. 이어서 예상했듯이 비서진을 교체했다. 수석과 비서관을 선별적으로 하나씩 뽑아냈다. 그 가운데 가장 특이한 것은 연설비서관을 하던 민서린을 경호처 특임 차장으로 임명한 것이었다. 대통령실은 민서린을 경호처 특임 차장으로 한데에는 그녀와 대통령의 특별한 인연을 염두에 두었다고 발표했다. 박한과의 초등학교 시절 인연과 더불어 대통령의 전기를 쓰고 있는 것. 특히 같은 병실에 영부인의 경호도 겸해야 하므로 민서린 차장이 적임자라고 설명했다. 여론은 발표에 반신반의였다.

정혁 대행은 샘오가 장악한 민서린을 적절하게 활용하기로 했다. 대통령의 사람도 골고루 쓴다는 인상을 줄 카드로 민서린이 가장 적합했기 때문이다. 비서진 교체는 박한 체제를 유지한다는 명분으로 최소한으로 교체시켰다. 비대위를 통해 정치하겠다는 포석이었다. 이것을 모를 리 없는 여당에서는 비대위 설치에 대한 반발이 거세졌다. 이와는 반대로 의원 절대다수를 확보한 야당에서는 정 대행 체제와 결탁하여 일사천리로 진행 하였다.

*

박한의 혼수상태가 계속되자 일본과 중국의 움직임도 빨라졌다. 겉으로는 빠른 쾌유를 빈다는 정치적인 수사를 날렸지만, 속셈은 따로 있었다. 그동안 반목을 거듭했던 일·중 비밀협약이 다시 탄력을 얻었다.

"대행님, 결국 일이 터졌습니다."

박강희 비서실장이 급보를 전했다.

"뭐가 터졌다는 겁니까?"

"일본과 중국이 동중국해 한새군도 남쪽 바다를 봉쇄했습니다."

정혁은 즉시 NSC(국가안전보장회의)를 소집했다. 회의에는 국가비상대책위원회 간사 자격으로 샘오도 참석시켰다.

"현실적으로 동중국해 전부를 봉쇄하는 것이 가능합니까?"

샘오가 이해할 수 없다는 표정으로 믿기 어렵다는 듯 고개를 가로저었다.

"물론 일본이나 중국이 대놓고 봉쇄한다고 하지는 않습니다. 국제여론을 보는 척 수위조절을 교묘하게 하고 있습니다."

신두석 국방부장관이 상황을 설명했다. 양국이 해상 훈련을 핑계로 동중국해 여러 곳에 시차를 두고 훈련지역을 선포해서 사격훈련을 하고 있어 사실상 한국 무역선이 동중국해 진입을 못 하도록 하고 있다는 것이다.

"그럼 어떻게 해야 합니까?"

"그건 대행께서 결정을 내리셔야 합니다."

신두석 국방부장관이 정혁의 결단을 요청했다. 정혁은 깊은 생각에 빠졌다. 곤혹스러운 듯 고개를 가로저을 뿐 말이 없다.

"대행님, 일단 협상을 하는 것이 좋지 않겠습니까?"

서슴고 있던 샘오가 입을 뗐다. 정혁의 마음을 읽어주는 것은 역시 샘오였다. 이영수 통상부장관은 무역 항로가 막힐 것을 대비한 대비책을 주문했다.

“협상도 좋지만 우선 우회로를 확보해야 하지 않겠습니까?”

정혁 대행은 난감한 표정을 지었다.

“우회로라면 어디를 말하는 겁니까? 홋카이도 쓰가루 해협까지 돌아서 온다는 겁니까?”

“물론 쓰가루 해협은 일본 영해 구간이 3해리로 자유항행할 수는 있지만, 너무 멀리 돌아와야 합니다.”

“그럼 어디를 말씀하시는 겁니까?”

이영수 장관은 뜻밖의 우회로를 제시했다.

“큐슈 동해안을 지나서 시모노세키 간몬 해협을 통과하면 됩니다. 간몬 대교라고 다리가 있기는 한데 선박 통과 높이가 넉넉해서 어지간한 무역선은 문제없습니다.”

“그런데 해상 봉쇄에 참여하고 있는 일본이 간몬 해협 통과를 허락하겠습니까?”

정혁은 일본이 해협 통과를 허락하지 않을 것이라 확신했다. 해상 봉쇄까지 하면서 그렇게 엉성하게 대비하지는 않으리라 생각했다.

“그러니까 비밀리에 일본과 협상을 해야지요. 이왕이면 미국도 끼워 넣어야 효과적이겠지요.”

이야기를 듣고 있던 샘오가 나섰다.

“일본과 협상을 한다면 대표를 누구로 할 겁니까?”

위원들은 서로 얼굴만 멀뚱거리며 쳐다봤다. 일본이 거부할 것이 확실해 보이는 협상 테이블에 앉고 싶은 사람은 당연히 없었다.

“그럼 제가 한번 해보겠습니다.”

모두 샘오의 호기에 놀랐다. 정혁도 놀라긴 마찬가지였다.

“샘오 간사께서 직접 나서시려고요?”

“예! 제가 한번 빗장을 풀어보겠습니다.”

정혁과 샘오의 눈빛이 마주쳤다. 정혁은 샘오의 태도에 놀라는 눈빛이다. 사전에 협의가 없었던 건이었다. 돌발적인 결정인지, 계산된 것인지가 모호했다.

“협상에는 어려움이 있습니다. 일본은 한국 대통령의 부재로 협상에 응하지 않을 수도 있습니다. 설령 응한다손 치더라도 대표성이 없다는 신뢰 문제를 들어 조인을 거부할 수도 있습니다.”

샘오는 자신이 구국의 정신으로 지뢰밭에 들어간다는 것을 강조했다. 그 얘기를 듣던 정혁도 가만히 있으면 안 되겠다는 생각이었다.

“그럼 중국은 내가 직접 상대하겠습니다. 샘오 간사가 일본 문제를 푸는 동안 나는 중국을 설득하겠습니다.”

정혁은 특사 자격으로 샘오를 일본에 보냈다.

*

샘오가 일본에서 기세등등 돌아왔다. 마치 갈리아 원정을 끝내고 루비콘강을 건너온 카이사르 같은 위세였다.

"역시 샘오야! 대단해."

"아닙니다. 대행께서 대단하신 겁니다."

정혁과 샘오는 서로를 칭찬했다. 그들은 협상했던 결과에 흡족했다. 정혁은 대대적인 실적 홍보를 지시했다.

언론은 '동중국해 해상봉쇄 사실상 풀려'라는 기사를 풀기 시작했다. 샘오가 일본 정부로부터 해상봉쇄 해제 대신 간몬 해협 통과권을 얻어냈다. 그것으로 중국의 해상 봉쇄는 의미는 퇴색되었다. 결국, 해상 훈련을 빙자한 해상 봉쇄는 풀 수밖에 없게 되었다. 일본의 노림수는 분명했다. 간몬 통과권을 쥐고 한국에 딜을 했을 것이다.

정혁 권한대행 체제에서 외교적인 성과를 냈다는 사실이 알려지면서 정혁과 샘오가 주목받았다. 그들은 꿈꿔왔던 세계를 펼칠 때가 왔다는 것을 직감했다. 물 들어왔을 때 노를 젓듯이 바람이 불어올 때 바람을 타고 올라야 한다.

샘오는 넌지시 입을 열었다.

"이제는 박한을 마무리해야 하지 않겠습니까?"

정혁도 같은 생각이었다.

"자네도 지금이 기회라는 거군?"

"물론입니다. 때를 놓치면 후회할 겁니다."

정혁은 여전히 마음을 졸이고 있었다.

"엄청난 일이라서…."

"주저하면 끝입니다. 이미 엎질러진 물입니다. 도로 주워 담을 수도 돌아갈 수도 없습니다."

"박한이 스스로 운명할 수도 있지 않은가? 좀 더 기다려 보는 것이…."

샘오는 주저하는 정혁이 못마땅했다.

"국민들의 관심은 그리 오래가지 않습니다. 대통령이 깨어나지 못한다고 하더라도 시간이 지나면 대행님의 인기도 시들해질 겁니다. 이렇게 외교적 성과를 냈을 때 능력자의 이미지로 밀고 나가야 합니다."

결국 샘오의 주장에 정혁은 수긍했다. 정혁의 조심스러워진 모습에 샘오는 답답함을 드러냈다. 조심스럽다는 것은 권력의 정점에 접근했다고 스스로 생각했기 때문이었다. 샘오는 바람을 타고 오르는 독수리가 될 때가 됐다고 생각했다. 그런데 정혁의 조심스러움이 바람을 반 박자 죽여놨다.

현세현은 정혁과 샘오의 외교성과를 의심했다. 두 사람의 비밀 활동에 대한 첩보가 있었다. 해상 봉쇄를 권한대행과 비대위 간사가 협상한다고 덜렁 풀릴 사안은 아니었다. 어떤 이면 합의가 있었을지 의심스러웠다.

"김철 처장님. 조심해야 할 것 같습니다. 특히 조짐이 안 좋아요."

"이번 외교 회담 때문이겠죠? 저도 생각이 같습니다."

현세현과 김철은 그들의 음모가 시작되고 있다고 생각했다.

*

샘오는 최규봉 국군의무사령관을 만난다. 배석자 없이 은밀하게 자리를 만들었다. 남의 눈을 피하고자 특히 현 원장의 눈을 피해 자리를 만들었다. 관용 자동차를 이용하지 않고 택시와 승용차로 음식점으로 이동했다. 혹시 모를 도청에 대비하는 치밀함이다. 강남에 있는 음식점 '거대한'에 도착하자 샘오는 자신의 관례대로 휴대폰을 회수했다. 서로서로 녹음하는 것을 막기 위한 것이다.

"최 장군님, 사복도 잘 어울립니다."

"그렇습니까? 아직은 전역하고 싶지 않습니다만. 군복 벗어야 할 때가 얼마 남지 않았습니다."

"전역은 무슨, 아직 창창하신데… 큰일 하실 분이 벌써 옷을 벗어서야 하겠습니까?"

"권한대행님께서 잘 보살펴주셔서 지금까지 왔습니다. 늘 감사하는 마음 간직하고 있다고 전해 주십시오."

샘오의 눈이 번뜩였다. 내 사람을 만들기에 적합한 인물이라고 생각했다.

"그래서 말인데, 좀 도와주셔야겠어요. 최 장군 올해 넘기면 계급 정년이지 않습니까? 남자가 군에 몸담았으면 대장은 한번 해봐야 하지 않겠습니까?"

의무사령관의 눈빛도 번뜩였다. 제대로 줄을 잡을 가능성이 느껴졌다.

"아직 별 하나인데 네 개는 희망 사항일 뿐입니다. 대장을 달려면 별 별 별 일이 다 있지 않겠습니까?"

샘오는 껄껄대며 웃었다.

"별 별 별 일. 최 장군! 센스가 넘치십니다. 그 꿈 내가 이뤄 줄까 하는데…."

최규봉 의무사령관은 대통령에게 차도가 없다는 이유를 들어 주치의 교체를 시도했다. 의외로 유찬수 국군수도병원장이 반대했다. 특별히 치료에 문제가 없다는 이유에서였다. 유 병원장은 최 사령관의 행동에 의구심을 가졌다. 예전의 모습이 아니었다. 군인이 정치하기 시작할 때 기시감이 느껴졌다. 곤충의 변태처럼 군복을 벗고 사복으로 갈아입는 모습과 흡사했기 때문이었다. 결론을 내놓고 무리하게 짜 맞추기를 하려는 움직임이 눈에 들어왔다.

최 의무사령관이 유 병원장을 별장으로 초대했다. 유 병원장은 몇 번 거절했지만, 상관인 최 의무사령관의 요청을 매번 거절할 수만은 없었다.

차를 타고 강변을 한참을 달리자 어둠 속에서 불빛이 하나 보였다.

"여기가 어딥니까?"

"다 왔습니다. 조금만 참으시죠."

유 병원장은 뭔가 이상하다는 것을 느꼈다. 집 몇 채가 보이는 시골 마을을 지나자 강변에 집이 하나 보였다. 마을을 지나면서 짖어대던 개들이 조용해질 때쯤 별장에 들어섰다.

"병원장님, 이상하게 생각하진 마세요. 좀 조용한 데를 잡다 보니 이렇게 됐습니다."

"여긴 어디지요?"

"돈 있는 사람들 별장으로 쓰는 곳입니다. 관리인을 제가 잘 알아서 한 번씩 제가 쓰고 있습니다."

최 사령관과 유 병원장은 발렌타인을 한 잔씩 했다.

"술도 사람도 화끈한 게 좋습니다. 뒤가 깨끗하거든요. 그래서 나는 술도 독한 술, 사람도 생각이 분명한 사람을 좋아합니다."

유 병원장은 최 사령관의 의도를 읽으며 대꾸했다.

"예전에는 집도가 끝나면 센 거로 마시곤 했었는데 요즘은 집도할 일도 없고 조용히 보냅니다. 그런데 이건 무슨 냄샙니까?"

유 병원장은 독특한 냄새에 신경이 쓰이는지 두리번거렸다.

"아, 한 번씩 쓰는 별장이라 벌레도 쫓고 습기도 제거하고 겸사겸사 피우는 개똥쑥 말린 겁니다. 역하시면 끄고요?”

“아닙니다. 그나저나 하실 말씀이 있으면 해보시죠. 병원에 일이 생기면 지금이라도 가봐야 하니까요.”

때마침 밖에서 주차하는 소리가 들렸다.

“아! 마침 관리인께서 오셨구먼, 훌륭하신 분이니 인사를 나눕시다.”

샘오가 들어왔다. 샘오는 환한 웃음과 함께 인사를 나누었다.

샘오는 대통령 주치의 교체를 거론했다. 유 병원장은 여전히 거부했다. 유능한 주치의를 마땅한 이유도 없이 교체한다는 것은 인사권 남용이라는 것이다. 그것은 병원 의사 전체에게 좋지 않은 신호가 될 수도 있었다. 샘오는 유 병원장이 이대로는 부탁을 들어주지 않을 것이라고 확신했다. 그렇다고 임기가 남은 병원장을 징계도 없이 자를 수는 없는 노릇이었다.

“역시 이렇게 올곧은 의료인이 있어 이 나라가 그래도 반듯해진 것 아니겠습니까? 오늘은 저의 얘기는 끝났습니다. 정 권한대행은 주치의의 역량 문제로 대통령께서 차도가 없지나 않은지 걱정이 많습니다. 제가 말씀 잘 드리겠습니다. 대통령께서 조속히 쾌차하시도록 최선을 다해 주세요. 병원장님만 믿습니다.”

샘오는 이야기를 정리하고 술자리를 시작했다. 샘오는 가수를 불렀다.

"원장님, 제가 연예기획사 할 때 인연을 맺었던 친굽니다. 마침 미사리 카페에서 노래를 하고 있길래 잠깐 노래 한 곡하고 가라고 불렀습니다. 노래가 기가 막힙니다."

유 원장 앞에 기타를 든 낭창낭창해 보이는 여자 가수가 나타났다.

"가희입니다. 원장님 만나 뵙게 돼서 영광입니다. 노래가 좋다면 저희 가게에도 한 번 찾아 주시고요."

가희는 노래를 시작했다. 가희의 기타 소리와 목소리가 별장 안을 몽롱하게 만들었다. 유 병원장은 눈을 감았다. 아련한 기억이 떠오르며 몸이 이완되기 시작했다.

"한잔 올려도 될까요?"

가희의 술 한 잔을 마시니 긴장이 풀어진다. 노래 한 곡에 또 한잔 두잔….

김철은 유 병원장을 만났다.

"역시 협박이 시작됐군. 그럼 일단 주치의를 교체시킨다고 하세요. 다만 일주일만 시간을 달라고 하세요. 누굴 주치의로 하자던가요?"

"그건 아직 모르겠습니다. 다만 다른 병원에서 올 것 같습니다. 아무래도 의료사령관 측 인사겠지요."

김철은 당분간 병원장에게 샘오의 별장 함정에 빠진 지질한 의료인 행세를 하도록 했다.

박한은 여전히 혼수상태였다. 진료 기록상 시간이 지날

수록 깨어날 가능성은 점점 줄어들었다. 하지만 더는 기다릴 수도 없었다. 정혁과 샘오가 무슨 짓을 할지 모르는 상태에서 주치의까지 교체하려 했다.

김철은 정혁과 샘오가 박한에게 위해를 가한다는 전제로 경호하고 있었다. 만약 위해를 가하다면 주치의, 간호장교, 어쩌면 민서린일 수도 있다고 판단했다.

*

민서린에게 샘오는 대마초도 마약도 쓰질 않았었다. 영부인이 될지도 모르는 여자에게 마약을 쓸 수는 없었다. 더군다나 자신의 아이를 낳아야 할지도 몰랐다. 샘오는 늘 그 점이 불안했었다. 언젠가 민서린이 자신이 쳐 놓은 느슨한 올가미를 스스로 벗어던질지 모른다는 것이었다. 정혁은 정세라를 대통령과 결혼시키려 했지만, 샘오는 정세라와 민서린 우현 모두에게 손을 뻗쳤다. 샘오는 자신의 욕망을 위해 정세라와 박한의 결혼을 방해했다. 샘오는 누구든 대통령과 결혼하기 직전 자신의 씨를 심으려 했다. 탁란의 뻐꾸기처럼 자신의 자식까지 대통령의 자식으로 대통령 가에서 키우려는 의도였다. 그것을 빌미로 대통령의 영부인을 장악하고 하늘을 날아오르려 했다. 하지만 민서린이 눈치를 챘다. 민서린은 이런저런 이유로 우현과 샘오 사이를 떼어 놓았다.

민서린은 처음으로 샘오와 격론을 벌였다. 샘오는 자신의 지배에서 그녀가 빠져나갈지도 모른다는 불안감을 느꼈다. 갈등은 박한과 영부인 처리 문제를 꺼냈을 때 심해졌다.

"너무 성급하면 일을 그르친다는 걸 아시면서 왜 그렇게 밀어붙이는 거죠? 시간을 주세요."

민서린은 샘오의 품에서는 샘오에 맹종했지만, 박한 앞에만 서면 마법이 풀리듯 샘오의 세계에서 빠져나오곤 했다.

"시간이 많지 않아 VIP가 다시 일어나기라고 한다면 모든 것이 수포가 된다는 걸 알면서 왜 그렇게 미적거리지?"

마법이 풀릴 때마다 나무랐다. 민서린의 생각은 샘오와 달랐다. 샘오는 자신의 세계를 만들고 싶은 야심가였지만, 민서린은 야심가가 아니었다. 샘오는 자신을 거부할 수 없는 힘으로 장악했다. 샘오가 뜻을 이루려면 결국, 그 끝에는 자신이 희생되어야 한다는 걸 알고 있었다. 민서린의 고민은 거기서 시작했고 거기서 멈추어 있었다. 아직 박한을 떠나보내려는 마음이 정리되지 않았다. 샘오의 뜻을 이루려 해도 박한에게만 가면 마음이 흔들렸다.

샘오는 계속 강요했다.

"더 미루면 너를 의심할지 모른다는 걸 명심해. 행복한 세상에서 살고 싶다고 그랬지? 내가 그걸 해주겠다고 했고, 오로지 행복을 위해서 살겠다고 서약했었지?"

"그랬었지요."

"그런데? 뭐가 문제지?"

"혼란스러워요. 무엇이 행복인지 알 수 없어요."

순간, 샘오의 표정이 바뀌면서 음성도 바뀌었다. 샘오는 그랬었다. 일반인과 교주의 이중성을 오갔다. 샘오와 쿠쿠마스터를 넘나든 것이다.

"믿음이 약해지는 순간부터 불행은 다시 너에게 스며들게 된다. 필요 이상의 생각은 행복을 소모할 뿐이다. 그 사사로운 잡념이 행복을 불행으로 만든다. 행복하지 못하면 새로운 몸으로 환생하는 것도 불가능해진다. 더 지극한 행복이 너에게 필요하다."

샘오는 서린을 세뇌시켰다. 더 강한 그루밍을 위해 처음으로 '행복의 성수'를 주사했다. 서린은 저항했지만 샘오를 이길 수 없었다. 그리고 샘오의 거룩한 음성과 손길에 길들어진다. 처음 경험하는 강한 전율이 느껴진다. 그리고 견딜 수 없을 만큼 증폭되자 눈결 모든 것이 사라지고 오로지 쾌락만이 남았다.

쿠쿠마스터의 목소리가 환청처럼 다시 들리기 시작한다.

"너는 행복하다."

"너는 행복을 찾아야 한다."

"너는…."

어느 순간 길들어진다. 쿠쿠마스터의 뜻을 따르기 시작했다.

'나는 행복하다.'

"이렇게 행복하게 보내주면 된다. 행복한 박한이 보이지 않느냐… 사랑하는 여인의 품에 안겨 영원한 행복의 세계로 가게 해 줘야 한다. 이미 둘은 피를 나누지 않았더냐…."

14

냉동 앰풀

민서린의 손에는 샘오로부터 받은 두 개의 냉동 앰풀이 있었다. 하나는 박한의 앰풀이었고, 다른 하나는 영부인의 앰풀이었다. 민서린은 샘오가 설명하지 않았지만 어떤 것인지는 감지하고 있었다.

'죽음의 앰풀과 생명의 앰풀'

샘오의 세계에서는 죽음도 생명이고 생명도 죽음이다. 행복하면 생명이고, 행복하려면 죽어야 한다. 행복하려면 다시 태어나야 하고 그러려면 죽어야 한다. 죽음과 탄생은 다른 듯 같은 것이다. 그것은 뫼비우스의 띠처럼 영원히 반복되어야 한다. 그것이 영생이다.

민서린은 또다시 머리가 복잡해지기 시작했다.

쿠쿠마스터의 가르침대로라면 박한과 영부인이 모두 죽는다면 다시 환생할 것이다. 박한만 죽는다면 환생하지 못하고 영부인은 여염집 여인으로 살게 된다. 박한이 깨어나고 영부인이 죽는다면 박한은 대통령이 되고 새로운 영부인을 맞이할 것이다. 박한과 영부인이 모두 깨어나면 박한은 정혁을 칠 것이고, 영부인은 샘오의 아이를 낳게 될 것이다. 탁란(托卵)을 시도한다면 말이다. 샘오가 탁란을 꿈꾼 것은 박한이 대통령이 되면서부터였다. 그의 호칭이 쿠쿠마스터(Cuckoo Master)인 것도 탁란을 의미했다.

샘오는 박한이 죽거나, 만약 산다면 영부인도 함께 살기를 바랐다. 박한이 죽으면 자신이 대통령의 꿈을 꾸게 될 것이다. 둘 다 깨어나면 대통령 아이의 생부가 된다. 아이의 출생의 비밀로 영부인을 꼭두각시처럼 조정하며 또 다른 세상으로 가려는 발판으로 삼을 것이다.

경우의 수가 남겨진 샘오에 비해 정혁의 생각은 간단했다. 박한이 죽어야 했다. 굳이 박한이 산다면, 세라를 위해서 영부인이 죽어야 했다.

민서린의 갈등은 점점 더해갔다. 샘오가 꿈꾸는 세상은 젊고 활기찬 대한민국의 대통령이었다. 그런 세상이 존재할 수 있을까? 샘오는 지극한 쾌락이 몰려올 때면 으레 속삭였다. 쾌락이 절대 선이라는 달콤한 악마의 속삭임이었다. 속삭임은 절대 선이 되어 무의식의 세계를 장악했다.

'세상은 노쇠해져 간다. 의술은 인간을 살리지만, 그것은 추악한 죽음의 길로 인도하고 있을 뿐이다. 영생하려는 자 다시 태어나라! 진정한 영생은 다시 태어나는 것이다. 늙고 노쇠한 삶을 사는 자의 어리석음을 아는가? 늙기 전에 영생을 선택하라! 다시 태어남으로 온 세상을 젊고 생동감 넘치게 만들어라! 젊게 영생할 길을 모르는 자여! 그대가 세상을 좀먹고, 나라를 좀먹고, 젊은 청춘의 행복을 좀먹는다. 깨우쳐라. 영생하라….'

샘오는 건강하지 못하거나 환갑을 넘긴 자는 영생의 길로 갈 수 없다고 설파했다. 끝없이 환생하면 될 것을 늙고 불편한 몸으로 고루하게 살 필요가 없다는 것이다. 그의 말대로라면 노인 국가는 사라지고 젊은이로 가득한 국가를 만들게 되는 것이고, 그런 나라를 자신이 만들겠다는 것이다.

*

민서린은 국군수도병원에서 김철의 지휘 아래 대통령 부부 경호를 계속했다. 민서린의 갈등이 샘오를 여전히 불안하게 만들었다. 샘오는 민서린을 더는 내버려 두면 안 된다고 생각했다. 민서린에게 강력한 마인드컨트롤이 필요했다. 그리고 민서린의 마음을 장악해야겠다고 생각했다.

샘오는 은밀하게 민서린에 박한 대통령부터 제거할 것을 지시했다. 건네받은 약을 간호장교 몰래 박한 대통령의 링거에 주사하라는 것이었다. 앰풀은 간호사가 링거를 설치하는 동안 바꿔치기해야 했다. 간호장교가 들어올 때 경호요원들은 링거와 주사액을 넣고 연결하는 과정을 확인했다. 민서린은 간호장교가 없는 틈을 노렸다. 정작 틈이 나면 주저했다. 박한을 선택할 것인가 샘오를 선택할 것인가에 대한 고민은 깊어갔다. 샘오는 명령을 거부하면 마약투여 사실로 옥죄어 올 것이다. 이미 샘오를 벗어날 수 없다는 걸 잘 안다. 아직 샘오를 사랑한다고 생각했다. 갈등이 심해지면 차라리 그 주사기를 제 몸에 꽂을까를 고민했다. 박한에 꽂으면 샘오가 대통령을 시해한 자로 자신을 파멸시킬지도 모른다.

샘오는 다시 D-데이를 통보해왔다. 더 미룰 수 없다는 뜻이었다.

민서린은 승용차에 있는 냉동 앰풀을 조심스레 들고 병실에 들어왔다. 박한에 사용하면 영부인에게는 사용할 필요가 없다. 하지만 박한이 깨어난다면 재빨리 영부인의 몸에 정액 앰풀을 주사해야 한다.

"서린 양, 고생이 많아요."

김순애 여사였다.

민서린은 화들짝 놀랐다. 뜻밖에 박한의 친모가 병실에 와 있었다. 민서린은 주춤거렸다. 당황과 함께 갈등이 사라지는 순간이었다. 김순애 여사가 등장하며 민서린의 갈등을 깨끗이 지워버렸다.

"도저히 집에 있을 수가 없어서 왔어요. 고생이 많을 텐데 좀 쉬어요. 내가 지키고 있다가 일이 있으면 간호장교 부를 테니까."

김 여사는 당분간은 병원에서 박한의 곁을 떠나지 않을

모양이었다. 민서린은 도로 승용차 냉동고에 앰플을 넣었다. 그리고는 샘오에게 전화했다.

"VIP 모친이 병원에 왔어요. 금방 갈 것 같지는 않아요."

"뭐? 제지를 했어야지!"

샘오는 당황했다. 예기치 않은 변수가 생겨버렸다. 지휘체계 밖의 만만찮은 인물이 등장한 것이다.

"앰플 가지고 온 사이에 오셨어요."

"그럼 다른 조처를 해야지. 연락할 때까지 평소대로 움직여야 해 알았지."

샘오는 최규봉 의료사령관을 만나 김순애 여사 문제를 논의했다.

"그렇다면 병원 규칙으로 정리해야겠군요."

그 정도로 김 여사가 퇴실을 해 줄지는 의심스러웠다.

"규칙을 따르지 않으면 대책은 있소?"

"전염병 발생으로 환자와 보호자를 격리해야 한다고 밀어붙여야죠."

"생각처럼 쉽지 않을 수 있습니다. 확실하게 정리 부탁합니다."

최규봉은 김순애 여사의 병간호는 VIP 의료 규칙의 의거 중단되어야 하며, 즉시 퇴실하여야 한다고 설명했다. 김 여사는 그렇게는 못 하겠다고 강하게 거부했다. 최규봉은 대통령의 친모라도 규칙을 어기면 안 된다고 강조했다. 위반 시 강제 퇴실을 시킬 수도 있다고 말했지만, 김 여사가 수용할 리 없었다. 전염병 발생 역학 조사를 위해 격리해야 한다고 해도 김 여사는 강경하게 버텼다.

샘오는 김 여사가 계속 버틸 경우를 고민한다. 대통령을 제거하지 못하면 아무것도 제대로 성취할 수 없다. 김 여사를 강제 퇴실시킨 다음 대통령이 숨을 거둔다면 의심받을 게 당연했다. 그러려면 다시 희생양을 찾아야 하고, 꼬리를 자르려면 누군가를 또 제거해야 한다는 것이다.

샘오는 결심을 굳혔다. 이제 돌이키기에는 너무 깊이 들어와 버렸다. 탁란과 제거 사이의 선택은 의미가 없었다. 대통령이 제거되지 않는다면 정혁 권한대행이 제거될 것이다. 꿈을 위해서는 당장 정혁이라는 도약대가 필요하다. 선택의 여지가 없다. 민서린이 계속 마음을 잡지 못한다면 샘오는 자신이 직접 감당하겠다고 마음먹었다.

*

신부가 깨어났다. 사고가 난 뒤 5일 만이었다.

신부는 깨어나며 한참을 눈만 꿈뻑거렸다. 그러다가 무슨 생각이 났는지 눈물을 글썽거렸다. 그리고 서서히 고개를 돌려 주변을 살폈다. 주변은 뿌옇고 제대로 보이지 않았다. 기어들어 가는 목소리로 이름을 불렀다.

"하~니 오빠… 대통령님!"

간호하던 민서린이 잠에서 깨어났다. 그리고는 신부가 깨어난 것을 보고는 깜짝 놀란다.

"우현 씨! 아니… 영부인께서 깨어나셨군요."

민서린은 긴급 호출 버튼을 눌렀다. 멀리서 복도를 뛰어오는 슬리퍼 소리가 점점 크게 다가왔다. 의료진의 얼굴에 희망이 퍼진다.

신부가 깨어났다는 소식은 즉시 정혁 대통령 권한대행에 전해졌다. 권한대행의 얼굴은 일그러졌다. 영부인이 깨어났다. 아직은 영부인이 아니라 일반인 우현이 정확할 테다. 법적으로 혼인신고가 되어야 영부인이 되는 것이다. 그런가 하면 박한이 깨어나지 않는다면 영부인이 되기 전에 모든 것이 종결될 수도 있다. 어쨌든 영부인을 정세라로 갈아 치울 기회는 사라졌다. 이제 남은 것은 박한 대통령 처리문제만 남았다. 자연사를 기다려야 할지 김철의 감시를 뚫고 약물의 도움을 받을지를 결단해야 한다. 동의만 하면 샘오가 움직일 것이다. 모든 것은 샘오가 안고 간다고 해왔었다. 동방의 한 마리 용이 되어 대한민국의 대통령이 될 기회가 열린다는 것이다.

곤혹스러운 건 샘오였다. 우현의 의식 회복은 가장 피하고 싶었던 시나리오였다. 깨어나려면 박한 대통령이 먼저 깨어났어야 했다. 혼수상태인 우현에게 탁란을 시도하기도 전에 깨어난 것이다. 선택의 여지가 사라졌다. 샘오 앞에 놓인 카드는 오로지 박한 제거였다.

우현은 의식을 회복하고 한참이 지나서야 상황을 파악했다.

"어떻게 된 일입니까?"

민서린은 결혼식에서 일어났던 일을 설명했다.

우현은 주변을 두리번거렸다. 박한은 보이지 않았다. 덜컥 두려움이 일었다.

"대통령님은요?"

박한 대통령은 옆방에 별도로 치료 중이라는 설명을 듣고서 안정을 되찾았다.

"최고의 의료진이 최선을 다하고 있습니다만, 의식을 아직 찾지는 못하셨습니다. 영부인께서 깨어나셨으니 곧 따라 일어나실 겁니다."

민서린의 설명에 우현은 마음을 다잡았다.

"오늘이 며칠이지요?"

"오늘은 10월 22일입니다. 닷새 만에 깨어나셨어요."

"서린 씨가 계속 간호하신 건가요?"

민서린은 총괄은 김철 처장님이 하고 자신은 간호 겸 경호 책임자로 근무 중이라고 했다. 연설비서관이 간호는 뭐고 경호는 또 무슨 일인지 의아해하자, 그동안 인사가 있었다고 설명했다.

"이제 영부인께서 깨어나셨으니까. 회복하시는 데로 전

경호에 전념해야겠군요."

"고마워요. 꼭 감사의 자리를 만들게요."

"아닙니다. 나도 대통령께서 깨어나시면 대통령실을 떠날 겁니다."

민서린이 대통령실을 떠나겠다고 하자 그 또한 어안이 벙벙했다.

"대통령실은 왜 떠나신다는 거죠?"

"그건 나중에…."

우현은 침대에 누워 붕대를 칭칭 감은 대통령을 보고는 울컥 울음이 터졌다. 자신은 깨어났지만, 아직도 사경을 헤매고 있다고 생각하니 가슴이 미어졌다.

"영부인, 너무 놀라지 마세요. 붕대는 보안상으로 VIP의 의료 정보 노출을 막기 위한 것입니다. 얼굴이나 전신을 다치신 것은 아닙니다."

슬픔에 잠긴 우현을 보고 주치의가 안정시켰다.

*

정혁 권한대행은 은밀히 샘오를 불렀다. 박한에 앞서 처리해야 할 일이 있었다. 현세현 국정원장과 김철 경호처장이다. 국정원장은 언제라도 자신을 공격할 정보를 가지고 있다고 생각했다. 거사를 치르기 전에 제거해 힘을 쓰지 못하도록 만들어야 했다.

샘오가 주춤거리는 사이 결단을 내리기 전에 신부는 깨어났다. 대통령마저 깨어난다면 세상은 달라질 것이다. 대행 천하는 며칠 만에 끝날지도 모른다. 무언가 결단하지 않으면 세 마리 용도 대통령도 모두 날아가 버린다. 언제까지 대통령의 자연사만을 기다릴 수 없었다. 결단을 내렸지만, 가장 큰 위험은 현세현과 김철이었다. 확실한 제압을 위해서는 샘오의 능력을 써야 했다.

샘오가 권한대행실로 들어왔다. 샘오는 평소 헝클어진 머리를 가지런히 빗어서 뒤로 묶었다. 단정하게 보이지 않는다는 정혁의 지적을 받아들인 것이다. 평소 남의 말을 듣지 않았던 샘오의 변화가 예사롭지 않아 보였다.

"가져왔소?"

샘오가 대 봉투를 건넨다. 총리의 손이 봉투의 봉인용 실을 돌려 풀기 시작한다. 그리고는 침을 꿀꺽 삼킨다.

"흠~"

박한, 민서린, 현세현, 김철… 최규봉(국군의무사령관), 정대경(국정원3차장), 라승우(경호처 경비안전본부장)….

"최규봉은 왜?"

"증거를 없애야지요. 같은 배를 탔다고는 하지만 한 번 배신한 놈은 또 배신하기에 십상입니다."

샘오가 나간 뒤 정혁은 마음속으로 마지막 이름을 하나를 가슴에 새겼다.

*

김철 처장은 갑자기 대통령의 입원실 출입통제를 강화했다. 현세현 원장은 대통령 저격 수사가 곧 마무리될 것 같다고 전해왔다. 그만큼 범인이 대통령에게 위해를 가할 위험성이 높아졌다고 경고했다.

"김철이 박한 병실을 전면 통제 한다고. 갑자기 무슨 이유라던가?"

정혁은 샘오로부터 소식을 듣고는 놀랐다. 눈치라도 챈 것이 아닌지 의심스러웠다.

"대통령 안위에 문제가 생길 가능성이 있다면서 전면 통제하고 있습니다. 유일하게 주치의만 통제하에 출입시키고 간호사 출입도 철저하게 감시한다고 합니다."

"눈치챈 것이 아닐까? 그렇다면 어떻게 알았다는 것이지?"

샘오는 해석을 달리했다.

"그건 아직 모릅니다. 넘겨짚은 것일 수도 있고, 다른 가능성도 있습니다."

"다른 가능성? 그게 뭔가?"

"가정입니다만… VIP가 이미 사망했을 가능성도 있습니다. 시간을 벌기 위해서 사망을 당분간 숨기려 할지도 모릅니다."

뒤통수가 찌릿했다. 미처 생각하지 못했던 부분이었다.

"그럼 그 누구야. 의무사령관에게 연락해서 즉시 알아보라고 해!"

정혁은 가슴이 뛰기 시작했다. 대통령이 자연사를 해줬다면 더없이 좋은 기회가 찾아온 것이다. 정권을 제대로 정리하려면 말미가 필요했다. 사전에 포섭해 놓은 인사들이 일사불란하게 움직여 줘야 한다. 특히 군부를 제대로 장악해야 한다. 그렇다면 이 기회에 군부 인사도 필요했다.

정혁은 우선 박한 옆에서 밀착 경호를 하는 김철부터 해임할 죄목을 찾으라고 샘오에게 지시했다. 김철을 떼어내야만 박한의 상태를 확실하게 확인할 수 있기 때문이다.

*

S요원이 현세현에게 보고서를 올렸다. S요원은 대통령실 여성과의 스캔들이 샘오와 연관되어 있다고 보고했다. 민서린과는 꽤나 오래된 연인관계였고, 우현 영부인도 접근했지만, 어느 수준까지 관계가 진행되었는지는 확인하지 못했다. 그리고 떠오른 여인은 정세라였다. 정세라와는 잠자리를 한 것으로 밝혔다. 샘오는 오세오라는 한국명 말고도 쿠쿠마스터라는 별칭을 가졌다. 그것은 민서린과 정세라의 SNS에서 공통으로 발견된 것이다.

'샘오는 왜 대통령의 여인들에게 접근했을까?'

현세현은 샘오의 꿈이 무엇일까를 생각했다. 샘오가 대

통령의 여인들을 유혹하고 세뇌했다면 종교적인 것으로 봐야 한다. 쿠쿠마스터는 뻐꾸기 선생이다. 뻐꾸기는 어떤 의미일까?

"원장님! 여기 계셨군요."

"어서 오세요. 김 청장. 나온 게 좀 있소?"

"이걸 보시겠습니까?"

김청수 경기남부청장은 서류 뭉치를 건넸다. 현세현은 천천히 보고서를 읽어내려갔다. 눈결 현세현의 눈빛이 흔들렸다.

"이럴 수가?"

수사보고서에는 양수리 변사체를 비롯한 일련의 미제 사건의 배후에 샘오가 있다는 것이었다.

"샘오가 스스로 목숨을 끊도록 했다는 증거는 찾았소?"

"신혜윤, 구라희, 하나림 모두 샘오가 키웠던 적이 있었습니다. 목숨을 끊도록 했다기보다는 직접 목숨을 끊었을 가능성이 있습니다."

김 청장은 자살이 아니라 타살에 무게를 두었다.

현세현은 보고서는 읽기 시작했다.

샘오(한국명 오세오)는 한국 대전에서 오기주와 전순남의 1남 1녀 중 맏아들로 태어났다. 5살에 미국으로 부모를 따라 이민했다. 미국에서 대학을 졸업하고 프리랜서 기자를 하다 폭스뉴스 오사카 지사장으로 3년간 활동했다. 그리고 월드뉴스 한국지사장으로 지난 2024년부터 활동을 시작했다. 샘오의 특성은 멀리서도 상대방을 정확히 알아보는 재주를 가졌다. 프리랜서 기자 때부터 사진과 기사를 혼자서 처리했었는데, 사진을 찍는 동안 피사체를 재빨리 파악하고 집중하는 데서 생긴 능력이었다. 결혼은 했으나 이혼했다. 자녀는 친권을 가진 어머니가 키우는 것으로 파악되었다. 특이한 것은 부모가 같은 날 미국에서 함께 자살한 것으로 되어있었다. 다만 자살의 이유는 밝혀지지 않았고, 자살 동기가 불충분했다. 그런 이유로 샘오가 한동안 피의자로 조사받은 것으로 나타나 있다.

또 하나의 특이한 경력은 연예기획사를 운영한 적이 있었다. 현직 기자가 연예기획사를 운영한다는 것은 물리적으로 만만치 않았다. 그런데도 그가 연예기획사를 운영했다는 것은 분명 어떤 의도가 있을 것으로 추정되었다.

현세현도 샘오의 행적에 놀라워했다.

"연예기획사를 운영했다는 건 바지사장이란 건가 아니면 실제 운영자였단 말인가?"

"실제 운영한 것으로 알려졌습니다."

"참! 특이한 친구로군."

현세현은 샘오의 보헤미안 같은 스타일이 기자 이미지하고는 맞지 않는다고 생각했다. 그런 그에게 연예기획사가 더 잘 어울릴지도 모른다. 어쨌든 오묘한 인간인 것은 분명했다.

현세현은 부모가 같은 날 같은 장소에서 자살했다는 사

실에 마음이 쓰였다. '동기가 불명확한 자살'은 어떤 것이 있을까? 동기가 없는 자살은 없다. 다만 우리가 그 동기를 알지 못할 뿐이다. 하물며 죽은 남자가 친아버지라는 것을 안 것도 경찰 조사 중에 알았다고 했다. 그럼 부모는 오랫동안 떨어져 살았고, 부부는 함께 죽을 만큼 사랑하는 사이도 아니었을 것이다. 그렇다면 부모는 이해할 수 없는 기묘한 죽음을 선택했을까? 사랑하지도 않은 사이면서 마지막 순간 기이한 사랑을 나누며 '행복한 자살'을 함께 했다는 것은 어떻게 해석 가능할까?

S는 샘오의 무모함은 종교의 힘이라는 의견을 붙였다. 샘오는 자신이 메시아라고 믿었고, 정도령이라 믿은 것으로 보였다. 어머니 전순남은 한국 도화교 교주의 손녀라고 기록되어 있었다. 그의 어머니는 언젠가는 영생의 세계로 간다고 늘 말해 왔었다.

"샘오는 일제 강점기 때 세상을 떠들썩하게 했던 백백교 교주 동생이자 도화교를 만든 전용술의 외증손자입니다."

눈결 백백교 사건이 떠오르자 샘오의 행색이 오버랩되었다.

"백백교라면 여성 신도들을 농락했다던 그 종교 말이오?"

"농락뿐만 아니라 수백 구의 시체를 암매장했다고도 알려졌었지요."

"그렇다면 전용술처럼 어린 여자애들을 정신적으로 육체적으로 완전히 지배했다는 뜻이군."

"그렇습니다. 그리고 여자애들에게 영생으로 가는 길이라며 고급 섹스 스킬을 가르친 것으로 확인되었습니다. 심지어는 스쿠버다이빙까지 훈련하면서 말입니다."

샘오가 여성을 끌어들이는 어떤 힘이 있었다는 건 분명해 보였다. 눈빛이든, 목소리든, 외모든 능력을 인정해야 했다. 판단이 영글지 않은 어린 여자들이 빨려 들어간 것은 이해할 수 있었다. 하지만 정세라와 민서린이 샘오에게서 빠져나오지 못했다는 것은 이해할 수 없었다. 사회적 지위도 지적 능력도 샘오를 막을 수 없는 것일까. 도대체 어떤 힘일까?

현세현은 샘오에 집중했다. 정혁이 샘오를 부리는 것이 아니라, 샘오가 정혁을 부리는 것이라고 의심이 들기 시작했다.

샘오는 일개 외신 지국장에서 대통령실로 입성하고는 곧바로 국가비상대책위원회의 간사로 발탁되었다. 일본의 해상 봉쇄를 푼 것은 어찌되었든 놀라운 외교적 능력이었다. 그런가 하면 이면에는 전혀 다른 모습이었다. 보헤미안 같은 외모, 자유분방함, 젊은 여자를 다루는 탁월한 능력, 엔터테인먼트 운영, 종교적인 모호함까지

"원장님 DNI에서 연락이 왔습니다."

"셀레나가?"

셀레나 정보장은 웬일인지 밝게 웃었다. 무슨 일일까?

감이 잡히지 않았다.

"대니 정의 수사 결과가 나왔습니다."

수사에서 뭔가 나온 모양이었다. 정대의는 대통령 저격 사건 이후 잊고 있었다. 박한 대통령의 관절에 도청장치를 심었던 피의자가 아닌가.

셀레나가 나지막히 말했다.

"대니 정을 찾았습니다."

현세현은 설렜다.

"설마 살아있다는 건 아니겠지요?"

현세현은 놀라움과 동시에 생사가 궁금했다. 흔적도 없이 사라진 정대의가 살아오기라도 했을까?

셀레나는 잠깐 뜸을 들였다.

"사체를 찾았습니다. 이미 부패가 진행되어서 DNA검사로 확인했습니다."

결국 배후는 이대로 묻히고 만 것인가?

"사인은 나왔습니까?"

"부검했는데 칼에 찔렸더군요. 옆구리 갈비뼈 아래에서 30도 상향 자상입니다."

현세현은 놀랐다. 양수리와 두물머리 그리고 가을의 사인과 일치했다.

"혹시 같이 발견된 사체는 없었나요?"

"있었습니다. 20대로 추정되는 여자가 함께 묻혀있었는데 신원을 밝히지 못했습니다. 불법 입국자가 아닐까 합니다. 사인은 같은 자상입니다."

현 원장은 한강 변 변사체와 미국 뉴욕의 변사체의 연관성을 생각했다. 한국은 강에서 발견되었고, 뉴욕은 주택 뒷마당에서 발견되었다. 사인은 모두 갈비뼈 아래 상향 30도 자상이었다. 그 두 곳을 이어줄 만한 매개체는 무엇일까? 동일범의 소행일까? 동일범으로 보기에는 너무 멀리 떨어진 곳이다.

"그런데 특이한 것은 말입니다. 뉴욕의 가정집 뒤뜰 매립된 풀장에서 사체를 파냈는데, 그 집은 빈집이었어요. 집주인은 순남 전 이라는 여자인데 이미 오래전에 사망했고 계속 빈집으로 있었습니다. 대니 정과 순남 전은 같은 한국계로 확인되었고요."

현 원장은 '순남 전'의 이름이 어디선가 들어봤던 기억이 있었다. 사건의 퍼즐이 거의 맞춰지는 느낌이다. 누구였더라?

셀레나는 말을 이었다.

"그런데 기록에는 그 '순남 전'도 그 집에서 별거 중이던 남편과 함께 칼로 자살을 했다고 되어 있더군요."

한강과 풀장, 갈비뼈 아래 상향 30도로 칼에 찔린 흔적… 퍼뜩 이름 하나가 스치고 지나갔다.

*

정철 경찰청장은 박한의 사라진 여행가방을 찾아냈다. 가방에는 메모 패드가 들어있었다. 패드를 열어본 정철은 아연실색했다. 정혁도 놀라기는 마찬가지였다. 비록 미완의 인사였지만, 실체를 확인하는 두 사람의 손이 떨렸다.

박한의 패드에는 유럽순방에서 돌아오면 단행하려던 국무위원과 대통령실 인사 메모가 있었다. 국무총리 박강희, 경제부총리 성의준… 경찰청장 김청수… 해외언론비서관 김민경…

정혁 그룹의 완전한 퇴출이었다. 정혁과 샘오 모두 시한부 목숨이었었다. 정철 경찰청장은 임기가 보장되어 있다고는 하지만, 가을 사건 조작으로 이미 처벌 대상에 올라 있는 터였다. 박한의 결혼, 유럽순방, 세계미래지도자상 수상이 겹치면서 이들 셋은 살아났다. 아니러니하게도 박한에게 제거되려는 순간, 박한에 의해 살아났다. 세 가지 일이 겹치지만 않았다면, 박한은 해외로 나가지 않고 인사를 단행했을 것이다.

"이제 선택의 여지가 없어졌어!"

정혁은 결심했다. 메모에는 이미 박한이 자신과 샘오 그리고 정철에 대해 정보를 가지고 있었다. 그것은 대통령 하야를 위한 사전 작업에 대한 것이었다. 대통령이 살아난다면, 피바람이 몰아칠 것이다. 샘오의 결단 요청에도 주저했던 그였지만, 이제는 박한이 죽지 않으면 자신들이 죽어야 했다.

“샘오, 준비되는 데로 처리하게.”

우현이 먼저 깨어남으로 샘오의 탁란의 꿈은 사라졌다. 이제는 스스로 용이 될 때를 기다려야 한다고 판단했다.

무신년 동방삼용이 나르샤… 하늘에 태양이 둘일 수 없듯이 동방 삼용도 모두 함께 나를 수는 없으리라.

정혁 대통령 권한대행은 기습적인 인사 단행을 준비했다. 예정대로 현세현과 김철을 먼저 제거해야 했다. 노장언과의 사전 조율은 하지 않았다. 노장언이 들어줄 리 없는 인사였다. 인사는 반격을 할 수 없도록 전격적으로 실시해야 했다. 정철 청장의 보고서를 손에 쥔 정혁은 샘오를 통해 현세현과 김철의 비위를 생산 조작했다. 두 인물이 대통령의 저격이라는 국가 위기를 몰고 왔다고 근거를 조작했다. 특히 경호처 드론에서 총이 발사된 사실을 들어 김철과 현세현이 암살을 기도했다고 혐의를 만들었다. 이어서 샘오가 인사 반발 가능성이 큰 정치인들을 잠재울 자료를 정리했다. 별장과 호텔을 통해 모아진 자료에는 녹음과 동영상을 첨부했다.

*

"오 마이 갓!"

정혁은 눈을 지그시 감았다. 그리고 침착하게 다시 물었다.

"사… 실인가? 숨을 거뒀다는 것이…."

심장이 요동쳤다. 심호흡에도 마음이 지진계 그래프처럼 흔들렸다. 희열과 회한 사이를 널뛰기했다. 정혁은 그저 멍하니 있었다. 동시에 주체할 수 없을 만큼 살이 떨렸다. 간절했지만, 막상 현실이 되자 뉴런에 버퍼링이 걸린 듯 느릿느릿 감동이 전달됐다.

"확인되었습니다."

냉철했던 샘오의 목소리도 떨리고 있었다.

정혁은 샘오가 전해온 박한 대통령 사망 소식에 애써 마음을 추슬렀다. 정혁 권한대행은 공식적으로 박한 대통령의 서거 발표를 준비했다. 국혼위원장에 이어 장례위원장이 되는 순간이었다.

지난밤 샘오는 김철이 병원을 잠시 비운 틈을 놓치지 않았다.

김철은 지난밤 병원을 은밀히 빠져나갔다. 샘오에게 병원 부재 사실을 숨기기 위해 승용차를 이용하지 않고 시체안치실을 통해 준비된 앰뷸런스로 병원을 은밀하게 빠져나갔다. 이를 샘오가 심어 놓은 요원이 눈치챘다. 샘오는 즉시 간호장교에게 작전 지시를 내렸다. 간호장교는 샘오가 넘겨준 약물을 박한에게 치사량 두 배로 주사했다. 과도한 양 때문이었는지 박한의 외형이 변했다. 예상과는 달리 얼굴이 붓고 피부도 변색되었다. 붕대를 풀지 않고 육안으로 봐도 의료사고로 보였다.

"어떻게 처리할까요?"

샘오는 난감했다. 정혁도 해결책을 찾아야 했다.

"시신이 노출되면 큰일이지 않은가? 어떻게 그런 약물 반응이 일어났는지 의문이군."

"시신을 바꿀까요? 붕대만 풀지 않으면 모르게 지나갈 수도 있지 않겠어요?"

"그건 곤란하지 어차피 염을 하면 몸이 노출될 테고, 입관할 때 가족과 측근들이 보면 금방 알아버릴 텐데 다른 방법을 찾아야지."

샘오는 잠깐 집중하듯 머리를 쥐어짰다. 시간이 별로 없었다. 빠르게 약물 살해 증거를 없애야 했다. 샘오의 표정이 비장해졌다.

"그럼 이렇게 하시지요."

정혁은 대통령 사망 발표를 미뤘다. 그 사이 대통령 저격 의심 혐의로 경호처장과 국정원장을 전격적으로 경질했다.

김철은 병원으로 돌아오던 중 해임 통보를 받았다. 김철은 마지막으로라도 대통령을 보겠다고 했지만, 병원 입구에는 이미 군사경찰이 바리게이트를 치고 접근을 막았다. 정혁은 문제를 일으킬만한 두 장애물을 일거에 제거했다.

내각 일부에서 즉각 반대 의견이 흘러나왔다. 의회도 마찬가지로 즉각 경질 철회를 대변인을 통해 발표했다. 전례로 볼 때 권한대행이 주요 국정 운영자를 교체한 적이 없었기 때문이었다. 특히 지금은 대통령이 와병 중인 시기에 대통령의 의사에 반하는 행위는 헌법 정신에 어긋난다는 것이었다. 즉시 여당에 의해 임시국회가 소집되었다.

행복한국당 정춘석 대표는 정혁 권한대행의 행동에 격분했다. 기조연설에 나선 정 대표는 대통령 부재라는 국가 위기를 정혁 총리가 자신의 정치 입지 다지는 데 이용한다고 맹비난했다. 헌정 사상 이렇게 보란 듯이 대통령 측근을 퇴출하는 인사를 본 적이 없다는 것이었다. 정춘석 대표가 핏대를 세워가며 비난하는 동안 갑자기 회의장이 술렁였다.

다음 연설을 준비하던 밝은미래당 대표 노장언의 얼굴에 알 수 없는 미소와 그늘이 교차했다. 김재권 국회의장은 급작스레 정춘석 대표의 연설을 중단시켰다.

"존경하는 의원 여러분. 그리고 연설 중이신 정춘석 대표님. 중대 발표가 있어 연설을 중단했습니다. 방금 비보가 전해졌습니다. 입원실 화재로 박한 대통령께서 서거하셨다는 비보가 지금 막 들어왔습니다."

"오!…"

의원들의 탄식이 흘러나왔다. 본회의장이 술렁였다. 대통령 입원실에 화재가 발생했다는 사실에 개탄하면서도 의아했다. 화재의 원인은 찾아야 했다. 찜찜한 사고인 것만은 분명했다. 모든 증거가 불에 타버렸다면 미궁에 빠질 만한 일이었다.

"역대 가장 큰 일을 하신 대통령께서 가장 젊은 나이에 우리 곁을 떠났습니다…."

정혁 권한대행이 공식적으로 대통령 서거를 발표하자 정치권은 순식간에 정혁의 소용돌이에 휘말렸다. 정혁에 반대하던 세력들은 생존의 길을 고민했다. 내각 개편에 극렬하게 저항하던 여론은 순식간에 가라앉았다. 폭풍이 지나간 바다처럼 맑고 평온해졌다.

정혁의 권력 장악에 가장 충격을 받은 것은 노장언이었다. 대통령 궐위에 따른 선거를 준비도 하기 전에 대통령이 급작스레 서거한 것이다. 노장언은 대통령의 서거에 음모가 숨어 있지 않을까? 의심했다. 노장언은 밝은미래당 긴급회의를 소집했다. 당장 60일 이내에 선거가 이루어지면 정혁의 세상이 될 가능성이 컸다. 정혁을 이길 방법은 대통령 의문사 프레임뿐이었다.

노장언은 음모론을 거론했다.

"대통령의 서거에 많은 의문점이 있습니다. 먼저 화재 발생 시점에 관한 의구심입니다. 그것이 정치적 음모라는 첩보가 있습니다. 또한 국정원장과 경호처장이 전격 경질된 직후 벌어진 일입니다. 철저한 조사가 필요합니다."

회의에 자문으로 초청된 의료인도 의문을 제기했다.

"화재가 급속도로 번진 것은 입원실 산소 공급 때문이라고 합니다. 환자용 산소마스크에서 나오는 산소량이 대형 화재를 만들 만큼 그렇게 많지는 않습니다."

노장언은 철저한 조사를 위해 여야합동의 조사 특별위원회를 구성해야 한다고 주장했다.

"그렇습니다. 국민이 의심스러워하는 부분이 있다면 밝히는 것이 도리라는 것입니다. 특히 경찰이 수사를 제대로 할지가 의문입니다. 아시다시피 정철 경찰청장은 정혁 권한대행의 사촌 동생 아닙니까?"

*

정혁은 권한대행으로서 이제는 대통령 집무실을 쓰게 되었다. 명실공히 대통령직을 수행하는 일인자가 된 것이다. 정혁은 샘오와 측근을 대동하고 그동안 폐쇄되었던 대통령 집무실 문 앞에 섰다. 그동안 김철의 폐쇄 조치로 발을 들이지 못했던 성역이었다.

"권한대행님! 직접 열어보시지요."

정혁은 만감이 교차하듯 잠깐 생각에 잠겼다. 일종의 예의를 지키고 싶었다. 대통령 서거에 걸맞은 행동을 보여야 한다고 생각했다.

늘 보고하러 들락거렸던 문이었지만, 이제는 보고 받는 자로서 문을 열 차례였다. 손잡이를 잡자 차가운 금속 감촉이 느껴졌다. 문은 권위만큼이나 묵직했다. 문이 모두 열리자 방탄유리 창을 관통한 햇살이 눈부시게 비쳤다. 박한은 늘 창을 통해 들어온 후광을 입은 채 정혁을 맞이했었다. 정혁은 햇살에 눈을 찡그렸다. 그리고 제 자리에 멈칫! 섰다. 박한의 기가 느껴졌다.

"자리에 앉아 보시지요."

"고맙소, 샘오 비서실장!"

정혁은 대통령이 되면 적절한 시점에 샘오를 비서실장으로 삼아 권력을 장악할 생각이었다.

"벌써? …감사합니다. 대통령님!"

두 사람은 마주 보며 얼굴이 찢어지라 웃었다. 유쾌함의 극치 순간 표정은 기괴했다.

"샘오 간사 급한 일부터 정리하세나. 장례 문제를 정리해야겠지?"

"맞습니다. 사인 수사를 촉구하는 결의를 의회에서 곧 할 겁니다. 여론이 일기 전에 정리해야 합니다."

샘오는 최규봉 의료사령관을 대통령실로 호출했다. 박한 사후 처리에 관해 묻기 위해서였다. 최규봉은 상기된 표정으로 급히 들어왔다.

"화상 상태로 볼 때 부검이 어려울 겁니다."

"그럼 이대로 놔두어도 상관없겠소?"
"그렇긴 합니다만, 확실한 방법은 화장하는 겁니다. 고열로 DNA까지도 전혀 찾을 수 없게 만드는 퍼펙트한 방법이지요."
"최 사령관, 고맙소. 사태가 정리되면 부르리다."

정혁은 장례위원장으로서 박한 가족 설득을 시작했다. 정혁의 논리는 화재로 대통령의 피부가 붕대와 함께 녹아내려 차마 볼 수 없는 흉측한 모습이 되었다. 일국의 대통령이라는 걸 생각하면 우선 화장을 해드리는 것이 도리라는 것이었다. 화재로 인해 숯이 되다시피 훼손된 시신을 부검한다는 것 또한 망자에 대한 예의는 아니다. 특히나 그런 훼손된 몸으로 계속 장례를 치르는 것도 망자를 욕되게 하는 것이지 않냐. 그래서 양해를 한다면 화장을 먼저 하고, 국가장으로 장례를 치른 다음. 편안히 보내드리는 것이 옳다고 설득했다.
생모인 김순애 여사는 이야기를 듣다 꺼이꺼이 울었다. 한동안 애가 끊어질 듯 울어대던 김 여사는 울음을 멈추었다.
"장례위원장님, 나는 그렇게 했으면 합니다. 초야는 치르지 못했지만 그래도 혼례를 올린 영부인이 있질 않습니까. 영부인에게 동의를 얻으세요. 앞으로는 상의도 영부인과 하시구요."

"여… 영부인? 아! 예… 그렇게 하도록 하겠습니다."

우현은 충격에 기절했다가 슬픔에 다시 혼절했다. 병원에서 링거를 맞고 누워있는 우현의 허망한 눈앞에 정혁이 나타났다. 우현은 정혁을 쏘아봤다. 한때 비서실장으로 모셨던 상사였지만 지금은 남편의 죽음을 밟고 자리를 차지한 인물이다. 남편의 죽음에 관여했을 가능성이 가장 큰 그가 눈앞에 나타난 것이다.

"참으로 애석합니다… 몸은 좀 어떠십니까?"

우현은 눈물로 대답했다. 몸보다 마음이 더 아팠다. 정혁은 숙연해졌다. 그러는 가운데도 우현의 눈치를 살폈다. 말을 꺼낼 틈을 보기 위해서였다.

"참으로 안타까운 일입니다. 어떻게 위로를 드릴 수가 없네요. 하지만 대통령을 저렇게 불편하게 모시는 것도 도리는 아니라는 생각에 찾아왔습니다."

"말씀해 보세요."

우현의 냉랭함이 섬뜩했다.

정혁은 김순애 여사에게 했던 말을 되풀이했다. 이야기가 시작되자 우현은 흐느끼기 시작했다. 흉측한 모습의 박한을 생각했는지 꺽꺽 격하게 울음을 게워냈다.

*

화장은 일사천리로 진행되었다. 의회에서는 사인에 대

한 증거인멸이 될 수 있다면서 반대했으나, 유족의 동의를 얻었다는 것과 장례위원장의 직권으로 신속하게 처리했다. 한편 정혁은 여론을 의식해서 7일장 장례 기간을 '추모의 기간'으로 정했고 장례 일은 '추모의 날'로 정했다.

장례 기간에도 정혁은 샘오와 국정을 의논했다. 대선에서 승리하기 위해서는 확실한 한방이 필요했다. 그것도 다른 후보들이 할 수 없는 독보적인 한방이었으면 했다.

정혁이 운을 뗐다.

"난 쿠릴대한 이웅 황제 대관식에 갈 생각이네."

샘오도 탁월한 선택이라 맞장구쳤다.

"바로 그겁니다. 권한대행님의 대선은 물론 국제적 인지도를 높이고, 지지율을 올리는 좋은 기회입니다."

정혁은 샘오의 칭찬에 한껏 기분이 올랐다.

"그리고, 대통령실 인사를 준비하게."

"발표는 언제 하시렵니까?"

"쿠릴에서 돌아오는 날 발표하는 게 좋겠지?"

샘오는 정혁으로부터 명단을 받았다. 비서실장 오세오, 국정원장 정철….

"나머지 비서관과 행정관은 하루 뒤에 발표했으면 하네."

"수석들 의견을 듣지 않아도 되겠습니까?"

정혁은 자신감이 넘쳤고, 신념에 가득한 표정을 지었다.

"조직적인 반발이 있을 거야. 대선이 이제 60일도 안 남았다는 점 유의하고 일사불란하게 움직일 조직이 되어야 한다는 것 잊지 말게."

"그리고 대통령 선거일은 어떻게 하실 생각입니까?"

"사유 발생일로부터 60일 이내라고 그랬지? 빠를수록 좋긴 한데, 발표한 날로 50일의 기간도 주어야 하니…."

"그럼 대통령 장례를 마친 다음 날 발표를 하시지요. 그러면 거의 비슷하게 맞출 수 있을 것 같습니다."

"그러세. 검토할 사항이 더 있는지 살펴 주고."

샘오는 곧 발표할 행정관 명단을 살폈다. 문화소통비서관실 말단 행정관으로 들어있는 '윤가희'를 발견하고는 의미심장한 웃음을 지었다. 지금까지의 '탁란의 꿈'은 사라져 버렸지만 '가희의 꿈'을 꿀 때가 시작될 것이다.

샘오는 전화를 걸었다.

"가희. 잠깐 넘어오지."

*

정혁 권한대행은 성남공항에서 쿠릴로 떠났다. 쿠릴대한 이웅 황제 대관식 축하 사절로 떠난 것이다. 야권에서는 추모의 기간과 대선을 앞두고 외교사절로 떠나는 것은 부적절하다고 반대했다. 하지만 정혁은 외교의 중요성을 강조하며 적극적으로 대관식 참석을 위해 떠났다.

정혁은 샘오에게 대통령실을 잠시 맡겨두었다. 샘오는

정세라와의 결혼을 앞두고 있었다. 정혁은 성장세가 무서운 샘오를 사위로 품기로 했다. 정세라를 영부인으로 만들기 위해 샘오를 품기로 한 것이다. 세상은 돌고 돌아 정혁은 대통령과 부원군을 다시 꿈꾸게 되었고, 정세라는 대통령의 딸과 영부인을 꿈꾸게 되었다.

그러는 동안 민서린은 박한의 서거로 철저하게 내팽개쳐졌다. 더는 활용가치가 없었다. 지금까지 자살한 여자들도 그랬었다. 철저하게 세뇌되어 이용당하고는 젊고 행복한 환생을 위해 피를 섞는 자살 지시를 받았다. 민서린은 그렇게 할 수 없었다.

정혁은 장기 집권을 꿈꿨다. 자신이 연임하고 나면, 사위가 될 샘오를 차기 대통령으로 연임하게 할 심산이다.

샘오는 정혁의 부재를 틈타 자신의 정치적인 입지를 높이려 움직이기 시작했다. 그 역할의 첨병은 가희였다. 대통령실 말단 행정관에 불과한 윤가희의 등장에 정관계가 움츠러들었다. 가희의 입에서 거론되는 이름은 정치적이든 경제적이든 치명상을 입을 것이다.

가희는 휴대폰을 꺼냈다. 텔레그램 단체방을 찾아낸다. 'O 마이 갓'이란 방을 열자 가입자 명단이 떴다. 가희, 지이, 나리, O….

'아침이면 태양이 뜬다. 해맞이를 준비하라!'

가희는 문자를 날렸다. 노장언, 정철….

*

그동안 미뤄왔던 이웅의 대관식이 열렸다. 건국이 급했기에 뒤로 미뤄뒀던 행사였다. 대관식에는 외국 사절들이 초대되었다. 수몰 위험국 수반들도 보이고, 그 사이에 정혁이 보였다. 슈코 공주, 크세니아도 눈에 띄었다. 슈코와 크세니아는 박한의 대통령 취임식 때와 같이 나란히 자리했다.

예닌은 이웅을 통해 남태평양 수몰 위험국들에 필요하다면 남사할린의 땅을 떼어주겠다고 밝혔다. 극동 러시아로 이주 계획을 세우려는 수몰위험국 행정부에 비해 국민의 반응은 시큰둥했다. 국가를 위해 그 추운 나라에서 삶을 살아간다는 것은 무의미하다고 생각했기 때문이다. 결국, 수몰 위험국은 시베리아 국토 이전 계획을 포기했다. 다만 희망자만 사할린 남쪽 지역에 국토를 불하받았다. 그들은 수몰위험국을 대상으로 오픈된 국가를 만들었다. 국가명은 Q가 그렇게 바랬던 '뉴뮤'였다. Q가 만들고 싶었던 나라는 남태평양이 아닌 시베리아 동쪽 끝에 만들어졌다. Q의 혜안도 멀리 시베리아까지 볼 수는 없었다. 뉴뮤는 수몰위험국 출신 대표를 뽑아 집단지도체제로 국가 운영을 시작했다. 그리고 각국 대표들은 국가 수반격인 의장을 뽑았다. 아직도 끝나지 않은 뮤의 전설 속의 메시아로 Q의 딸 릴리아나를 추대했다.

한편 슈코 공주의 이웅 황제 대관식 참석은 의외였다.

슈코 공주의 대관식 참가에 일본은 물론 외신들의 관심도 집중되었다. 언론들은 이건 황태자와 슈코의 결혼식이 임박했음을 암시한다고 보도하기 시작했다. 슈코 공주의 얼굴이 노출되자 일본 국민은 놀라워했다. 분신자 구출 사건으로 공주의 얼굴에 변화가 있다는 사실을 알고는 있었지만, 공주의 환한 표정이 눈길을 끌었다. 이건 황태자의 표정도 밝았다. 그런 가운데 러시아 언론에서는 이건 황태자와 크세니아의 결혼을 정설처럼 흘리기 시작했다.

*

이웅 대관식 참석을 마친 정혁은 한국을 향했다. 이제 대통령선거에 전력을 다해야 할 시간이다. 전용기 안에서 생각이 깊어졌다. 아직 미숙한 신생국가였지만, 외교사절로 자신을 '대한민국 대통령'으로 소개했던 짜릿한 기억이 계속 돌고 돌았다. 전용기 안에서 정혁은 완벽한 대선 승리를 구상했다. 2파전이 예상되는 노장언은 대선 막바지에 날려버릴 것이다. 물리적으로 이미지 회복이나 반격의 시간을 주지 않아야 한다. 지금쯤 샘오가 얼개를 짰을 것이다. 윤가희가 선봉에서 정·재계를 흔들면….

그 전에 확실하게 정리할 게 있었다. 출발 전 샘오는 김철과 현세현을 완전히 고립시켜야 대선에서 승리할 수 있다고 했다. 이미 해임했지만, 선거에서 치명적인 스모킹

건을 꺼낼 가능성이 있다는 이유에서였다. 샘오의 결단력은 무섭고 냉정했다. 정혁도 그런 샘오가 언제부턴지 무서워지기 시작했다. 한동안은 때가 되면 쳐내야 한다고 생각은 하고 있었다. 이제는 사위 겸 후계자가 될 동지가 되었다. 그런 샘오를 사위로 품고 나니 세상을 품은 듯 편안해졌다.

문득 박한의 메모 패드가 떠올랐다. 박한이 살아있었다면 그리하여 지금 이 대통령 전용기를 타고 유럽에서 돌아와 성남공항에 도착했다면, 자신과 샘오는 제거됐을 것이다. 세상사 새옹지마라고 했던가. 이제는 되려 박한 사람들을 제거할 칼자루를 쥐었다. 눈을 감고 제거 대상을 다시 떠올렸다… 귀국하면 곧바로 처리해야 할 대상들이다. 샘오가 묘수를 꺼내는 데로 정적 제거 작업도 진행해야 한다. '기회는 단 한 번뿐!' 더는 지체할 수 없다.

전용기가 성남공항에 도착하자 의전이 나와 있었다. 정혁 권한대행 부부는 트랩을 내리면서 주변을 살폈다. 친근감이 드는 풍광이다. 역시 쿠릴공항에 비할 바가 아니었다. 의전장과 의전 대열이 트랩 아래 도열 해 정혁 권한대행을 맞이했다. 귀국 의전은 출국 의전에 비해 규모가 더 커졌다. 정혁의 권력은 하루하루 진화를 거듭하며 더욱 견고해졌다는 뜻이다.

정혁은 뭉클했다. '권력의 맛이란 이런 맛이었구먼.' 환한 웃음을 지으며 트랩을 내려왔다. 정장을 한 의전장의 모습이 점점 가까워졌다.

정 권한대행의 밝았던 표정이 조금씩 일그러지기 시작한다.

"응?"

그리고는 트랩을 내려오다 제자리에 딱 멈추어 섰다.

"정혁 권한대행님, 그동안 잘 지내셨습니까?"

"헉!"

박한이였다. 분명 박한이였다. 다시 봐도 박한 임에는 변함이 없었다. 그 옆에는 우현 영부인의 모습이 보였다.

"대… 대통령님!"

정혁은 전용기 트랩 계단에서 덜컥 얼어붙었다. 머릿속으로 피가 역류했다. 눈앞의 박한은 이미 육신이 불타고 없는 존재다. 그런 그가 살아있다는 건 있을 수 없는 일이었다.

"그동안 국정을 운영하시느라 고생하셨습니다."

정혁은 독백하듯 중얼거렸다.

"아니! 이건 아니지…."

"이젠 쉬셔야지요."

정혁 대통령권한대행은 성남공항에서 긴급체포되었다.

"샘오! 샘오를 불러줘!"

샘오는 이미 대통령실을 떠나 잠적했다. 눈치 빠른 그가 박한이 살아있다고 느낀 것은 몇 시간 전이었다.

샘오는 처음 박한이 약물 중독으로 몸이 부풀어 올랐을 때 무언가 개운치 않은 기분이 들었다. 샘오는 시간에 쫓겼다. 선택의 여지가 없었다. 시신을 부검하기 전에 태워서 증거를 인멸해야 했다. 그에 앞서 샘오는 마침 김철이 몰래 외출한 틈을 놓치지 않았다. 입원실에 산소를 가득 채우고는 불을 놓았다. 산소를 만나 불길은 활활 타올랐다. 그것으로 박한을 정리했다고 생각했다.

그 시간 박한은 병원에 없었다. 정혁이 국정원장과 경호처장을 경질을 준비하고 있을 때, 현세현과 김철은 박한 살해 위험을 감지했다. 박한은 여전히 의식불명이었지만, 비밀리에 박한을 한국병원으로 옮겼다. 박한의 침상에는 이미 사망한 무연고 시신을 붕대로 감아 바꿔치기를 한 상태였다. 민서린은 배신자이자 협조자였다. 처음엔 박한을 배신하려 했지만, 결국 샘오를 배신했다. 독살하려던 간호장교는 미리 대기하고 있던 유 병원장이 조치했으므로 샘오는 미처 사실을 확인하지 못했었다.

샘오의 정보망에 박한이 살아있을 수도 있다는 미확인 첩보가 들어왔다. 처음엔 흔한 음모론으로 생각했다. 결정적인 것은 한 시간 전에 정철 경찰청장이 보내온 사진 한 장이었다. 경찰 CCTV에 찍힌 승용차 사진에는 스냅백 모자로 얼굴을 가린 현세현과 김철 추정 인물이 찍혔고, 안

쪽으로 희미하게 박한의 실루엣이 보였다.

샘오는 노동단체 대표자와 노정협의회 참석차 대통령실을 나와 있었다. 국정 장악력이 있는 정혁은 아직 쿠릴에서 돌아오지 못했다. 단지 박한이 살아 돌아온 것 같다는 비현실적인 이유만으로 보고할 수도 없는 노릇이었다. 사실 확인은 계속되었다. 샘오가 박한이 살아있다고 확신한 것은 박한의 휴대폰이 다시 작동되고 있다는 정철의 보고였다. 기지국 이곳저곳에서 휴대폰이 작동되고 있었다. 그제야 정혁 대행에 연락하는 걸 생각해냈다. 이미 대통령실을 빠져나온 터라 일반 휴대폰으로 동해 공해상을 통과하고 있을 1호기로 연락은 불가능했다. 샘오는 급히 민서린에게 전화를 했다. 민서린은 전화를 받지 않았다. 전화를 거푸 받지 않는다는 것은 자신의 통제권에서 벗어난 것을 의미했다.

샘오는 급한 데로 몸을 숨겨야 한다고 생각했다. 휴대폰을 반대편 차선에서 신호대기 중인 1톤 트럭의 적재함으로 던져 버렸다.

*

박한은 한국대학병원으로 옮기고 하루 만에 깨어났다. 병원에서 자신을 시해하려 했던 배후가 정혁이었고, 정혁을 조종한 것이 샘오라는 걸 알았다. 박한의 혼수상태는 완전 혼수상태가 아니었다. 깨어나지는 못했지만, 어느 순간부터 주변의 얘기는 듣고 있었다. 정혁과 샘오가 병실을 방문했을 때였다. 정혁이 귓속말로 중얼거렸다.

“내 사위가 되질 그랬어. 그래도 샘오 덕에 환생은 할 거야.”

박한은 한국대학병원에서 체력회복을 위해 몸을 숨기며 시간을 벌었다. 우현은 박한이 깨어났지만, 샘오의 감시를 속이기 위해 처절한 미망인 연기를 했다. 다시 배우로 돌아와 연기력을 제대로 발휘한 것이다. 구슬프게 울고 혼절하고….

박한이 대통령실로 온전히 돌아온 것은 한 달 만이다. 아직 어깨는 시원찮았지만, 병실에서 계속 국정을 볼 수 없었기 때문이었다. 박한이 대통령실로 돌아와서 가장 먼저 한 것은 정혁 권한대행이 저지른 인사만행을 되돌리는 것이었다. 정혁의 세력은 순식간에 무너졌다. 정혁이 권력을 잡을 때만 하더라도 태산도 움직일 것 같았던 기세와 세규합은 봄눈 녹듯 사그라졌다. 박한은 인사를 되돌렸다. 그리고 야당의 노장언 대표는 대표직에서 물러났고, 검찰에 넘겨져 조사를 받기 시작했다.

“저격 배후는 좀 나온 것이 있습니까?”

고달후 비서실장은 차분하게 보고를 시작했다.

“보고드린 대로 저격은 광화빌딩에서 1발, 인왕산에서

1발, 그리고 경호 드론에서 1발이 발사되었습니다. 광화문 저격조는 자살했고, 인왕산 저격수는 사살, 감적수는 중태로 아직 식물인간 상태입니다."

"경호 드론이 해킹당했다면서요."

"예! 그렇습니다. IP 추적으로는 중국 옌벤으로 나와 있습니다만, 해커들의 IP를 곧이곧대로 믿을 수는 없고 계속 수사 중이긴 합니다."

"아직도 찾지 못했다는 건 가능성이 크지 않다는 거군요."

"죄송합니다. 끝까지 잡겠습니다…."

"그건 그렇고 '세계미래지도자상' 수상일이 정해졌다고요?"

"그렇습니다. 해를 넘길 수 없다고 해서 12월 22일로 정했습니다."

"그럼 24일 스페인 세비야를 들렀다 올까 합니다. 스케줄을 잡아주시지요."

김철 경호처장이 케이스를 가져왔다. 반지 케이스보다는 큰 사이즈였다. 박한은 케이스를 열었다. 케이스 안에는 총알이 들어있었다.

"대통령님 회복해 주셔서 감사합니다. 책임이 무겁고 또 무겁습니다. 이것을 드리는 것이 맞는지 고심에 고심했습니다. 정혁 대행에게는 총알을 찾지 못했다고 거짓말을 했습니다. 증거가 인멸될 수도 있기 때문입니다. 그리고 대통령 내외분께는 가장 큰 아픔이며 상징이 될 거로 생각했습니다. 생명을 앗아갈 수도 있었지만, 두 분의 몸을 함께 통과한 성혼의 상징이기도 합니다.'

박한은 우현과 함께 관저에서 첫 저녁 식사를 했다.

"영부인! 얼마 만에 용산에 오신 겁니까?"

우현은 박한의 근엄한 말투가 재미있다고 웃었다.

"대변인 그만두고 온 거니까 5개월쯤 된 것 같네요."

박한은 무슨 생각을 했는지 울컥했다. 그렁그렁해진 눈으로 웃었다.

"결혼하고도 한참 만에 초야를 치르게 해서 미안해. 그동안 같은 병원에서 늘 함께하긴 했지만… 신혼의 단꿈 대신 악몽의 시간을 준 것 같아."

"그런 말 말아요. 난 지금 이렇게 보고 있는 것만으로도 행복해요. 고마워요."

박한은 자리에서 일어나 우현을 안아 들었다.

"내가 언제부터 '우현은 내 여자다'라고 생각했는지 궁금하지 않아?"

"언제쯤일까요?"

"인공암벽에서 떨어졌을 때. 그때 하늘에서 배필이 떨어졌고, 내가 덥석 안아버렸지. 지금처럼."

그리고는 침실로 걸어갔다.

"그거 알아? 결혼 첫날밤 신랑이 신부를 안고 침실로 들어가는 의미?"

"힘자랑하려고?"

"맞는 말이기도 한데, 사실은 신부가 침실에 가는 것을 거부하고 도망갈까 봐 생긴 세레모니라는 거야. 약탈혼의 흔적이라고나 할까."

"그럼 억지로 그랬다고?"

"그렇다는군. 그럼 도망갈 수도 있게 바닥에 도로 내려놓을까?"

"영부인은 맨바닥을 싫어한답니다. 소파나 침대라면 모를까."

*

박한의 귀환으로 세계가 들썩였다. 국가장을 치렀던 대통령이 믿기지 않게도 살아 돌아온 것이다. 박한의 귀환을 반기는 분위기 속에서도 침통함을 감추지 못하는 부류도 있었다. 펠튼 미국 대통령은 만만찮은 젊은 지도자를 다시 만났다는 사실에 침울했다. 일본은 한새군도 협상을 정혁과 새로 하려던 차에 헛물만 켜게 되었다. 중국은 동중국해를 포기하고 남중국해로 관심을 돌렸다. 붕새가 날기에는 너무 늦었다.

그 가운데 가장 충격이 큰 것은 일본이었다. 일본은 엎친 데 덮친 격으로 한새군도와 쿠릴대한이 일본의 남서와

북동을 틀어막았다.

일본의 미래를 위한 카드가 하나 남아 있기는 했다. 슈코였다. 이건이 슈코와 결혼해 세이히토의 부마가 되면 북쪽 숨통을 틔울 가능성이 있긴 했다.

이웅 대관식 이후 흘러나온 이건과 크세니아와 결혼설은 계속 이어졌다. 그동안 소문만 무성했던 결혼설이 구체적으로 흘러나왔다.

"예닌 대통령의 동생 올가가 쿠릴조선의 황후가 되었는데, 태자비마저 크세니아가 된다면 이건 대사건이지. 무슨 겹사돈도 아니고 뭔 일이람."

미야기의 한탄과 한숨에 타구치가 걱정했다.

"러시아의 군사력과 쿠릴대한의 경제 잠재력이 합쳐지면 버거워지는 것은 사실입니다. 가뜩이나 중국은 G1을 향해 달리고 있고, 한국은 우리 일본을 넘어서고 있는 상황에서 자존심만 세워서는 곤란할 것 같습니다."

일본의 미래와 슈코 공주의 혼사는 분리할 수 없는 일이 되어버렸다.

세이히토 천황도 정보라인을 통해 크세니아와 이건이 혼담이 오간다는 것을 알고 있었다. 하지만 슈코에게는 그 사실을 알릴 수 없었다. 천황은 하쓰코 황후와 이야기를 나누었다. 이러지도 저러지도 못하는 상황에 빠진 천황 부부는 가장 높은 곳에 서 있다는 것이 고통스러웠다. 부부의 고난은 어떻게든 이겨내겠지만 딸의 고통은 감내하기 어려웠다. 천황의 자리에서 평민들의 여론에 휘둘리는 황실의 모습에 무력감마저 느끼고 있었다.

하쓰코는 직접 이건을 만나볼까 고민하기 시작했다.

슈코와 크세니아는 누가 이건과 결혼하더라도 둘 다 이건의 결혼식장에 가야 했다. 3년 전 서로 들러리를 서기로 약속했기 때문이었다. 하쓰코 황후가 증인이기도 했다.

*

정혁은 검찰에서 자신이 정 도령이라고 착각했음을 인정했다. 고급 공무원으로 만족해야 할 자신이 정치에 뛰어들었던 것은 결국 패착이었다. 그나마 대통령의 장인 되고 말았으면 됐을 터였다. 욕심은 화를 부른다. 그 욕심의 근본은 자신이지만 욕심을 세상 밖으로 끄집어낸 것은 샘오였다.

샘오는 국가원수 시해 공모 및 사주 혐의와 함께 그동안 성 착취와 불법 비자금 조성 혐의로 추적을 받기 시작했다. 가수 가을의 자살 교사혐의와 수사 중지 교사혐의도 받았다. 정혁은 대통령 저격과 살해미수 건과는 관계없다고 주장했다. 누군가에 의해 대통령 저격이 일어났고, 우연히 병원에서 화재가 발생했다고 했다. 키는 샘오가 가지고 있었다. 샘오가 어떤 식으로든 개입했을 가능성이 컸다. 경찰과 정보기관은 샘오를 추적했지만 휴대폰을 추적하느라 샘오의 동선을 놓쳐 추적에서 벗어날 시간을 만들어 주었었다. 샘오의 휴대폰은 북한이 마주 보이는 강화도 교동도에 주차된 소형트럭에서 발견되었다.

샘오는 여전히 잠적 중이었다. 일부에서는 샘오의 입북설이 돌기도 했다. 샘오는 그동안 자신이 만들어 놓은 정치조직을 중심으로 정혁과 자신의 조직을 재건하려고 움직였다. 그건 패착이었다. 샘오는 그동안 별장을 출입했던 실력자들의 사진과 동영상으로 협박하려 했다. 오히려 그들이 샘오를 제거할 움직임을 보였다. 샘오라는 위험의 싹을 자르려는 것이다. 샘오는 자신이 할 수 있는 것은 거기까지라는 걸 자각했다.

샘오는 윤가희를 차에 태우고 화악산에 들어갔다. 가희는 샘오의 눈에서 살기를 느꼈다. 가희는 저항했다. 샘오는 저항하는 가희의 팔에 주사기를 꽂았다. 안개가 자욱한 화악산을 가희를 이끌고 기어오르기 시작했다. 바위와 나뭇가지에 피부가 긁히고 쓸렸다. 저항하던 가희도 약이 돌자 더 이상의 저항 하지 않았다. 그때 정혁과 조난 당했던 그곳을 찾아 들어갔다. 안개비가 내리기 시작했다.

샘오는 눅눅해진 대마를 꺼내 불을 붙였다. 폐부 깊숙이 두 모금을 빨아들였다가는 뿌연 안개 속에다 '후욱' 뿌연 연기를 내 뿜는다. 그리고 가희에게 넘겼다.

혼미해진 가희는 샘오와 함께 오랫동안 수련해왔던 영생의식을 치르기 시작했다. 샘오는 가희와 마주했다. 엄지로 가희의 입술을 문질렀다. 그리고는 엄지를 입술 사이로 들이밀었다. 가희는 눈을 감는다. 뜨겁고 뭉근한 가희의 혀가 엄지를 핥는다. 샘오와 가희는 알몸이 되어 엉키기 시작한다… 아주 느리게 숨을 쉰다. 숨이 일치될 때까지 아주 느리게 숨을 쉰다. 숨이 맞춰지는 순간 서서히 움직이기 시작한다. 두 사람은 한 치의 빈틈도 없이 완전히 밀착됐다. 안개와 땀이 엉켰다. 피부에 땀방울이 맺히기 시작했다. …가희가 울부짖기 시작한다… 두 사람이 절정에 다다른 순간, 쾌락의 전율을 이기지 못해 발버둥 치는 가희의 옆구리에 칼을 찔렀다. 칼은 정확하게 갈비뼈 밑을 통과하여 30도 각도로 파고들었다.

가희는 외마디를 삼키며 뜨거운 피를 뿜으며 늘어진다. 샘오는 칼을 빼서 자기 목을 그었다. 대동맥에서 피가 터진다. 가희의 피가 샘오를 적시고, 샘오의 피가 가희의 몸을 적신다. 빗물에 섞인 두 사람의 뜨거운 피가 계곡을 타고 화악천을 향해 흘러내렸다.

샘오는 가희의 귀에다 중얼거린다.

'남녀가 사랑을 나누면 아이를 낳지만, 남녀가 쾌락의 피를 나누면 다시 환생한다. 지극한 사랑으로 피를 나누면 영원히 죽지 않는다. 우리는 영생할 것이다. 가희 난 너를 한 번도 사랑하지 않은 적이 없었어. 지독하게….'

샘오는 가희의 피로 다시 환생을 꿈꾸었고, 가희 또한 샘오의 피로 영생을 꿈꾸었다. 다시 진정한 메시아로 다시 돌아오겠다는 예언을 화악산의 안개와 화악천에 실려 보냈다.

샘오는 영생을 설파했었다. 진정한 영생은 제 몸으로 영생하는 것이 아니라, 새로운 몸으로 다시 태어나는 것이다. 영생하려면 베풀어야 한다. 그것도 남녀 간에 베풂이 있어야 한다. 남녀의 섹스는 DNA를 통해 자손으로 영생하지만, 남녀가 사랑의 피를 섞으면 스스로 환생하여 영생한다. 피는 지극한 쾌락 상태에서 나누어야 한다. 지극한 즐거움의 피에서만 스스로 환생하는 영생의 정자와 난자가 생겨난다. 영생의식을 치르기 위한 지극한 쾌락의 상태에 도달하기 위해서는 수련을 해야 한다….

*

쿠릴대한에 기업들이 몰려들었다. 마치 거대 자본을 빨아들이는 블랙홀 같았다. 처음엔 러시아의 강성 이미지에 주춤거리던 기업들이 생각을 바꾸기 시작했다. 쿠릴대한이라는 모델하우스에 매력을 느낀 것이다. 쿠릴대한의 경제 우대 정책이 세계적인 기업들의 입맛에 맞아떨어졌다. 이미 이것은 예견된 것이다. 탈 기업규제와 세제 감면을 비롯해 충분한 인프라가 바탕이 되었다. 그 초우량 기업들은 예닌의 잠재 고객이었다. 예닌은 역설적이게도 일본의 하보마이 침공을 계기로 나비의 꿈Ⅱ를 완성했다. 쿠릴대한의 국방은 러시아가 완전하게 방어한다는 시범을 보였다.

예닌은 나비 프로젝트의 마지막인 '나비의 꿈Ⅲ'을 선포할 준비를 했다.

'국가의 존재 이유'라는 담론을 시작한 것은 이웅을 비롯한 기업인이었다. 국가는 국민을 위해 존재한다. 현실은 국민을 위한 국가인지 국가를 위한 국민인지 모호했다. 국민과 기업에 세금을 거두지만 타당한가에는 의구심이 있었다. 국민을 보호하는 것인지 착취하는 것인지 불확실했다. 이웅은 착취 없는 경제 대국을 꿈꾸었다. 그의 오랜 꿈은 Q의 꿈과 같은 것이었다. 하지만 큐는 실패했고 이웅은 성공했다. 두 사람 사이에 차이는 무엇인가?

애초 이웅은 국가에는 관심이 없었다. 국가란 무엇인가? 라는 담론이 시작된 것은 뉴욕으로 이상철이라는 남자가 자신을 찾아왔을 때부터였다. 자신의 정체성을 알게 된 것은 충격이었다. 선조들에 대한 통렬한 반성의 시간이 이어졌다. 어떤 나라가 좋은 나라인가? 화두는 그렇게 시작되었다. 조선과 대한제국은 이미 잃어버린 왕조였다. 그 끝에 자신도 모르는 사이 썩은 동아줄을 잡고 매달려 있는 자신을 발견했다. 이웅이 본 세상은 착취하는 권력과 착취당하는 피지배 구조였다. 백성은 조선 조정에 착취당했고, 조선은 일본에 착취당했다. 국가가 착취의 본질이 되었다. 국가는 정치에 의해 움직이지만, 국민은 경제에 의해 존재한다. 기업과 국민은 끝없이 착취당하고, 제압당하고, 권력에 휘둘린다. 부패가 만연한 사회주의도 고도화된 자본주의도 지배와 피지배 구조는 여전히 살아있다.

이웅의 새로운 패러다임은 국가 운영 주체가 정치 권력이 아닌 생산의 주체인 기업이 될 수도 있지 않겠냐는 물음에서 출발한다.

그의 뜻은 러시아의 변신을 꿈꾸던 예닌 대통령의 국가 운영 철학과 맞아떨어졌다. 이웅의 패러다임은 러시아를 우뚝 세울 화수분이 되었다. 예닌이 레닌을 능가할 21세기의 혁명가가 될지는 이웅에 달렸다. 둘은 그렇게 자연스레 동화되었다.

15

사람의 시간

예닌 대통령은 중대 발표를 앞두었다. 세계 언론은 모스크바 대통령궁으로 몰려들었다.

예닌은 미묘한 감정이입 상태에서 직접 '나비의 꿈Ⅲ'를 발표했다.

예닌은 러시아를 세계 최고부국을 만들겠다는 계획을 발표한 것이다. 예닌의 계획은 2030년에 러시아의 국민소득은 3만5000 달러. 프로젝트가 완성되는 2050년에는 국민소득 15만 달러의 부국으로 우뚝 서겠다는 것이다.

예닌의 발표에 세계는 경악했다. 경악한 것은 실행 계획이었다. 계획은 혁신적이었다.

'나비의 꿈Ⅲ'는 우크라이나 침공으로부터 시작되었고, 쿠릴대한으로 날개를 달았다. 러시아는 지난 2022년 우크라이나 침공으로 전쟁 사업에 의한 부국 꿈은 무모한 도전이 되어버렸다. 그동안 전쟁은 인류에게 핏값으로 고수익을 안겨주는 가장 전통적 사업이었다. 러시아는 새로운 물결을 읽지 못했다. 더는 전쟁이 고수익을 보장해 주지 않았다. 전쟁은 러시아가 했음에도, 정작 수익은 우크라이나를 지원하는 주변국에서 챙겼다. 전쟁 지원금의 다른 이름인 전쟁 펀드로 이익을 챙겨간 것이다. 예닌은 러시아의 미래를 고민했었다.

기자회견장에 우뚝 선 예닌은 낭랑한 목소리로 힘차게 실행 계획을 발표했다.

"러시아 우랄산맥 동쪽 지역을 쿠릴대한 같은 다수의 독립 국가로 분양하기로 했습니다."

'국가 분양'이라는 초유의 선언이었다.

예닌은 글로벌 초우량 기업에 일정 규모의 영토와 함께 국가를 분양한다고 선언한 것이다. 그래서 러시아의 광범위한 빈곤 대신 내실 있는 부국으로 만든다는 것이다. 광활한 국토는 빈부의 불균형만 확대할 뿐이었다. 그래서 일부 주요 지하자원 지역을 제외하고 정리하기로 한 것이다.

예닌의 '나비의 꿈Ⅲ'는 새로운 국가 패러다임을 몰고 왔다. 영토가 국력과 비례할 수는 있지만, 국부의 크기와는 비례하지 않았다. 지나치게 큰 영토는 빈부 격차 또한 크게 만들었다. 국가가 국민과 기업을 통제하는 것에서 기업이나 국민이 국가를 선택하는 새로운 기류가 발생했다. 통신과 통역 앱이 발달하면서 언어적인 장벽과 인종적인 대립이 사라지고 있었다. 그 가운데 유독 종교는 통합되지 못하고 제 갈 길을 갈 뿐이다.

동북아시아의 힘의 균형도 바뀌기 시작했다.

중국과 일본은 원심력이 커지기 시작했다. 중국은 홍콩, 마카오 신장웨이우얼과 티베트, 묘족에서 독립운동이 일어났거나 움트고 있었다. 중국공산당은 경제 발전의 동력이 떨어지자 통제가 어려워졌다. 심지어 해안가를 중심으로 발전된 경제 발전 벨트에서도 문제가 일어나기 시작했다.

일본은 홋카이도가 쿠릴대한 영향으로 출렁인다. 그런가 하면 류큐가 독립운동을 본격화했다.

러시아의 국가분양사업에 세계적인 기업들이 관심을 보였다.

한국은 남북통일이라는 이슈로 유일하게 구심력을 가졌다.

남북한이 통합할 가능성이 커지자 중국은 또다시 '병아리계획Ⅱ'를 꺼내 들었다.

쿠릴대한은 스타트업의 성지이자 난민의 성지로 국가 입지를 드높아가고 있었다. 전 세계의 시선이 집중되면서 초우량 기업들이 예닌의 '나비의 꿈Ⅲ' 사업의 모델하우스 격인 쿠릴대한을 찾는 일이 늘어났다. 순식간의 세계의 기업들을 쿠릴대한이 빨아들였다. 미국도 유럽도 중국도 긴장했다. 만약 초우량 기업들이 저마다 러시아에서 '경제국가'로 독립하기 시작한다면, 경제력 증발 현상이 일어날 것이다. 그것은 국가적 위기를 의미했다.

쿠릴대한은 대대적인 이민 정책을 마련했다. 능력 있는 난민도 적극적으로 유치한다고 발표했다. 국제적 골칫거리였던 경제난민을 공식적으로 받아주는 창구가 되겠다는 것이었다. 쿠릴 대한이 난민에게는 희망의 나라가 되었다. 능력에 따라 고소득 일자리가 준비되어 있고, 인종차별도 없는 쿠릴 대한은 21세기의 파라다이스가 되려고 꿈틀댔다.

*

슈코의 천황 등극설과 결혼설이 동시에 돌기 시작했다. 결혼설이 뜨거워지면서 다음 황위 계승 문제가 맞물렸다. 황실에서는 이미 카네히토가 다음 황위를 받을 것으로 생각하고 있었지만, 국민의 반응은 달랐다. 황실의 진정한 후계자는 슈코 공주라는 것이었다. 의회 분신자 구출, 파라다이스드림호의 희생정신은 천황 감으로 손색이 없다는 여론이 다시 돌았다. 지금으로서 슈코가 결혼하면 근친결혼이 아닌 이상 평민으로 신분이 강등된다. 강등된 신분으로는 영영 천황이 될 수 없다는 것이다.

일본 보수 세력은 슈코의 결혼을 반대했다. 더군다나 빼앗긴 쿠릴대한에 시집간다는 건 자존심 문제라는 것이었다. 슈코 공주가 신생 소국 쿠릴대한의 태자비가 된다는 것은 용납할 수 없었다. 진보 세력에서는 슈코가 우선 천황이 되고 난 뒤, 천황과 황태자 이건의 결혼으로 쿠릴과 쿠릴대한을 다시 일본으로 편입해야 한다고 주장한다. 그러나 세이히토 천황이 아직 한창 일할 나이에 슈코에게 양위를 할 수 있는 것도 아니었다. 정작 슈코는 천황이 될 생각이 없었다.

일부 언론에서는 슈코 공주의 배우자가 이건이 아닐 수도 있다고 발표했다. 그 근거로 오랜 슈코의 친구인 아야카의 말을 인용했다. 아야카는 인터뷰에서 슈코 공주는 일본을 떠나지 않을 것이라고 했다. 일본을 떠나지 않는다는 것에 대한 해석은 분분했다.

일본 궁내청에서는 천황에 대한 예우에 대해 다시 검토하기 시작했다. 단순히 여자 천황은 안된다는 논리가 언제까지 통할지에 대한 의구심이 들기 시작한 것이다. 일본은 젊은이를 중심으로 종신 공주를 만들자는 운동이 일기 시작했다. 종신 공주는 보수 인사들에게도 호응이 있었다. 공주가 결혼하면 평민이 되어버리는 황실전범을 수정하여, 천황의 직계 공주는 종신 공주로써 인정하자는 것이다. 급격히 쪼그라든 황실의 몰락을 방관만 할 게 아니라 적극적 대처를 요구했다.

종신 공주는 일본 황실의 고민을 해결할 수 있는 묘수라는 평가였다. 슈코가 결혼을 해도 공주 신분이 유지되고 천황 등극 가능성이 열린다면, 혈연이 끊길 지경에 이른 황실 현실에서 벗어날 수 있는 방편이 될 수도 있었다.

하쓰코 황후가 비밀리에 블라디보스토크로 떠난 뒤, 세이히토 천황은 어소 작은방에서 칩거했다. 슈코의 미래 때문이었다. 천황이기도 했지만, 아비로서 이제는 결단을 내려야 했다. 긴 고뇌의 시간에 비해 결심은 의외로 한순간 이루어졌다. 하쓰코가 결혼 선물로 가져온 분재 소나무가 눈에 들어왔다. 장인이 딸을 시집보내면서 준 선물이기도 했지만, 차마 말 못 한 당부를 담아 보낸 것이기도 했다. '하쓰코 이제는 황가의 여인으로 살아라….' 슈코가 결혼할 때면 무엇을 선물할까? 만약, 선물한다면 연꽃과 나비를 선물하고 싶었다. '하쓰코처럼 타의에 굽고 휜 분재처럼 살지 말고, 슈코는 연꽃처럼 깊고 우아하게 나비처럼 밝고 자유롭게 살 거라….'

세이히토는 얼마 전에 써둔 쿠릴대한 이웅 황제에게 보내려던 친서를 꺼내 들었다.

세이히토 천황은 결심한 듯 친동생 아사히토 왕세제를 불렀다.

*

샘오가 버린 휴대폰은 결국 비밀번호를 열지 못했다. 공식 발표로는 그랬다. 정확하게는 열지 않았다. 박한은 샘오의 비밀이 열리는 순간 판도라에서 흘러나오는 기밀이 대한민국을 뒤흔들리라 생각했다. 박한은 칼이 칼집에 있을 때가 오히려 상대를 두려워한다고 생각했다. 샘오의 판도라는 언제라도 열 수 있는 박한의 손에 쥐어진 칼이었다. 칼이 뽑히는 순간 수많은 정적이 베어질 것이다. 박한은 그래서 칼을 뽑지 않았다. 정적을 베고 나면 그만큼의 또 다른 정적이 나타날 것이다. 손아귀에 들어있는 정적은 이미 적이 아니다. 애써 허울뿐인 적을 베어 없애고, 그 자리를 새롭고 까다로운 적으로 채울 필요는 없지 않은가.

정혁은 국가원수 살인미수 방조 및 내란음모죄와 가을 살해 교사 등으로 기소되었다. 정세라는 미국으로 연수를 떠났다.

'대통령의 장인이 되었었더라도, 샘오를 만나지 않았었어도 이런 비극은 일어나지 않았을 것이다. 욕심은 인간을 살리기도 하고 죽이기도 한다. 또한, 국가를 일으키기도 하고 쓰러뜨리기도 하고, 문명을 일으키기도 하고 파괴하기도 한다. 나는 욕심을 조절하지 못한 창조자였다. 그것은 곧 파괴자였다. 아무것도 하지 않으면 아무것도 이룰 수 없다는 샘오의 말에 흔들렸다.'

죽은 샘오는 자신이 가을과 하나림, 구라희의 동반 변사체, 정대의 사건의 주범이라는 증거를 남겼다. 정치적인 야욕을 위해 여자와 종교를 이용했다. 꿈에 방해되는 여자는 제거되었고, 여자들에 의해 정치판을 장악하려 했다.

샘오와 가희가 사라지자 노장언을 비롯한 정치인들은 구사일생으로 살아났다. 그들은 표정 관리에 들어갔다. 표정 관리하기는 박한도 마찬가지였다. 그들의 어두운 곳을 환하게 들여다보고 있다는 걸 드러낼 필요는 없었기 때문이었다.

민서린은 모든 것을 정리하고 스스로 귀양 가듯 경상남도 남해 앵강만 입구의 작은 섬 노도에 들어가 집필활동을 시작했다. 노도는 서포 김만중의 귀양지였다. 서포가 「구운몽」, 「사씨남정기」라는 작품은 집필했던 곳이기도 했다.

민서린은 동방비기에서 천세득이 말한 세 마리 용은 틀린 것으로 생각했다. 두 마리만 용이 되어 승천했다. 승천한 용은 박한과 이웅이었다. 나머지 승천하지 못한 용은 누구였을까? 예닌은 동방을 포기했으므로 동방의 용은 될 수 없었다. Q일 수도 있고, 정혁이나 샘오 일수도 있었다.

무신년이 다 가도록 더는 동방의 용은 나타나지 않았다.

용산 대통령실로 소포가 도착했다. 발신지는 남해우체국이었다.

박한은 보자기에 싸인 소포를 풀었다. 원고 뭉치 위에 '親展'이라고 적힌 작은 봉인 봉투가 있었다. 봉투 안에는 손으로 쓴 민서린의 편지가 들어있다.

손편지를 손에 든 박한의 얼굴에 아련함과 아픔이 교차한다. 그리고는 원고 제목을 바라보았다.

'칸의 노래'

박한은 원고 첫 장을 들췄다. 그리고 첫 문장에 시선이 머물렀다.

'2028년 6월 17일 한국 최초로 동중국해에서 핵 실험이 이루어졌다….'

(끝)